光文社文庫

文庫書下ろし

後宮女官の事件簿

藍川竜樹《あいかわたつき》

KOBUNSHA

JN031894

光　文　社

この作品は光文社文庫のために書下ろされました。

目次

登場人物

魏《ぎ》蛍《けい》雪《せつ》　代々刑部の高官を務める名門・魏家の娘。訳あって後宮入りし宮正女官に。

趙《ちょう》燕《えん》子《し》　正体は凱《がい》国の皇帝。大好きな捕り物のため、女装のうえお忍びで後宮に入る。

魏《ぎ》琮《そう》厳《げん》　刑部令の要職を務める蛍雪の祖父。皇帝を後宮に送り込む。

曹《そう》衛《えい》元《げん》　宦官。内廷に籍を置く皇帝の側近。此度の事情を知る数少ない関係者。

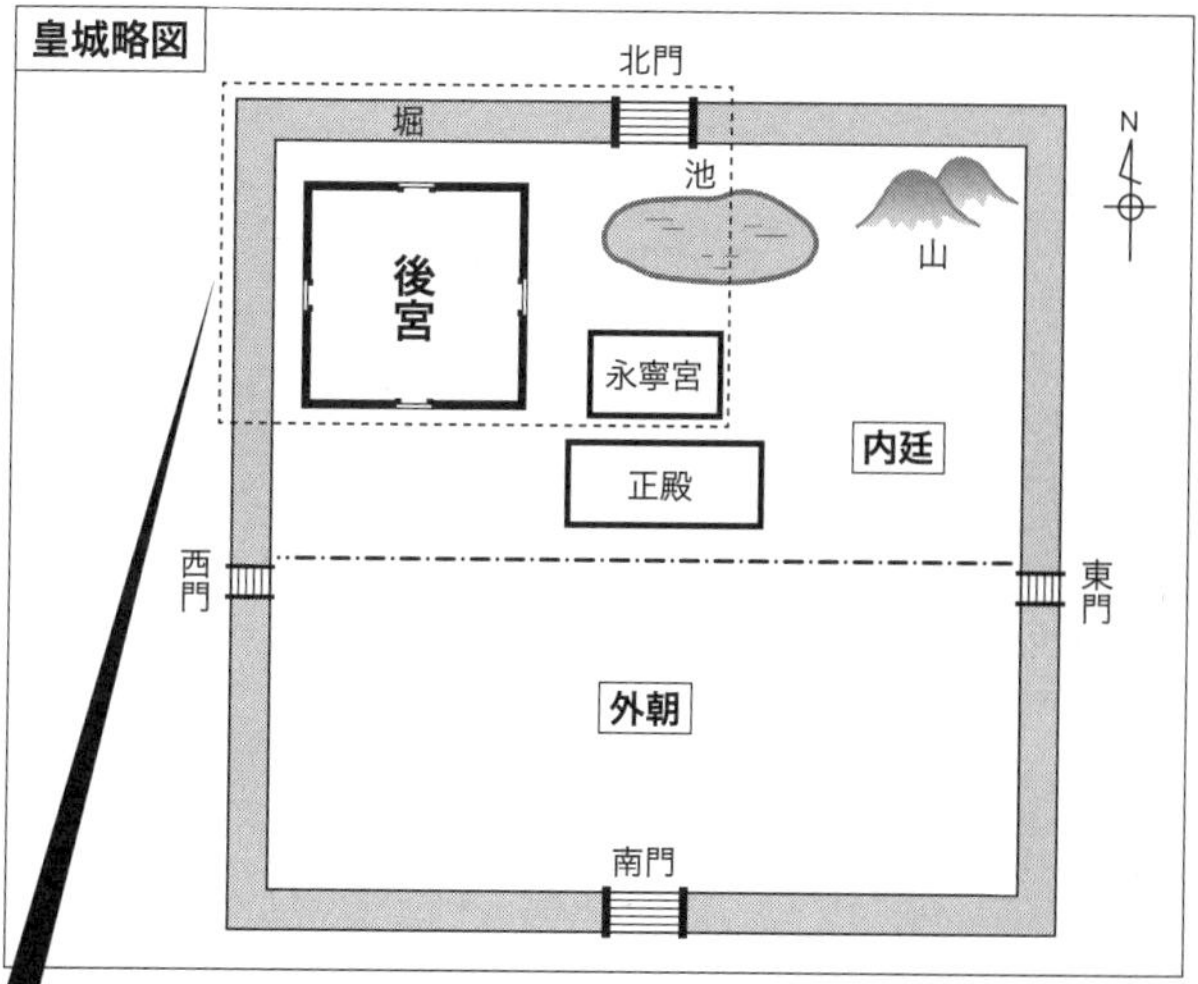
皇城略図
北門
堀
池
N
後宮
山
永寧宮
内廷
正殿
西門
東門
外朝
南門

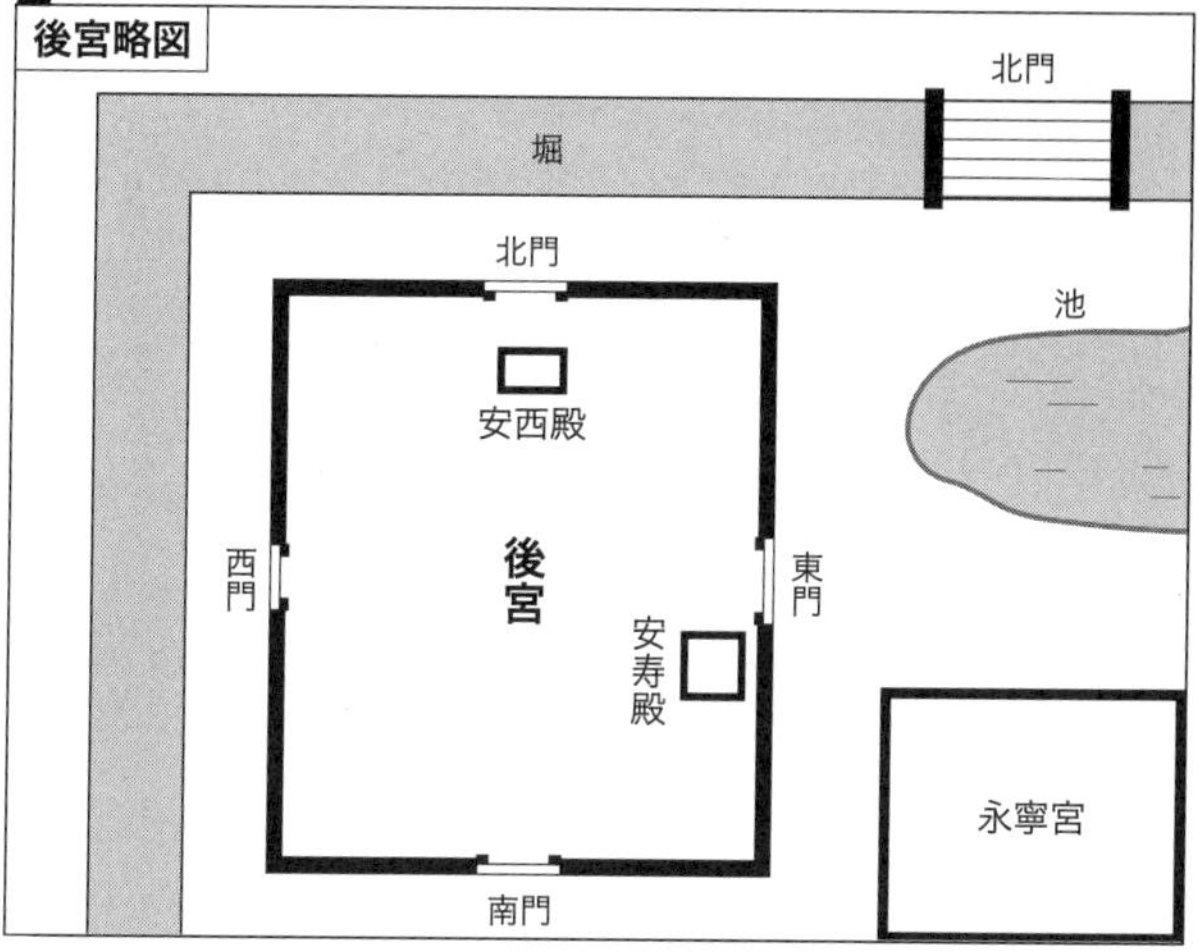
後宮略図
北門
堀
北門
池
安西殿
西門
後宮
東門
安寿殿
永寧宮
南門

後宮《こうきゅう》、それは皇帝の妻が住まう、とくべつなところ。

黄釉甍《おうゆういらか》の宮殿がたちならび、あまたの妃嬪《ひひん》が美と才を誇示する皇帝の花園。侍女や女《にょ》官《かん》、奴婢《ぬひ》あつかいの女孺《にょじゅ》までふくめると、三千の美姫《びき》がただ一人の男のためだけに存在する、いびつで、残酷で、それでいて華やかな女だけの聖域だ。

そして。それだけの女がひとところに集《つど》えば、とうぜん……。

諍《いさか》いが、おこる。

第一話　押しつけられた玉《ぎょく》

夏のまばゆい陽光が降りそそぐ妃嬪の宮殿の一つ。乾坤宮《けんこんきゅう》の院子《なかにわ》は、緊迫感にみちていた。

(これは、どう介入すればいいのだろう)

下座に控えた魏蛍雪《ぎけいせつ》は目の前で繰り広げられる諍いを、困りきった顔で見つめていた。

「ええい、このごに及んでしらをきる気か」

「ち、違います、私じゃありませんっ」

少女が一人、見せしめのように皆の前に引き据えられ、責められている。

水をかけられふるえる彼女を、宮殿の主である彭修媛《ほうしゅうえん》が綾絹《あやぎぬ》の披帛《ひはく》をいらだたしげにいじりながら見下ろしていた。

(乾坤宮付きの女孺が、清掃の際に彭修媛様の櫛《くし》を盗んだそうだけど……)

女孺とは、五年の年季奉公で後宮に上がった官位もない下働きの娘たちのことだ。後宮の各所に振り分けられ、清掃などの雑務や汚れ仕事をおこなう。

引き据えられた少女はそんな女孀の一人。ひときわ痛そうな打撃音と水をかける音が響いて、蛍雪は目を背《そむ》けた。いたたまれない。

蛍雪は化粧っ気のない娘だ。

後宮に入宮できたくらいには整った顔立ちをしているが、それもしらけた目つきで台無しになっている。香油《こうゆ》と脂粉《しふん》の香《か》を濃く漂わせた美姫たちの中にいながら、装いにも無頓着。女の命である黒髪も、美しく結い上げ、金銀、翡翠《ひすい》の歩揺《ほよう》で飾った彭修媛や侍女たちとは違い、一つにまとめて官給品の銀簪《かんざし》を挿《さ》しただけだ。

そんな場違い感がいなめない蛍雪は、この宮殿に仕える娘ではない。宮正《きゅうせい》だ。

宮正とは、後宮におかれた女たちの不正を取り締まる組織、宮正司《きゅうせいし》に属する女官のこと。

蛍雪は掌《しょう》の官位を持つ女官として籍をおいている。今日は職務でここに来た。宮正司が本拠をおく殿舎に、『乾坤宮で彭修媛の櫛が盗まれ、呪詛《じゅそ》がおこなわれた』との投げ文《なぶみ》があったからだ。

呪詛は重罪だ。

匿名の投げ文とはいえ、軽々しく扱っていいものではない。

確認のため急ぎやってきたのだが、着いた早々に彭修媛の侍女頭をつとめる女に行く手を阻まれた。

「呪詛などとんでもない。手癖の悪い女嬬が粗相をしただけです。美しい櫛を見て魔が差したのでしょう。内輪のことゆえ、しつけはこちらでおこないます。宮正の手をわずらわせるまでもありません」

ただの身内の不始末です。お引き取りいただきましょう、と。

慇懃《いんぎん》無礼に帰る方向を示される。

(そう、言われても)

こちらも仕事だ。子どもの使いでもあるまいし、一方の主張だけを聞いて、はいそうですかとは帰れない。何より、がたがたとふるえながら石畳に額をこすりつけている女嬬は入宮して間もないとおぼしき、十三、四歳の可憐な少女だ。

私物の包みから彭修媛の櫛が見つかり、同僚からも『盗むところを見た』と証言があったというが、これだけ責められても無実を訴えるだけで、小ずるい言い逃れの一つもしない。その様は実直そうで、悪い意味での後宮の水に染まっていないようにみえる。

(宮殿の雑務をおこなう女嬬の宿房は、目隠しの衝立すらない大部屋の雑魚寝でしょう？誰でも他人の私物にふれられる。何かの誤解、冤罪《えんざい》の可能性だってあるのでは)

だいたい投げ文は誰がなんの目的でおこなった？

とはいえ、強引に介入するのははばかられる。彭修媛の〈修媛〉とは、そこまで上の位ではない。それでも正妻にあたる皇后は別格として、四妃、九嬪と続く妃嬪の序列では上から七番目、正二品の階位をいただく皇帝の妻だ。

ここで主張を通せば蛍雪だけでなく宮正全体が彭修媛の不興を被る。あの女嬬にしても助けるどころか意固地になった彭修媛にさらに責められるだけだ。

幸い彭修媛は気分屋の嬪と、もっぱらのうわさだ。まだ十七と歳若く、大切に育てられた深窓の令嬢だけに根気がない。熱しやすく冷めやすい性格をしていると聞く。

(気が鎮まった頃を見計らい、お付きの侍女たちに話を通したうえで調査を願い出るしかないか)

責められている女嬬が気になるが、それが現実的な対処策だろう。

そう判断した蛍雪はいったん引くことにした。彭修媛の前から下がるため一礼しようとする。なのに。

つん。

背を、後ろからつつかれた。

つん、つん、つん、……ぐい。

無視していると剣の柄を押しつけられた。地味に痛い。

背後に目をやると、そこにいるのは煌《きら》びやかな禁軍の鎧をまとった女人だ。蛍雪の護衛、娘子兵《じょうしへい》の趙燕子《ちょうえんし》である。

「おい、何をしている。せっかくの捜査の機会だぞ?」

男性並みに筋肉のついた引き締まった長身に、彫りの深い整った顔だち。艶やかな黒髪は後ろで一つにまとめ、結い上げずに背に流している。が、一筋だけ落ちた髪が顔に影を落とし、形の良い唇にひかれた紅《べに》の色とあいまって、妖しい色気をふりまいている。

そんな凛々しさ、ごつさで、先ほどから必要以上に女たちの視線を集めている〈お姉様〉が、空気も読まずに低い美声でささやいた。

「さっさと宮正として事件に介入しろ。決め言葉なら考えてやっただろう」

「……それはあれでございますか。ここに来る前にご伝授いただいた？」

自身の護衛が相手だというのに蛍雪は丁寧に返す。が、問わずとも答えはわかっている。

決め言葉とは、あれ、だ。

決め姿とやらとともに教えられた、『ええい、控えおろう、この佩玉《はいぎょく》が目に入らぬか。私は主上《おかみ》より権限を賜った宮正なるぞ！』というこっ恥ずかしいやつだ。

冗談かと思ったのに背後のお姉様は本気らしい。蛍雪の答えを聞いて満足げにうなずく。

（そんな悪目立ちすること、誰がしますか）

後宮での捜査権を持つとはいえ、蛍雪の階位は下から数えた方が早い。そんな上から目線な口上を述べれば確実に彭修媛の激怒をかう。

拒絶の意志を込めて前に向き直る。だが背後のお姉様はあきらめない。

万民が己に従って当然とばかりに、つんつん、ぐいぐい、ごおりごおり、と、嫋《たお》やかな女人のものとは思えない力で背をつき、催促してくる。

（ぐっ、ほ、骨が折れる）

これ以上は無視できない。彭修媛に無礼を働くことになろうとも従うしかない。

何しろこの背後におられる御方はただの娘子兵ではない。

事情あって世話役を任された蛍雪にしか知らされていないが、その正体は果てしなくやんごとなき御方。本来なら蛍雪などでは生涯その竜顔《りゅうがん》を拝することがなかった、文字通り別の世界の住人なのだ。

そんな決してご機嫌を損ねてはいけない御方を護衛として後ろに従えて、にらまれては後宮では生きていけない妃嬪を前に啖呵《たんか》をきるなど一歩どころか半歩間違えても首が飛ぶ。

そのことを改めて考えると、蛍雪は叫び出したくなる。

（ああもう、こんな雲の上の御方、正体がばれないように気をつかうだけでも頭が痛いのに、私みたいな下っ端女官にお守りを任せるなんて何を考えているのよ、お祖父様っ）

まさに前門の虎、後門の竜だ。何故こんなつっこみどころ満載なことになったのか。

蛍雪は胸の内で頭を抱えると、青天の霹靂《へきれき》としか言いようのない、今朝がたにおこったあれこれを思い返した。

事の起こりはつい先ほど、二刻《こく》（四時間）ほど前のこと。

朝、いつも通りに後宮にある女官長屋を出、宮正女官が本拠を構える安西殿《あんせいでん》に登庁した蛍雪のもとに、祖父からの文が届いたのだ。

祖父の魏琮厳《ぎそうげん》は先々帝の代からの忠臣だ。齢《よわい》七十を超えた今も現役で、刑部令《けいぶれい》の要職に就いている。

つまり皇城内にある後宮にて勤めに励む蛍雪と同じく、祖父も毎日、城下の邸《やしき》から皇《こう》城《じょう》内にある外朝《がいちょう》まで登庁してきているのだ。

とはいえ、同じ皇城内にいても祖父と蛍雪が顔を合わせることはない。

何しろ皇城は広い。

中原の雄たる国、凱《がい》の皇帝が住まい、政をおこなう国の中枢なのだ。

幅十馬身はある広く深い堀と見上げるばかりの分厚い城壁に囲まれた皇城には、官吏が政務をおこなう外朝、皇帝が起居する永寧宮《えいねいきゅう》はじめ皇族が暮らす宮殿がある内廷《ないてい》、その中にある皇后など皇帝の妻子が住まう後宮、はては船遊びができる広大な人工池や四季の景色を楽しみ、狩りもおこなえる山や園林まである。

城壁の一辺が八里（約四キロメートル）はあろうかという荘厳さなのだ。地方城市《じょうし》なら丸々一つ入ってしまう。

そんな中、男性官吏が行き交う外朝と、女たちが住まう後宮はとうぜん高い塀で隔てられている。往き来は難しい。

それでも同じ城内だ。身内なら文のやりとりくらいするものだが、多忙な祖父は蛍雪が追われるように家を出て以来三年、そんなそぶりを見せることはなかった。

なのに今朝になって急に「話がある」と、外朝までの通行証を送って寄こしたのだ。

怪訝《けげん》に思いながらも蛍雪は上役から許しをもらい、久々の外の世界へと足を踏み入れた。

初めて見る外朝の官衛街に目を丸くしながら指定された書房まで出向くと、人払いをした祖父が唐突に言ったのだ。

「蛍雪、そなた陛下のお傍《そば》に仕えてみぬか」

「は？」

家長に対する礼をとる暇もない。祖父の口から出た予想外の言葉に、さすがの蛍雪も一瞬、思考が停止した。

脳内の時が再び動き出してから、間の抜けた声で問い直す。

「今、なんとおっしゃいましたか、お祖父様？」

「だから。蛍雪、そなた、陛下の、お傍に、仕えてみぬか、と言ったのだ」

聞き違いかと思ったが、祖父は真面目な顔で節ごとに区切って言い直す。それどころか、

「それでだな、実は陛下はすでに……」と、話を進めようとする。あわてて蛍雪は遮った。

「お待ちください、お祖父様。主上のお傍にって、お忘れですか？　私は後宮に住まうと

はいえ、宮官《きゅうかん》ですよ？」

後宮で女が皇帝に仕える、つまりお傍に上がるということは通常お手つきになることを指す。蛍雪は名門、魏家の娘だ。そういう意味では皇帝の傍に侍《はべ》ってもおかしくない。が、後宮にいる女はすべてが皇帝の妻というのが建前でも、実は純然たる線引きがある。

皇帝の寵《ちょう》を受けるために入宮した彭修媛のような女たちは〈内官《ないかん》〉と呼ばれ、皇帝の妻として位と年俸をいただき、皆にかしずかれている。

他はすべて〈宮官〉と呼ばれる実務畑だ。女孺や女官と呼び名や立場は違えど、皆、妃嬪に仕え、後宮の実務をこなすためにいる。

蛍雪はとうぜん後者だ。

宮官の中でも生涯を後宮で生きると決め、登用試験も受けた女官吏。いわゆる女官だ。しかも十八という少々嫁ぎ遅れの歳で後宮入りした蛍雪は現在、二十一歳。十三、四歳で後宮の門をくぐる五年年季の女孺が大半を占める宮官の中では、とっくに年増の域になっている。

歴代皇帝のすべてが若い娘好きとまでは言わないが、後宮に住まう女たちの目的は皇帝の子を産むこと。先々の出産可能年齢を考えると若いほど有利なのは確かだ。

（とてもではないけれど、今さら主上のお傍を目指せる位置にはいないのですけど）

それを知る祖父が何故そんなことを言い出すのか。

（まさか御ぼけになったのではないでしょうね）

魏家もとうとう代替わりかと、じっと見る。「儂《わし》はぼけとらん」と顔をしかめられた。

「これは高度に政治的な、国の浮沈に関わる話なのだ。今からそなたに話すことは秘中の秘。他言無用と心得よ」

と、前置きして祖父が語ったところによると、現皇帝は捕り物が趣味らしい。

高度に組織化、官僚化したこの国では、細かな政《まつりごと》のあれこれは専門の官吏が執りおこなう。皇帝は大まかな方向を示し、最終認可を下すだけでいい。

「四年前に即位なさった今の陛下はお若いながらも度量のある御方だ。上が思いつきで国政に口出しするよりは、知識ある官吏に任せた方が混乱も無くてよいと、我らを信頼してくださっている。それで政はうまく回っているのだが、唯一、陛下が介入なさる部署がある。それが儂が長を務める刑部だ」

刑部とは、国の法を司る部署だ。違反した者には刑罰を与え、国の治安を守る。

「細かな政をお任せくださったとはいえ、陛下は二十七というまだまだ血気盛んなお年頃であらせられる。世が太平なこともあり、身の内の熱を持て余しておられる。皇太子時代は狩りなどで発散されていたが、それにも飽きられてな。『どうせ狩るなら知能を持つ人間のほうがいい』と、捕り物に興味を示すようになられたのだ」

公金を横領したり、人を害したりと、知恵比べを楽しめそうな悪人なら大勢いる。

皇帝曰く、『悪を狩るのに何の遠慮がいる。証拠を集めて捕らえた後は刑部に引き渡す。ならば誰の迷惑にもならんだろう』とのことらしい。

が、当然、政の世界はそんな単純にはできていない。

「それぞれの派閥が入り組んだ外朝は清廉潔白な賢人だけでは生き残れぬ。細々と法に照らせば何かしら引っかかる。そこを一律に裁きの鉈《なた》をふるわれては有能な臣が底をつく。各派閥の均衡も崩れる。何より後ろめたいところの無い聖人でも、上から嫌疑の目を向けられていると知ればよい心地はせぬ。君主の度量や忠義の在処《ありか》まで問われてしまう」

そこらの機微は幸い皇帝もわかっていて、皆を混乱させないように気を遣い、

『故に、もそっと小者でよいのだ。世に迷惑をかける小悪党やご近所問題のもつれによる諍いや。政治忖度《そんたく》なしに善悪きちんと裁いてすっきりしたい』

と、皇城をとりまく城市にお忍びで出るようになったらしい。

「お忍びといっても護衛はつく。その物々しさを見ればわかる者にはわかる。そんな御方に裁きの場では最前列に陣取られて検分され、事件に遭遇するたびに首を突っ込まれては、現場はどうなると思う？」

萎縮して平常通りの働きができず、警護の者も振り回され、仕事が滞った現場から泣きつかれた祖父が、皇帝を後宮に隔離すべく画策したらしい。

（つまり何、私は捕り物のために後宮に入られる主上にお仕えするということ？）

なんだ、それは。蛍雪はあっけにとられた。しかも何か？　この流れだと蛍雪の役割は皇帝が後宮で不便を感じないように他との折衝にあたる、お守り役だ。

階位制度や宮廷規範はどうなった。妃嬪候補にされなかったのはよかったが、気苦労多々な役割過ぎる。何かの冗談だと思いたい。

なのに無情にも祖父の説明は続く。

「後宮であれば皇城内だ。市街より安全ゆえ警護の兵も減らせる。陛下ご執心《しゅうしん》の捕り物にしても多くの女が暮らす後宮は一つの街だ。様々な情と欲が渦を巻く。当然、事件もおこる。故に別人に扮装したうえで後宮にお入りになってはと上奏した。『身分を隠してなら堂々と捜査に加われます。後宮には刑部に代り宮正がおりますが、いかんせん数が少なくかゆいところに手が届かず。かといって男の私どもでは後宮の闇に手が出せません。ここはぜひ陛下に御出座《おでまし》いただきたく』とな」

「なるほど。うまく言いくるめ……、いえ、おのせし奉ったわけですね」

「いや、陛下はそのような愚かな御方ではない。利害が一致した故わざとのられただけだ」

深く祖父がため息をつく。皇帝とは若いくせに食えない人らしい。

『おぬしも悪よの』

『いえ、陛下こそ』

などと双方の胸内で交わされた狸会話が聞こえる気がする。

「と、いうわけで、陛下には仮の身分をご用意した。宮正であるそなた付きの娘子兵に扮装のうえで後宮入りしていただく。そのほうが無理なく事件に首を突っ込めるからな」

こちらの意思も聞かずに祖父がどんどん話を進める。

ちなみに娘子兵とは、女ながらに武芸に秀でた官兵のことだ。

「ただし一女官に護衛がつくのは無理がある。故に陛下のお立場は魏家の遠縁で武挙《ぶきょ》にも通った才媛だが、いかんせん地方暮らししかしたことがない娘ということにする。腕の立つ女武官は貴重故、後宮付きにしたくとも宮廷作法が間に合っておらぬ。慣れるまで縁あるそなたが指導することになったと。それならばそこまで不自然でもなかろう」

祖父は言うが、いや、そもそも皇帝が女装して後宮に入ること自体に無理がある。

「あの、男性である主上が後宮内で捕り物をなさるなら、宦官《かんがん》に扮し、彼らの不正を暴くほうが自然では」

思わず口出しをしてしまう。

「後宮に仕える宦官たちをまとめる内侍局にも独自の刑部組織があります。せめて主上の仮のご身分を宦官か、禁軍の要人護衛の武官にし、そちらにお守り、もとい、お供をまかせられないのですか。宦官も己の身を欠けさせた卑しい官ではありますが、さすがに主上に女装、いいえ、女人に変装することをお勧めするのはそれ以上の不敬かと……」

「それは儂も考えた。が、それはそれで無理がありすぎるのだ」

祖父がまたため息をついて眉間《みけん》をもんだ。

その苦渋に満ちた顔からすると、すでに試したようだ。

「陛下は弓や剣も人並み以上にたしなまれる偉丈夫であらせられる。なのに今の世は太平だ。成人してから宮刑《きゆうけい》を受けた宦官はおらん。城内におるのは幼い頃に浄身《じようしん》した小柄な者ばかり。体格が違いすぎて化けられんのだ。禁軍北衛所属の備身《びしん》の扮装をなさるなら違和感はないが、後宮に立ち入れる男性備身は宮規により行動が縛られる。担当する門や貴人の傍を離れて後宮内を歩き回るわけにはいかん。捕り物に携わりにくいのだ」

「……そうやって消去していくと娘子兵しか残らなかったのですね」

そこまで聞くと逆にどんなごつい御方なのだろうと不敬な興味がわいた。宦官に化けるのも無理な偉丈夫となれば、もちろん女官になりすますわけにもいかないのだろう。

「正体がばれぬよう、そなた、つききりで陛下のお世話をいたせ。よいな?」

言われたが、ちょっと待て。蛍雪は刑部令の孫とはいえただの下っ端女官だ。

しかも後宮の裏方を担う宮正は数ある女官職の中でも最も皇帝と遭遇する率の低いところ。入宮時には一応、皇帝への拝謁の仕方も叩き込まれたが、一度も使わないままさびついている。皇帝にかしずくべく、日々、研鑽を積む妃嬪たちのようにできるわけがない。

(不手際があれば一族すべての首が飛ぶじゃない!)

が、蛍雪に拒否権はないらしい。

「安心しろ。陛下にはそなたが貴人の相手を務めるのは初めてだとお伝えしてある。そなたの立場はあくまで捕り物をおこなううえでの〈相棒〉であるとな。そのうえで、それでも良いとの一筆を賜った。そなたが何かしでかしても魏家に責は負わさぬとな」

「いえ、それ、少しも安心できないのですけど。魏家に責はって私はどうなるんです」

蜥蜴《トカゲ》の尾切りだ。魏家の面々が無事でも蛍雪自身が首を刎《は》ねられては人生終了だ。

「そもそも私が主上の御不興をかわずにすんだとしても、後宮には妃嬪の目があるのですよ？　どなたかが主上の御正体に気づかれたらどうするんです」

皇帝の妻たちが、夫の傍にいる女を目障りに思わないわけがない。それでいて蛍雪に得るものはない。お忍び中の皇帝に従う極秘任務だから当然、表だった報償はない。

しかも任務内容が〈趣味のお供〉なんてあほらしいことだ。

なぜ危ない橋を渡らないといけない。拒否権がなかろうと関係ない。きっぱり断る。

「お祖父様、なんと言われましても。此度《こたび》のことやはり私には荷が重すぎます。どうか他の方をご推挙くださいませ」

「言うと思った」

祖父がまたため息をつき、窓の外を見上げた。そのまま独り言のようにつぶやく。

「そういえば厳岳《げんがく》がそなたに珍しく縁談が来たと言っておったな」

厳岳とは父の名だ。祖父と同じく刑部に勤めている。

「後宮に入ったとはいえ、そなたは陛下の妃嬪ではなくただの女官だ。申請を出せば後宮の外に出ることもできる。当然、儂が陛下に願い出れば実家に戻すこともできるな」

げ、と言いそうになった。

(ちょっと待って、縁談って何っ)

内心、頭を抱える。この歳でくる話など、魏家との姻戚関係をねらった野心家小役人の形だけの正妻か、妻に先立たれた老人の後妻しか考えられない。それでも世間からすれば良縁かもしれないが、蛍雪の場合、破談になるのはわかりきっている。

名門魏家の娘でありながら、一女官として後宮入りしたことでもわかるように、蛍雪は訳ありだ。実家にいる頃にも縁談はあることはあったが、ことごとく先方より断りを入れられている。今回もそうなるだろう。

そして、一度出てしまえば、「予定していた縁談が駄目になりました。出戻らせてください」と言っても通じないのが後宮というところだ。一方通行で戻れない。

(そうなれば肩身狭く一生、実家に部屋住み、もしくは出家してどこぞの寺か道観《どうかん》にでも身を寄せるしかないじゃないっ)

脅す気か。

蛍雪は今さら女官の頂点を極めたいとか、皇帝の寵を得て華やぎたいとか野心を持っているわけではない。が、居場所としての後宮を気に入っている。

仕事に不満はないし、きちんと勤めれば衣食住は保障され余暇は好きに使える。嫁《い》き遅れとわずらわしい目で見る親族もいない。

後宮には無理に入れられた、籠の鳥だと嘆く娘もいると聞くが、蛍雪にとって残された最後の希望、それが後宮勤めだ。いずれ歳をとり退宮することになるだろうが、それまでは何としても居座りたい。

「……お引き受けします」

しぶしぶ言うと、祖父が実に良い顔でにやりと笑った。悔しい。

そうして、蛍雪は〈相棒〉となる皇帝の元へと案内してくれる宦官に引き合わされたのだった。


魏家は蔭位《おんい》の制の恩恵もあり、代々刑部の高官を輩出する家柄だ。

当然、家内にはその手の書や道具が転がり、男たちが口にする話題もそちら関係ばかり。蛍雪も染まりきっている。

なので入宮する際には数ある部署のうちから宮正司を希望し、無事、配属されることになったのだが。

（それでこんな仕事を押しつけられるとは思わなかった）

蛍雪はせめてもと口中で挨拶の練習をしながら祖父の元を辞し、再び、後宮へと戻るために門をくぐる。本当に礼を失しても不問に付してもらえるだろうか。

皇帝はすでに後宮入りして、〈相棒〉の到着を待っているそうだ。

「ご心配なさらずとも、〈趙燕子〉様は細かなことで御気色《けしき》を荒らげたりなさらない、度量の広い御方ですよ。後宮内では一娘子兵として扱うようにとの命もいただいております し、そのような大仰な言葉遣いをされるとかえってご身分がばれるとお弱りになります」

案内役の宦官は曹衛元《そうえいげん》と名乗った。普段は内廷に籍を置く皇帝の側近で、今回のお忍び事情を知る数少ない関係者の一人らしい。

「ですので大家のことは〈趙備身《びしん》〉、または〈趙殿〉と。私のことも大家のご身分がばれては困ります故、〈衛児《えいじ》〉と小者らしく官職はつけずに名でお呼びください。曹衛元の名を使い、〈外〉と連絡を取られるのは危急の際のみにて御願いいたします」

そう言って彼は皇帝の後宮での偽名や生い立ちなどの〈設定〉を説明してくれた。

皇帝には陰ながら護衛がつくそうだが、今回のお忍びを知るのは外の者でもごく一部。祖父が語ったとおり秘中の秘らしく、すべてが物々しい。

ちなみに蛍雪たちが口にする〈外〉とは公的な呼称ではない。通称だ。厳密に範囲が決められているわけではないが、外朝も含む〈表〉の男たちがいる世界を〈外〉と呼ぶ。そして〈表〉とは〈外〉よりも狭い範囲のこと。皇帝の私的な空間である内廷を示す。

皇帝とその一族が暮らす場が内廷だから後宮も当然、内廷に含まれる。が、他とは違い、後宮は高い塀が築かれ、女たちの出入りも制限される特殊な場だ。それで何となく、後宮特有の呼び方ができた。

蛍雪は緊張しつつ衛元改め、衛児の案内で皇帝が待機しているという殿舎に向かう。

そこは皇帝が起居する宮殿、永寧宮、つまり〈表〉とは塀をへだててほど近いところにある無人の殿舎だった。安寿《あんじゅ》殿と書かれた扁額が掲げられている。

皇城は広いが、後宮もまた広い。

その時々によって侍る妃嬪の数も異なるし、仕える宮官や宦官の数も変わる。老朽化や火事に事故など、使うには支障のある殿舎も頻出するし、長い歴史の中では宮殿を建てるのが趣味という皇帝もいた。住む者のいない宮殿や殿舎がどうしてもできる。

ここはそんな殿舎の一つ。大がかりな行事を後宮でおこなう際に、外から助っ人で呼ばれた宦官たちが待機するところだそうだ。普段は無人だが、たまに清掃の手も入るため使用できるらしい。

「他言無用にお願いしたいのですが、この殿舎であれば永寧宮と隠し通路でつながっております。表との出入りの際に姿を見られずにすみますので、今後も趙燕子様はこちらで衣装を替え後宮入りなさいます。趙燕子様、いえ、趙殿が後宮におられる間は私もこちらにて待機しておりますから、何かあればお頼りください」

衛児が「念のためお持ちください」と、後宮どころか皇城内ならどこへでも行ける通行証を懐から出した。蛍雪に手渡すと、丁寧に非常の際の連絡の取り方を教えてくれる。

隠密任務の緊張がさらに高まった。

「では、どうぞ。趙殿はこちらでお待ちです」

丹塗《にぬ》りの門をくぐると、そこは狭いながらもきちんと水を打ち、掃き清められた前庭になっていた。

そして正面の殿舎へと続く階の上に、仁王立ちになっている鎧《よろい》武者がいる。

「そなたが、魏家の娘か」

威圧感のある声をかけられて、あわててその場に膝をつく。

「よい、顔を上げよ。朕《ちん》はそなたの護衛ぞ？　礼をとる必要はない」

言われて、蛍雪はゆるゆると身を起こした。皇帝の玉顔を初めて拝する。

（い、厳《いか》つい……）

それが皇帝の第一印象だった。

陽光を跳ね返す、煌びやかな禁軍の鎧。兜《かぶと》は取り、腕に抱えているので顔がよく見える。

鍛えているといっても本職の武官ではないからか、幸い、細身の偉丈夫といったところでとまっている。が、それでもごつい。これは祖父が武官に扮装するしかないといったのも道理だ。腕の太さなど蛍雪の倍はあるのではなかろうか。背の高さにいたっては顔を見るのに首が痛くなるまで傾けなくてはならない。

しかし問題はそこではない。

(どうして、そんな御顔に)

何故か、化粧が濃い。

娘子兵は兵とはいえ若い娘だ。女を捨てているわけではないし、唇に紅をはくことを禁じられているわけでもない。後宮勤務の場合、身だしなみを整えるのは奨励されているくらいだ。なので娘子兵に扮した皇帝が顔に化粧をほどこしていること自体はおかしくない。

が、そこにあるのは化粧というより、すでに仮装だった。

塗りたくりすぎて、邪気を祓う鬼神面のような、化け物じみた顔になっているのだ。

漆喰《しっくい》壁かとつっこみたくなるほどに厚く塗られた白粉《おしろい》は、本来あったはずの細かな顔の凹凸や陰影すらも完全に消し、平面化している。墨で描かれた眉はどこまでも濃く、太く、目は隈取りがすごい。唇は白粉で真っ白に塗りつぶしたうえで、豆粒のように小さく紅をつけてある。可憐な小さな唇を目指したつもりかもしれないが、真っ白な壁のような顔の中、血が一滴、垂れたようで完全に逆効果だ。

正直、夜道では会いたくない顔だ。

思わず引いたが、皇帝は自信満々に胸を張った。

「ふっ、むらなく均等に塗れているだろう。こう見えて書画は得意なのだ。後宮には朕の顔を知る者もいるからな。これだけ塗りたくればまさか朕とは思うまい」

「……もしや主上自ら装われたのですか」

というか真剣な変装だったのか。笑いをとるためのおとぼけかと思った。

だが困った。これが真剣な扮装なら、どう言ってやめさせればいいのか。

（御本人は気に入ってらっしゃるみたいだし、駄目と言えば誰でもむっとなさるよね）

まだ胴と首に別れを告げる覚悟はついていない。至急、連絡を取って祖父から一言、言上してもらうべきか。いや、それでは魏家全体に咎《とが》が及ぶ。

蛍雪が弱りきっていると、こほん、と咳払いをして衛児が控えめに耳打ちした。

「申し訳ありません。私どもは男ですのでどうしてもこういったことにはうとく。魏刑部令殿からは『孫は変装術にかけては魏家の誰よりも巧みです』とお聞きしています。殿舎に化粧道具はそろえてありますので、後はよろしく御願いいたします」

……祖父に連絡をとっても無駄だ。確信犯だ。正直に感想を言って、皇帝の機嫌を損ねる役を誰もやりたがらなかったらしい。

衛児がさらに深々と頭を下げて言う。

「もう一つ。女人としてのふるまいの演技指導も、ぜひ、お任せしたく」

皇帝は胸を張り、がはは、と笑っている。頭が痛い。本当に失礼を働いても許してくれる度量の広い人なら、どうして祖父たちはつっこまなかったと問いたい。

が、この御方が後宮で下手をうち、正体を暴《あば》かれれば、害を被る筆頭は蛍雪だ。

「……恐れながら、昨今の娘子兵の化粧は陛下のお傍に侍られた華やかな方々のものとは違っております。そのお姿では目立ちますので修正をさせていただきたく」

打ち首覚悟で平身低頭して化粧のやり直しを願う。

幸い、皇帝は快く承知してくれた。それに、

「そのようにかしこまる必要は無い。女人としての後宮での立ち居振る舞いと捕り物に関しては、そなたが先達だ。従おう」

と、過分なお言葉までいただいた。そっと隣をうかがうと、衛児も穏やかに微笑み、

「大丈夫です。私どものためにもやってしまってください」とめくばせしてくる。

ええい、女は度胸だ。

蛍雪は覚悟を決めた。遠慮なく皇帝の顔をいじることにする。

屋内に入り、皇帝を鏡の前に座らせた上で、用意された化粧品を見る。

蛍雪は日常的に自分の顔を装ったりしない。が、別に技術がないわけではない。

何しろ刑部一族の娘として育ったのだ。興味津々、父の職場に出入りして死に顔を整える手伝いをしたこともあるし、祖父が言ったとおり変装術も学んでいる。化粧刷毛を持つ

こと自体を厭《いと》うわけではない。

なのに化粧気がないのは、毎日、顔を塗るのが面倒なのと、金銭的な取捨選択の結果だ。何しろ化粧品はお高い。

紅一つとっても贅沢品だ。毎日、使うとなると馬鹿にならない。

外の世界から隔絶された後宮は物価が高いのだ。届けを出せばたいていの物は購《あがな》えるが、多くの手を経て届けられる品だけに一つ一つの値段が跳ね上がる。

そして蛍雪は魏家の娘とはいえ家を出た身だ。女官としての年俸をやりくりして暮らしている。できれば老後の蓄えも作っておきたい。なので生きるに困らない部分は後回しにしていた。が、今は高価な化粧品が使い放題だ。

（……けっこう、役得かもしれない）

不慣れな男性が集めたせいか、多少、色や種類が偏っているがこれだけの品を自由に使っていいとなると腕が鳴る。決して人の顔をいじるのが嫌いというわけではないのだ。

「では、はじめます」

肌に触れることを断ってから、手巾《しゅきん》を手に、皇帝の顔から白粉をすべて落とす。

それから、素顔の皇帝を左右からじっくりと見た。

男性らしく彫りが深い顔だちをしているが、眼は美しい切れ長で、唇の形もいい。美女と名高かった皇太后の血をひくだけあって、華のある目鼻立ちだ。

これなら何とかなるかとためつすがめつして、気がついた。

(確か、主上は髭を生やしておられると聞いたような……)

後宮の女すべてが竜顔を拝する機会があるわけではない。が、以前、とある諍いの仲裁をしたときに耳にした。皇帝の口元には美しい髭がたくわえられていると。寵を得た妃の侍女たちが、翌朝、他の妃嬪に仕える女たちに勝ち誇った目を向けつつ、一度でいい、あのお髭を整えるお手伝いをしてみたいわあ、と黄色い声をあげていたのだ。

が、目の前にある口元は手入れも行き届き、つるつるだ。無駄毛の一本も生えていない。

おそるおそる尋ねてみる。

「あの、お髭はどうなさったのでしょう?」

「剃った」

「なっ……!　皇帝に戻られるときはどうなさるのですか!?」

「つけ髭をつける」

(趣味のためにそこまでしますか……!)

ただのお遊び。そう思っていたが、意外と根性が入っていた。

「……なら、眉も整えて大丈夫ですね。表に戻られる際には黛《まゆずみ》で太くしてください」

何か吹っ切れた気がする。

蛍雪は思い切って剃刀《かみそり》を手にすると、皇帝の眉を細く整えた。全体を優美な柳の葉形にまとめ、眉尻を下げることで柔和な表情をつくる。これでかなり野性味は減ったと思う。

やりはじめるとおもしろくなってきた。

何しろ素材はいい。しかも男から女へと性別を変える化粧など、後宮にいてはなかなかできない新鮮な作業だ。

そこからは一心不乱に化粧筆を操った。

切れ長の凜々しい眼尻は丸みを帯びるように黛でぼかし、高すぎる鼻梁や頰骨も明るい真珠粉をはたいて影を消し印象を柔らげる。唇は紅が派手な赤しか用意されていなかったので白粉を塗った上に薄くのせるだけにして色味を抑え、自然に、普通にを心がけた。

これで少し陰のある、凜々しい女剣士の風情《ふぜい》に見えないことはない。先ほど見た、化粧を落とした皇帝の素顔は明るい、やや傲岸不遜な雰囲気を持っていた。陰と陽で印象が逆になるから、元の皇帝を知る者でも気づきにくいはずだ。

(後は体格か)

筋肉は落としようがない。そもそも厳つい鎧をつけているのでどうしようもない。

(まあ、ごつい娘子兵なら皇太后様のところの胡三娘《こさんじょう》殿がおられるから、男と疑われることはないと思うけど)

胡三娘とは、皇太后の護衛を務める女武官だ。辺境の騎馬民族の血が混じっていると噂の身の丈六尺(約百八十センチメートル)はあろうかという凜々しい女人で、剣の腕も立ち、皇太后の信頼も篤い。膂力《りょりょく》もあって一度、皇太后の輿《こし》を担ぐ宦官が体勢を崩したときには、片手で二本ある担ぎ棒の片方を軽々と支えきった。

皇太后の輿は重い。皇太后自身の体や衣装の重さだけでなく、輿自体に天蓋がつき、装飾が為されているからだ。通常、力自慢の宦官が左右四人ずつ、計八人ついて支える。

それを片手で支えたというから、腕の太さも推して知るべしだ。

と、いうことで、この体格も何とかなる。蛍雪はそう判断すると「次は……」、と他の点検箇所へと意識を移した。

「男臭さは、今からご指南いたします、女人らしい仕草で何とかごまかしていただくとして、御声は……」

「試合の最中に槍の石突《いしづき》で突かれて喉がつぶれたことにしてある。男のような野太い声しか出なくなったと。なるべくそなた以外とは話さぬようにするが」

言われて見ると、のどぼとけは緋色の手巾を巻いて隠してある。

意外と用意周到だった。蛍雪はまたほっとした。

後宮の女は、男といえば父親しか見たことがない箱入りお嬢様が多い。年季奉公で入った下っ端女孺も入宮以来、久しく男を見ていない者ばかりだ。何より、後宮に男がいるはずがないと皆が先入観を持っている。そこに賭ける。

「完成です。後は皆が気づかないことを祈りましょう」

言って、刷毛をおく。

とりあえず身支度は調った。早く、早く、とうずうずしている皇帝をこれ以上とどめおくことはできない。蛍雪が付き添い、宮正の詰め所につれていくことになる。安寿殿にて待機予定の衛児とはここでお別れだ。

「表へお戻りの際は主上をまたここまでお連れすれば良いのですか？」

「いや、朕も時を気にせずのびのびしたい。それにぎりぎりまでこちらにいたい故、もうこれ以上は無理という刻限になると衛児が迎えに来ることになっている」

皇帝がどこにいるかは身を隠して付き従う護衛が逐一、衛児に報告するそうだ。細かな政務は各官に任せたとはいえ、皇帝は忙しい。一日の予定はびっしり詰まっている。

「娘子兵の趙燕子として活動できるのは三日に一度が限度、それも午後のいっときだけだな。今日もこちらにとどまれるのは二刻だけだ」

皇帝が残念そうに言って、蛍雪はまたほっとした。空を見上げて陽の位置を確かめる。この殿舎に入ってすでに半刻はたっている。広い後宮を徒歩で移動するのも時間をくう。実質、皇帝の持ち時間はあと一刻ほどか。心から願う。

（さっさと滞在を終えて、表に戻ってください……！）

意外と話のわかる皇帝で助かったが、それでも気が張る、肩が凝る。何かあれば蛍雪の首が飛ぶ。妙な事がおこらないうちに無事、後宮から立ち去って欲しい。

「よし！　では行くか！」

そんな蛍雪の心中にはかまわず、皇帝が元気に立ち上がった。

「貴重な捕り物の時間は値千金、寸刻も無駄にしてはならんからな。ふふふ、待っておれよ、後宮に巣くう悪党どもめ。この朕手ずから一網打尽にしてくれるわ！」

ふははは、と哄笑《こうしょう》を放つ。

先が思いやられて、蛍雪はそっとため息をついた。


衛児の見送りを受けて、安寿殿を出る。向かうは北の通用門近くにある殿舎群だ。広く、華やかな妃嬪の宮殿の数々を横目に、真っ直ぐに伸びた路を行く。

縦長の四角の形をした後宮には、東西南北に一つずつ、計四つの門がある。

皇帝や皇后専用の南門が最も格が高く、他の者は立ち入れない。

東の副門は内廷に面し、後宮内でおこなわれる儀式や宴に出席するため、一時入宮の許可を得た官吏や皇族たちが使う。妃嬪が入宮の際に使用するのもこの門だ。南門に続いて格が高く、周囲には煌びやかな妃嬪の宮殿や宴に使われる園林が配されている。

北の通用門は堀外の城市につながる皇城の北門〈天平門《てんぺい》〉近くに位置するため、後宮に人や物を運び入れるのに使われる。荷を改める兵の詰め所や倉もあり、一般宮官はここから出入りする。後宮の実務をおこなう六局二十四司の女官の殿舎があるのもこの近くだ。西は宦官たちが詰める内侍局《ないじきょく》に近く、汚物を処理する〈お花園〉や洗濯場があるので寂れた雰囲気だ。後宮内で死人が出た場合、棺を運び出す不浄門も西にある。

と、いうことで蛍雪は皇帝と共に安寿殿前の路を北へと向かう。

この東大路は幅が広く、石畳の路面もきちんと手入れされている。そのわりに妃嬪が住まう宮殿からは離れていて、身分ある者が通ることはめったにない。なので歩いていて気が楽だ。皇帝は初めて通る路だからか、物珍しそうに辺りを見回している。

後宮の路はすべて東西南北の碁盤目状に配されている。

一見わかりやすそうだが各路は区画ごとに門が設けられ、通る際には通行証がいる。身分により使える門も違うから、新たに入宮した者は先ず自身が通れる路を覚える必要がある。後宮自体が一つの街に匹敵する広さだから慣れないうちは大変だ。

やがて行き交う宮官の数が増え、荷車を押す宦官まで現れると、そこが目的地。宮正が詰める殿舎、安西殿がある後宮官衛街だ。

妃嬪が暮らす宮殿とは違い、隣との間を隔てる塀は低く、雑然としているが、ここは後宮の実務を取り仕切る女官たちにとって一番大事な場所。いわば後宮の心臓部だ。

蛍雪は皇帝をその中の一つ、二階建ての殿舎へと案内する。

「ここがお前たちの詰め所か。思ったより小さいな」

「宮正司は他と比べて人数が少ないですから。それに尚服《しょうふく》や尚儀《しょうぎ》などの各局とは違い作業房は必要ありませんので、この大きさなのです」

形ばかりの門を入ると狭いながらも石畳の前庭がある。ここは詮議の場にもなるので普段から綺麗に整えてある。

そこを横切り、石段を数段上がればすぐに屋内だ。

「必要なのは各種記録や調書を置く場所くらい。死因不明の遺体が出た場合は腑分けもしますが、それは医局の房を借りたり、明るい野外でおこないますから専用の房はありません。遺骸や容疑者を一時的に留めるための翼棟《よくとう》もあちらにありますが、最低限の造作にとどめてありますから小さいことは小さいですね」

人も少ない。宮正所属の宮官が少ないのもあるが、ここでは拷問まがいの取り調べもおこなう。部外者は恐れて近づかないのだ。

「他局の新入り宮官への罰に〈宮正へのお使い〉があるくらいで、ほとんど肝試しの場扱いですね。これが城下にある刑部府なら牢に入れられた罪人の親族が面会に来たりもしますが、宮正に罪人を禁固、監視する業務はありません。なので牢自体がありません」

禁固や隔離が必要な罪人が出た場合、後宮各所にある廃宮殿を〈冷宮《れいきゅう》〉として使い、人を囲う。冷宮の管理は宦官がおこなうので宮正司に面会希望者が現れることはない。

興味津々、あれは何だ、それは何だと聞いてくる皇帝を後ろに従え、扉番を務める女孺に戻ったことを告げる。中に入ると、上役である李典正《りてんせい》がいた。

さっそく、皇帝を臨時護衛の趙燕子だと紹介する。幸い、仕事の早い祖父はすでに人事を担当する尚宮局《しょうぐうきょく》を通して届けを出してくれていた。なので李典正も詳しく話さずともすぐわかってくれた。

「祖父が無理を言いまして申し訳ありません」

「まあまあ、いいのよ。事情は尚宮司の使いから聞いたわ。外朝からの正式な要望だし、腕の立つ娘子兵は貴重ですもの。そういうことなら協力しますよ」

おっとりと李典正が言う。

皇帝が男と見破られないかと緊張したが、大丈夫そうだ。

「それにしても蛍雪は本当に魏家のお嬢さんだったのねえ。採用の際に籍は見たけど忘れていたわ。深窓のご令嬢という柄ではないものねえ」

心底不思議という顔で言われて、蛍雪は笑ってごまかした。宮正の中で〈典正〉という中間管理職の位置にいる李典正は人がいい。少々、早とちりをしやすいところはあるが、性格もおおらか。家格をたてに無理を通しても嫌な顔一つしない。

後宮は外と同じく公の場だ。表の官吏が、魏刑部令、と姓に官位をつけて呼ばれるように、後宮の女たちもとくべつ親しい関係でないかぎり、彭修媛、李典正と互いを称する。

が、李典正は配下を常に親しく名で呼ぶ。

宮廷規範上、上の者が下を名で呼びつけるのもまた許されたことだが、李典正は呼びかける際には優しく、娘か妹に対するように情を込める。それどころか配下同士が勤務中に名で呼び合っても笑って許してくれる良い上役だ。大切にせねばと思う。

「では、蛍雪。趙殿が早くここに慣れられるように中を案内してあげなさい」

「はい、李典正様」

そうして話している間も、皇帝は着任の礼もとらずにふんぞり返っている。必死に目配せをするが気づいてもらえない。

非常手段だ。挨拶させるのはあきらめ、皇帝の腕を引いて李典正の前を下がる。

その後も他人の目に触れないよう、ゆったりとした歩調の皇帝の背を押し、いそがせ、二階建ての殿舎の中を一巡する。皇帝の体に触れてもよい許しは化粧をほどこす際にもらったが、びくびくものだ。この人には女らしい仕草だけでなく、上役や同僚たちを尊重する態度も指南しなくてはならないらしい。

「ここが書庫です。過去に扱った事件の調書を保管してあります。隣は必要な資料を収めた棚で、こちらは工房となっています。めったにありませんが、後宮でもこっそり合鍵を作り、宝物庫や機密書類を入れた文庫を開ける者がいます。そういった場合、実際にここでどう鍵を開けたかを再現し、再発防止のための記録を残します」

中にある様々な房を見せて、一階まで戻ってくる。

他の上役は幸い留守だ。あとは共に捜査に出る蛍雪配下の女官たちへの紹介が残っているが、彼女たちは今はまだ勤務中だ。

邪魔をするのはまずいし、彼女たちへの披露は、〈趙燕子〉の立ち居振る舞いがもう少し板についてからにしたい。

なので、勤務にも演技にも差し支えのない相手に先に会わせることにする。

いったん殿舎を出て、塀内をぐるりと裏手に回る。

（この時間だと、たぶん、ここらで寝てるはずだけど……）

見回すと、いた。いつものお気に入りの日陰に綱にもつながれず、ぺたりと腹を地面につけて寝そべっている犬がいる。歩み寄り、皇帝に引き合わせる。

「崙々《ろんろん》、と申します。成り行きでここに置くことにした犬ですが、今では大切な我が宮正の一員です」

蛍雪の声を聞いて、崙々が顔を上げた。つぶらな瞳がこちらを見る。

崙々は茶の毛をした愛らしい中型犬だ。

妃嬪が愛玩する狆《ちん》のような高価な犬ではなく、城外出身の雑種の野良犬で、後宮に薪を運び入れる荷車について迷い込み、居着いてしまった。

犬嫌いの嬪から苦情があって捕獲したが、わざわざ複雑な許可をとって外に捨てに行くのも面倒だし、愛着もわいたしと、何となくそのまま宮正で飼っている。

「ほう、なるほど。これが捜査犬というものだな。話に聞いたことがあるが、実物を見るのは初めてだ」

これは刑部にもいなかったぞと、皇帝が嬉々として腰をかがめる。

「で、こいつは何が得意なのだ？　猟犬が獣を追い立てるように臭気をたどり、証拠の品や犯人を捜すのか？　ふふふ、早く活躍するところが見たいな。さぞかし痛快だろう」

早々に仰向けになり腹を見せた崙々の毛を、わしゃわしゃとなでながら言う。

これは後で悶着がおこらないように、真実を話しておく必要がある。

「……かいかぶってくださっているところを申し訳ありません。この子の用途は追跡ではありません。嗅ぎつけるのも食べ物の臭いだけでして。それもいささかあやしく」

「ほう、ではこのような小太り鈍重な見た目ながら勇猛果敢なのか。刃を持った犯人にも立ち向かい、ねじ伏せる闘犬なのだな」

「いいえ、臆病です。小魚を盗みに来た猫にも腹を見せるくらいで」

「何？　では番犬として優秀なのか？　些細な物音や気配にも気づき、吠え立てる」

「申し訳ありません。隣の殿舎で火事がおころうが平気で寝ています」

そこまで聞くとさすがに皇帝も眉根を寄せた。首を傾《かし》げる。

「そんな犬が何故ここにいる。それではまるで……」

「言っては駄目です」

「駄け……」

「心では思っても口にしてはなりません」

相手が皇帝でもここは譲れない。きっぱりとした口調で止める。

「口にしてしまえばそこで終わりです。この子の価値が決まってしまいます」

言ってから、「ですがこの子も役に立つのですよ」と、一応とりなす。嵜々の食費も国庫から出ているのだ。皇帝に無用認定をされては困る。

「例えば聞き込みに連れて行けば誰にでも尾をふる犬ですから、その場が和んで皆の口が軽くなるのです」

「癒し担当か……」

空気が読める良い子の嵜々がすかさず尾をふった。

前脚を伸ばすと皇帝の足にちょんとふれ、その顔を見上げる。

あざといまでの上目遣いだが、これで落ちない者はいない。案の定、嵜々の存在意義について熟考しかけていた皇帝が、ふにゃりと目尻を下げた。

「む？　もしやもっと朕にかまってほしいのか？」

「わおん」

「ふっ、愛《う》いやつめ。初対面だというのに犬好きのことはわかるのだな？　ははは、そんなに目を細めおって気持ちがいいのか？　うり、うりうり、こいつぅ」

　皇帝が再び崙々にかまいだす。

（よし、これで時間が稼げる）

　崙々のふかふか毛皮は魔性の域だ。一度なではじめるとまずやめられない。

　安寿殿で聞いた皇帝のお迎え時刻まで、あと一刻弱。

　今は宮正もいわゆる凪《なぎ》の時間で、皇帝を同伴できるような事件発生の報も届いていない。

　人の多い後宮は諍いも多い。毎日、何かしら事件がおきて忙しいときは忙しいのだが、
　宮正は身内の罪を暴き、罰を与える恐ろしい印象がある、後宮の嫌われ者だ。皆、関わりにはなりたくないと、ちょっとした盗難くらいだと自分たちで処理してしまう。なので出動の機会がないときは本当にない部署なのだ。

（それを気合い満々のこの方にお知らせするのも酷よね……）

　それで機嫌が悪くなられても困る。

　嘘は言わない範囲で黙秘することにして、他者の目にはふれにくい、女装の粗が目立たない裏手にいてもできる、どうでもいい仕事を皇帝に頼む。

「事件がおこれば先ほど入った門から知らせを持つ者が駆け込んできます。つまり宮正にとって殿舎の外こそが事件発生時の最前線。裏手とはいえ外にいればその声が聞こえますから、崙々とともにここにて待機をお願いできますか？」

「まかせておけ！」

元気に皇帝が応えて、蛍雪はこの隙にと屋内にひっこんだ。皇帝の護衛なら見え隠れしながら専門の者がついていると聞いた。蛍雪が四六時中、傍にいる必要はないだろう。

疲れた。本当に疲れた。

皇帝のお守りを任されてからまだ一刻しかたっていないが、心が疲弊しきっている。

が、休んではいられない。皇帝の世話役を命じられたとはいえ、通常業務を免除してもらえたわけではない。先日、片付けた事件のあらましをまとめなくてはならない。朝から祖父の元へ出向いた分だけ仕事がたまっている。宮正司女官の仕事の九割は報告書の作成だ。皇帝ばかりにかまっている暇はない。

が、蛍雪が卓に向かい墨を摺りはじめたときだった。先ほど別れたばかりの皇帝が元気に駆け込んできた。

「おい、事件だ。投書があったぞ！　中に石を入れたくくり文が裏手に投げ込まれた！」

「はい⁇」

いきなり声をかけられた蛍雪は手を滑らせた。せっかく摺った墨をこぼしそうになる。

(な、どうして？　投げ文なんてめったにないのに！)

何度も言うが宮正は後宮の嫌われ者だ。なのにさっそくこんな物が投げ込まれるとは、この皇帝陛下は厄介事を引き寄せる運気のようなものをもっているのだろうか。

蛍雪は顔を引きつらせ、皇帝が差し出す文を見る。結び方などを観て、それから手を触れる。なめらかな手触りの絹を開くと、そこには短く、

『事件有り。乾坤宮にて、彭修媛様の櫛を盗み、呪詛をおこなう者がいる』

と、書かれていた。

呪詛は大罪だ。命にかかわる。しかも具体的に嬪の名も出されている。

これはただの投げ文と無視できない。蛍雪の顔が引き締まる。

「ほう、呪詛とは穏やかではない。ここにある彭修媛とは武の名門彭家の出の嬪だな」

横から文をのぞき込んだ皇帝も眉をひそめる。

「父こそ髭面の豪傑だが、本人は夢見る瞳をした童のような娘だ。性格も繊細でその分、神経質なところがあり感情の波も激しい。時々の思いつきで動く故、扱いに困ることもあるが、呪詛などに自らかかわるような陰湿な娘ではない。実家の格も武の名門とはいえ他妃と比せばそこまで高くなく、入宮して二年たつが未だ懐妊の兆しもない。妙なことに巻き込まれる立場にはないはずだが」

蛍雪も後宮に生きる女として、妃嬪の人となりを頭に入れている。が、噂を集めただけだ。実際に会ったわけではない。なのでこれは貴重な情報だ。何しろ本人に直に接する皇帝の評なのだ。

（押しつけられたお荷物と思っていたけど、意外と役に立つ御方？）

蛍雪も、彭修媛が陰謀に巻き込まれそうにない嬪という印象には同意だ。

だがこの投げ文には問題がある。

「この文、なかなかの達筆だが、差出人の名がないな」

皇帝が言って、蛍雪は内心ため息をついた。名のない投書はやっかいなのだ。確認が取りにくい。めったにないがいたずらの場合もあるし、ねたみ、そねみ絡みの誰かを陥れる罠のこともある。あらゆる場合を想定しておかないといけない。

しかもしたためられた布は質の良い絹だ。常に上質な物に囲まれた皇帝は気づいていないようだが、後宮には外の城市のように自由に物を買える店はない。必要があれば外から取り寄せるが、それは面倒だと手近の物を拝借する者がいる。これもそうだろう。

(紙より絹を手に入れやすい人もいるから、材質自体に不思議はない。だけどこんな上等な品を無造作に使える部署は限られる)

何より、名が記されていないとはいえ、蛍雪はこの筆跡に見覚えがある。

念のため、芳玉《ほうぎょく》にも見てもらっておくか、と蛍雪は直属の配下である娘の顔を思い浮かべた。

芳玉は筆跡鑑定を得意とする女官だ。書画骨董の目利きでもあり詩作が趣味という風流な娘で、鑑定の腕は確かだ。

彼女に使いを出しつつ、李典正に報告を入れる。

妃嬪と呪詛が絡むのであれば後宮を舞台にした陰謀劇に発展する恐れがある。上役への報告は重要だ。李典正にさらに上へと上げてもらい、宮正として動く旨も正式に書面にしてもらった方がいい。ただでさえ妃嬪に関する案件は宮正にとっては鬼門だ。何しろ妃嬪の背後には親や外朝の派閥といった外につながる人脈がある。何がどう作用するかわからない。気を配らなくては足をすくわれる。

「事件だな？」

にわかに騒がしくなった安西殿の様子を見ながら、期待いっぱいの顔で皇帝が言う。それに慎重に返す。

「……確かに事件かもしれませんが、ご希望に添えるとは限りませんよ？」

どう転ぶかは行ってみないとわからない、それが妃嬪相手の案件だ。

宮正の殿舎、安西殿を出ると、容赦のない日差しが襲いかかってきた。ちょうど午《ひる》の日差しが一番強い時間帯だ。

(暑い。冷えた瓜《うり》が食べたい)

こんな時刻に外に出ないといけないとはついていない。

嘆きつつ先ほど皇帝を案内して来た長い石畳の路を引き返し、彭修媛の宮殿がある南へと向かう。皇帝の演技力を勘案して、捜査に赴くのは蛍雪と皇帝のみにした。李典正には、「先方を刺激しないよう、先ず二人で行って様子見してきます」と許可を得た。

だが暑い。移動に輿を使える妃たちとは違い、他はひたすら自身の足を使う。広い後宮の往き来は足腰を鍛えられていいが、夏場は喉が渇くのが難点だ。宮正を茶菓で歓待してくれる先があるわけもなく、安西殿に戻るまで白湯《さゆ》の一滴も飲めない。

皇帝は大丈夫だろうか。

明らかに妃嬪への献上品である瓜を盛った木桶をしずしずと運ぶ女官の列を横目に、背後にいるお姉様の様子をうかがう。

薄い絹の女官のお仕着せとは比べものにならない分厚い鎧と外套をつけ、喉元も手巾でおおっているというのに、皇帝は涼しい顔をしていた。

皆にかしずかれて暮らす皇帝のことだ。すぐに根をあげると思っていたので意外だ。

思わず目を丸くすると、「どうした」と聞かれた。

「主上は、あ、いえ、趙殿は汗をかかれないのですね」

「当たり前だ。風のそよぎも感じられない宮殿の帳《とばり》の奥で毎日、爺どもの長話を聞きながら正装をまとって座っているのだぞ。皇帝の衣はいったい何枚重ねてあると思う」

確かに。言われてみればその通りだ。

「それよりもそなた、物欲しそうに先ほどの列を見ていたが、我が後宮では女官は瓜の一つも食べられないのか」

「食べられないというわけではありませんが、旬の嗜好品は上の方々が優先ですね」

そんな物欲しそうな顔をしていただろうか。どちらかと言うといつも何を考えているかわからない仏頂面と言われるのだが、と考えながら答える。

高い塀に囲まれた後宮だが、外から孤立しているわけではない。必要な物資は毎日届くし、娘を心配する実家からの差し入れもある。北の通用門前には御用商人が張り付いているし、外朝の官吏も隙あらば女たちに便宜目当ての贈り物をしようとする。

官給品以外にも物があふれかえっているのだが、さすがに賄賂、横領の取り締まりもおこなう宮正に付け届けをする猛者《もさ》はいない。

「皆様と交流のない宮正まではなかなか回ってきませんね」

「そのことだが、そなたは魏家の娘だろう。何故女官などをやっているのだ？　魏家の後ろ盾があれば妃嬪として入ることもできただろう」

皇帝が不思議そうに聞いてきたが、人には事情というものがある。万民の上に立つ皇帝に聞かせるほどのことでもない。無難に流しつつ、さりげなく話題を変える。

「特に理由はありませんが、強いて言えば私も捕り物が好きだからでしょうか。それよりも趙殿は本当に乾坤宮まで来られて大丈夫ですか？　場合によっては宮殿の主の前まで出ることになるかもしれません。ご正体がばれないか少々、不安なのですが」

「ふっ、案ずるな。この姿を見て誰が朕だと思う？　それにここ数日は前もって、『政務が忙しく、当分、後宮には参れぬ』と皆に言い含めておいたからな。衛元に命じて表の永寧宮にも影武者を用意したし、工作は完璧だ」

自慢げに胸を張る。鎧をまとった胸には堂々たる双の丸みまである。何を入れたかは知らないが、皇帝がこんな情けない格好をしているとは確かに誰も思うまい。

「それと、そなたまだ敬語が出ているぞ。ここにいるときは朕のことはただの娘子兵として扱え。もっとぞんざいな口調でいい。正体がばれては困るだろうが」

「も、申し訳ありません」

「それとだな、彭修媛の前へ出た際の口上は朕が考えてやったからな。『ええい、控えおろう、この佩玉が目に入らぬか。私は主上より権限を賜った宮正なるぞ！』というのだ。どうだ、格好いいだろう」

念願の現場に向かうにしてはおとなしいと思ったら、そんなことを考えていたのか。

「本当は朕が言いたいところだが正体がばれては困る。そなたの背後に控えておく故、口上はそなたが述べるのだぞ？　いいな」

皇帝が、「決め姿はこうだ！」と、さらに登場時の演出をしてくれたが、あいまいに相づちを打つにとどめる。わかりにくいがこれはきっと皇帝流の冗談だ。そうに違いない。

「不審な投げ文があった故、参った。彭修媛様に取り次ぎを願いたい」

乾坤宮まで来ると、門脇に控えた宦官に李典正の印が押された書簡を示す。

身内の罪を探る宮正女官は何度も言うが後宮の嫌われ者だ。自分が呼んだのでもない限り、宮殿への立ち入りを喜ぶ者はいない。

今も声を潜《ひそ》めたつもりだろうが「どうして宮正が」「嫌だ、怖いわ」と通りかかった宮官たちのささやきが漏れ聞こえてくる。中には疫神《えきじん》よけの印を切る者までいる。

「……そなたら、嫌われておるのだな」

「しみじみおっしゃらないでください」

問題の彭修媛がいるところは案内されるまでもなく、すぐにわかった。悲鳴のような声と体を打つ痛そうな音が、宮殿の大門を抜けるなり聞こえてきたからだ。

「あの声は？」

「何でもありません。手癖の悪い女嬬が最近こちらに配属になりまして、彭修媛様の飾り櫛を清掃の際に盗んだのです。寄こした人事の尚宮局に文句を言わなくては」

案内の女官が憤慨してみせる。盗人を出した責任は乾坤宮ではなく尚宮局にあると言いたいのだろう。体面を気にする宮殿付き女官によくあることだ。が、蛍雪は眉をひそめた。

（飾り櫛？　この時機で？）

この窃盗事件とやらは投げ文に関係しているのだろうか。

蛍雪は安西殿以外で投げ文の内容は口にしていない。この案内の女官は簡単に「櫛」と口を滑らせたことから見ても、密告の内容を知らないようだ。

「ここでお待ちください。すぐに彭修媛様の名代《みようだい》が参ります」

案内役の女官が足を止め、一礼する。

いくつかの門と回廊を抜けた先に現れた、広い石畳の院子だ。

そこに乾坤宮の女たちがいた。

主殿前の回廊だ。平伏する女嬬を見下ろす形で、宮殿の主である彭修媛が侍女たちを従え、運ばせた椅子に座っている。女嬬の上役や同僚とおぼしき娘たちが院子の隅に固まり、身をすくめていた。

乾坤宮は後宮にある中では比較的、新しく造られた宮殿だ。

美しい園林の中に自由に建物を配するのではなく、完全に四合院《しごういん》のつくりになっている。門をくぐった正面にある主殿、その左右にある廂房《しようぼう》と呼ばれる細長い棟と回廊で院子を囲む形だ。四角い敷地の中に口の字形をした建物と中庭がいくつもあると考えればいい。

乾坤宮を建てた当時、皇帝の寵を得ていた妃が歌舞の達人だったとかで、訪れた皇帝がその声と姿を楽しめるようにとこの形にしたらしい。主殿前の院子は石畳の舞台になっていて、声がよく反響する。女嬬の声が門まで聞こえていたのはそのせいだ。

彭修媛は日陰になった回廊で優雅に侍女に扇で風を送らせ、女嬬の自供を待っていた。女嬬は入宮して間がない娘で、上の言葉をすべて反射的に肯定する域に達しておらず、「やっていません」と反論したために、彭修媛の怒りをかったようだ。

（だからって、宮殿中の女嬬を集めてその前で責めたりするかな……）

不心得者を出さないための見せしめの意味もあるとわかっているが、気分が悪い。

妃嬪の中には血を好み、退屈しのぎに配下に罰を与える者もいる。逆に血など見たくないと物陰で罰するように命じる妃嬪もいる。自分が下した命令の結果を見届けようとするだけ彭修媛は責任感があると言えなくもない。が、彭修媛の不機嫌顔を見ていると、単に暑さのせいでいらだち、女嬬を責めて鬱憤晴らしをしているだけではと思えてくる。

責めを止めたいのを我慢しながら待っていると、ようやく彭修媛の侍女頭である年配の女が蛍雪の前までやって来た。

「取り込み中です。彭修媛様のお手をわずらわせるわけには参りません。用件は私が聞きます」

挨拶もなく、いきなり言われた。彭修媛と言葉を交わせる距離まで近づけてもらえないらしい。

しかたがないので、安西殿に投げ文があったことと、その内容を話す。

彼女はぴくりと眉を動かすと、表情を消したまま言った。

「そのようなこと初耳です。何かの間違いかいたずらでしょう。呪詛などとんでもない。手癖の悪い女孀が粗相をしただけです。美しい櫛を見て魔が差したのでしょう。内輪のことゆえ、しつけはこちらでおこないます。宮正の手をわずらわせるまでもありません」

お引き取りいただきましょう、と、慇懃無礼に帰る方向を示される。

(いやいや、そう言われても)

蛍雪がここに来たのは女孀の粗相があったからではなく、投げ文があったからだ。あの文がいたずらならいたずらと、はっきりしないうちは帰れない。

(事前に情報を得ていながら手をこまねいて彭修媛様を害された、なんてことになったら困った立場に立たされるのは私たち宮正だけでなく、あなたたち侍女もでしょうが)

女は堂々と帰れと言ってくるが、何かあってからでは遅いのだ。

蛍雪はその場に踏みとどまった。視線をめぐらせ、今の自分にできる善後策を考える。

石畳に額をこすりつけ、無実を訴える女孀はまだ十三、四歳の可憐な娘だ。

私物の包みから彭修媛の櫛が見つかり同僚からも『盗むところを見た』と証言があったと侍女頭が言うが、体を打たれ、がたがたとふるえる姿は痛々しくて見ていられない。

なのにこれだけ責められながらも、繰り返し、飾らぬ言葉で己の無実だけを訴え、言い訳一つしない娘は実直そうに見えて、手癖の悪い女孀とは断じにくい。

(……宮殿の雑務をおこなう女孀の宿房は目隠しの衝立すらない大部屋の雑魚寝でしょ

う？　誰でも他人の私物にふれられる。何かの誤解、冤罪の可能性だってあるのでは？）

人が複数いるところでは良くあることだ。が、上座にいる彭修媛にはそんな発想は一切無いらしい。

いや、彼女の中ではすでに犯人はこの娘だと裁きがついているのだろう。何が何でも自白を引き出すと、意地になっている。

（困った。窃盗の件も含めて乾坤宮でなにがおこっているのか調べたいけど、一度決めた裁きに口を出すと、彭修媛様の機嫌をどれだけ損ねるか……）

各宮殿に仕える奴婢を罰する裁量権は宮殿の主たる嬪にある。ここで蛍雪がごねれば彭修媛は宮正司に直接、苦情を持ち込む。ただでさえいつも上と下との板挟みになっている李典正だ。彼女の胃痛をこれ以上、ひどくしたくない。

何より、今の蛍雪は一人ではない。お忍び中の皇帝という、いつ破裂して周囲を巻き込むかわからない厄介な火種付きの火薬を抱えている。

（気になるし、悔しいけど。ここはいったん引いて出直すのが最善か）

自分の力のなさが歯がゆい。皇帝を表に帰し、身軽になったうえで、彭修媛の周囲で発言力をもつ侍女や女官に根回しして捜査を願い出よう。それしかない。

しぶしぶながらも蛍雪が一礼して下がろうとしたときだった。

つん、と背をつかれた。

無視していると、つんつん、ぐいぐい、と剣の柄を押しつけられる。先ほどから黙って待機していた皇帝だ。蛍雪が介入する姿勢を見せないことで我慢の緒が切れたらしい。

「おい、何をしている。せっかくの捜査の機会だぞ？」

空気も読まずに低い美声でささやいてくる。

「さっさと宮正として事件に介入しろ。決め言葉なら考えてやっただろう」

「……それはあれでございますか。ここに来る前にご伝授いただいた？」

問い返さずとも答えはわかっている。決め言葉とは、あれ、だ。決め姿とやらとともに教えられた、『ええい、控えおろう、この佩玉が目に入らぬか。私は主上より権限を賜った宮正なるぞ！』ということ、誰がしますか)

(そんな悪目立ちすること、誰がしますか)

拒絶の意志を込めて前に向き直る。だが背後の皇帝はあきらめない。つんつん、ぐいぐい、ごおりごおり、と、婀やかな女人のものとは思えない力で背をつき、催促してくる。

これ以上は無視できない。皇帝自ら介入しそうだ。蛍雪が動くしかない。

(それでも主上の正体だけは何としても守り切らないと)

蛍雪が彭修媛の機嫌を損ねるのも承知で立ち向かう覚悟を決めたときだった。

門のほうから小走りに、取り次ぎの宦官がやってきた。

その場に平伏して言う。

「彭修媛様に申し上げます。朱賢妃《しゅけんぴ》様がご機嫌伺いに立ち寄りたいと仰せになり、こちらに向かっておいでです」

「まあ、お姉様が？」

喜色に染まった声をあげて、彭修媛が立ち上がる。

朱賢妃は彭修媛より上の位、正一品にある妃で、貴妃《きひ》、淑妃《しゅくひ》、徳妃《とくひ》、賢妃と続く皇帝の四妃の一人だ。さばさばした気性の女人で、彭修媛とは住まう宮殿が隣同士なこともあり、個人的に往き来し合う仲だと聞いている。

今日も暇なので一緒に茶を飲みたいとやってきたらしい。

「すぐお通しして。ああもう、何をしているの、早くそこも片付けてっ」

自分よりも上位にある妃の来訪は嬪にとって気が張るのと同時に栄誉なことだ。他の競争相手に差を見せつけることができる。

彭修媛が俄然、張り切りだした。侍女たちがあわてて動き出す。

当然、盗人の詮議など後回しだ。

問題の女嬬は再審議がおこなわれるまで宮殿の倉に押し込められることになり、蛍雪たち部外者も宮殿の外へと追い出された。

（これは時間稼ぎができて助かったと思うべき……？）

せっかく決めた覚悟はなんだったと複雑だが彭修媛の歓迎準備を妨げるわけにはいかな

い。彭修媛と朱賢妃、敵に回す必要のない妃嬪を二人もいらだたせることになる。

憮然とした顔の皇帝を引っ張って、乾坤宮の門を出る。ぎりぎりの時機だったらしい。路を歩き始めてすぐに朱賢妃の一行とすれ違った。

路脇に避け膝をついた蛍雪と膝をつかせた皇帝の伏せた視線の先を、輿を担いだ宦官やお付きの侍女たちの足がしずしずと横切っていく。

ふと、下げた首筋に視線を感じた気がした。

(え?)

鋭い視線だ。何かを問いかけてくるような。意識を前に向けると、ちょうど輿に座った朱賢妃が通り過ぎるところだった。

(まさか朱賢妃様がこちらを見ておられる?)

当然だが一女官にすぎない蛍雪は朱賢妃と面識がない。今は膝をついて顔も見せていない。いきなり興味をもたれるわけがない。

もしや隣にいる〈趙燕子〉に不審でももたれたか。

冷汗がふきだして、思わず顔を上げそうになった。が、何も言わずに朱賢妃一行は乾坤宮の内へと消えていく。

気のせい、だったのだろうか。蛍雪は眉をひそめながら身をおこした。

一行の姿が見えなくなり、周囲から人がいなくなるとさっそく皇帝が吠えた。

「馬鹿者！　捜査もせず、他者の言葉を鵜呑みにして引き下がるとは何事だ！　勝手のわからぬ後宮捕り物のこと故、初回は様子見するつもりで口出しはしなかったが、そなたはそれでも後宮の正義を担う宮正女官か」

皇帝は他の目のないところで遠慮無く怒鳴りつけたくて、あえて共に宮殿を出たらしい。

「あの女孺、嘘はついておらん。朕が何年、皇帝をやっていると思っている。出す言葉が嘘か真《まこと》かくらいの見分けはつく。あの者は声の大きい周囲の馬鹿どもに陥れられているだけだ。力なき無実の娘を見殺しにして、何が正義か！」

（……そんなに頭ごなしに言われなくとも。私だってわかってますよ！）

悔しいのは自分も同じだ。いや、こうして妃嬪の機嫌をうかがい引き下がるのは今回が初めての皇帝とは違い、何度目だと思う。入宮以来三年、序列が物を言う後宮で暮らしてきた。何度こういう理不尽を見たかわからない。我慢を繰り返している蛍雪のほうこそ鬱憤がたまりきっている。

それを皇帝の正体を明かさないためにも必死にこらえたのだ。褒められこそすれ、怒鳴られる筋合いはない。

「……御静まりください。私だってこのままでいいとは思っていません。ただ問題は、あの侍女頭が言ったようにこの件が彭修媛様の宮殿内の出来事だということなのです」

後宮の下々事情に疎《うと》そうな皇帝に説明する。

「後宮にある宮殿はすべて皇城内にある公の場です。ですが妃嬪の〈家〉でもあるのです。家内のもめ事だと言われてしまえば、それは国の法の及ぶ公の場の事件ではなく、家族間の問題です。私たちは手を出せません」

面と向かって『粗相をしただけ』『内輪のこと』と言われてしまえば事件ではない。ただの家奴《かど》のしつけの問題だ。宮正の管轄からは外れる。踏み込めない。

「それに妃嬪の皆様にも面子という物があります。彭修媛様は他宮殿の妃嬪の方々と競うお立場です。わずかな隙も見せられない状態におられます」

そんな中、訪れた蛍雪は、乾坤宮の者からすれば宮殿外から来た部外者だ。

「身内でもない信用のならない者たちを家内に入れ、裁きに加えては、『しつけが行き届かず、盗みを働くような者を召し抱えていた』との件が公になり乾坤宮の管理能力を問われる、他妃嬪に嘲弄され、主上の覚えが悪くなると考えてしまうのです」

つまり強引に介入すると、他に弱みを見せまいとする乾坤宮の女たちが総出で証拠隠滅に走り、すべてをなかったことにしてしまう恐れがあるのだ。

その過程であの女孀が事故や自害に見せかけて口を封じられる可能性だってある。閉ざされた〈家〉の中での凶行だ。口裏を合わせせられてしまえば宮正も何もできない。

平和に見えて後宮とは戦場なのだ。皆、必死に見栄という名の鎧を着け戦っている。

その状態で宮正が捜査をおこなうには、先方の同意と協力が不可欠なのだ。

「そこへ朱賢妃様の来訪です。身分の上下もあり、彭修媛様が賢妃様のお相手を優先されるのは当然のこと。宮正は引き下がるしかありません」

蛍雪だって悔しい。だが同時にしかたがないのだということも身に染みている。

その辺りの事情を皇帝に必死に説明する。

「……わかった。そなたたちの事情はわかった」

やがて、怒りを己の内に押し込めるようにして皇帝が言った。

「朕が厭うてここまで足を伸ばした政治忖度、それはここにもある。どこも同じだ。そう言うのだな。そしてそんな後宮の土壌を作ったのは代々の皇帝と皇后だ。悪いのはそなたではない。朕だ。それはわかった。だが、か弱き無実の民一人守れず、何が皇帝か」

絞り出すように言う皇帝を見て、蛍雪は驚いた。

政治忖度が必要な序列社会、その頂点に立つ皇帝が、力の弱い者にばかりしわ寄せがいく後宮の構図に本気で腹を立てるとは思わなかったのだ。

「……捕り物は、ただのお遊びだとばかり」

思わず、口から漏れた。はっとして口を押さえたがもう遅い。蛍雪は先ほど以上の声で怒鳴られることを覚悟した。

が、皇帝は怒らなかった。

「……わかってはいるのだ。何も知らぬ者が加わっても、現場は混乱するだけとな」

ただ、静かにそう言った。

「こうしている今も、そなたの仕事を増やしているだけだ。だが朕とて気ままに振る舞っているわけではない。力を持つが故に、正義という名の我を通せぬこともある。政治の均衡。力ある者が口を出せば小さな悪の枝は刈ることができる。が、その枝が他のもっと悪い枝に陽が当たるのを防いでいたら？　今が良い状態でないとわかっていても、目をつむらなくてはならないときもある。その葛藤はそなたが抱く憤懣と似ている」

そこで、一転、皇帝が凜とした口調になる。

「だが朕はそこであきらめるわけにはいかんのだ」

蛍雪ははっとした。声量は抑えられているのに、先ほどの怒声以上に心を打ち据えられた気がする。

「世は公平ではない。清濁併せのむのが度量の大きさと、太子時代に師より学んだ。が、清流では生きられぬ魚がいるように、清流でしか生きられぬ魚もいる。ただ、世が腐っているからしかたなく、皆、その身に穢《けが》れを取り込むのだ。美しい水だけを飲み暮らせればどれだけよいかと思う。泥流で暮らし続ければどうしても心が鈍化する。心が摩滅し大義を見失う。目をつむること、忖度することばかりに腐心していると心までよどむ。先の希望を持てず、ただ時を過ごすのは生きているとは言わん」

それは蛍雪にもわかる気がする。生涯、冷宮に押し込めと決まった罪人を見ると気が滅入る。先の希望もなく死が訪れるまで淡々と、命を潰して生きるしかない彼らを見ると、自分の中の不安や見たくない部分があふれて叫び出したくなる。

「国の頂点に立つ者がよどめば国は腐るばかりだ。故にたまには浄化せねばならん。それに朕が一つでも忖度をはねのけ、事件を解決できれば民も少しは期待するであろう？　どこぞに力持つ者の介入をはねのけ、正義を守る侠客がいると。それを聞けば多少は悪党どもも罪をひかえる。陰に回るだけだという者もいるだろうが、それでも抑えられるはずだ。

……皇帝でありながら、朕はそれくらいのことしかできぬから」

その声には深い諦観と自省が込められて、まだ若いのに老人のもののように聞こえた。

「だからこそ朕は捕り物をやめられん。周囲に面倒をかけようとな。生きにくい世でも、真面目に生きていれば救いがあるのだと、民に希望を示さねばならぬ。苦しいときに助けの手が現れるかもと思えば、心の支えができる。多少は生きやすくなるだろう？」

「……それが主上にとっての捕り物ですか」

「まあな。すべての者が満足できる世を築けぬ皇帝の弱音だ。忘れてくれ」

ふっと皇帝が肩をすくめて笑う。そして言いすぎたと思ったのだろう。

「……と、言えばたいていの者は心を開く。人心をつかむ皇帝の技だ。覚えておけ」

重くなった空気を冗談めかした言葉で軽くした。

そこで時間切れだ。

いつの間にか背後に現れた衛児に、「時間です。お戻りを」と言われた。

「朕がおらぬ間に勝手に捜査をするなよ。よいな！」

捨て言葉を吐いて連れられて行く皇帝を見送ると、蛍雪は夏の日差しが照りつける路に、一人、立ち尽くした。頭の中はさっき皇帝が言った言葉でいっぱいだ。

（そういえば。主上は表では捕り物をおこなえないからと、後宮にこられた方だった）

皇帝の気まぐれにしかたなくつきあっていた。ただのお遊びとどこか馬鹿にしていた。

だが、正義をおこないたい、その気持ちは皇帝の方が上だった。

（摩滅しかけていたのは、私のほうだ）

そもそも皇帝だって思うままに正義をおこなえているわけではない。大きな力を持つが故に、その力をふるえない悔しさは蛍雪以上だろう。

なのに彼はあきらめていない。滑稽にも思える方法だが、せめて自分にできる小さな正義を為そうと動いている。

（なにをやってるの、私……！）

蛍雪はぎゅっと手を握りしめた。

不正を糺《ただ》す宮正でありながら、捜査もせず尾を巻いて逃げていた。これが処世術だと悟った気になっていた。

　ここであの女嬬を見捨てれば、自分はますます卑屈になる。

（……そういう意味では、朱賢妃様の訪問は、ある意味、僥倖だったのかもしれない）

　彼女は茶を飲みに立ち寄った。なら妃嬪同士が社交辞令を交わすだけで最低でも半刻は費やす。その間に彭修媛の頭も冷える。人の話を聞く心の余裕もできるだろう。

（何より、あのとき、朱賢妃様はこちらを見た）

介入できる、隙があるかもしれない。

　蛍雪は自分の頬を張ると気合いを入れる。

　ちょうどそのとき、お使いを終えて尚宮局に帰る顔見知りの女嬬が通りかかった。それを捕まえ、駄賃を握らせて安西殿まで伝言を頼む。ついでに、先ほど見た女嬬の年頃と最近、乾坤宮に配されたことを伝え、彼女の名や背景を調べてくれるよう頼む。

　それから、通行の邪魔にならない塀際に立つ。

　事件に介入する糸口をつかむまでは帰らない。そう決めたのだ。


　どれぐらいそこに立っていただろう。待ち時間を利用して届いた問いへの返事などを読んでいると、いつの間にか陽も位置を変え、宮殿から朱賢妃が出てきた。何故か輿には乗らず、お付きたちを背後に従えた徒歩姿だ。

朱賢妃は気さくな人柄で知られる妃だ。

父は大理寺《だいりじ》の長官である大理寺卿の要職にある人で、妃本人は体を動かすことが好きな行動派。馬術も得意で、皇城の外まで皇帝と遠乗りに出かけることもあるという。

だが、いくら気さくな行動派の女人でも、皇后に次ぐ四妃の位にいる方だ。普段は隣の宮殿へ行くだけでも輿を使う。

が、今は輿を使わずに歩いている。

行きには使っていた輿をわざわざ後からついてこさせて、宦官の先導を受けながらゆっくりと門を出てくる。

それを見て、蛍雪の決意は固まった。

「朱賢妃様に申し上げます」

その場に膝をつき、拱手《きょうしゅ》しながら言う。一女官が許しもなく妃に声をかけるなど杖打《じょうう》ちにされても文句は言えない不敬だ。だが確信があった。朱賢妃なら聞いてくれると。

思ったとおり、朱賢妃は蛍雪の前で足を止めた。膝をついた蛍雪を見下ろす。

（やはり）

朱賢妃は待っていたのだ。宮正が話しかけるのを。

朱賢妃が今このときに彭修媛のもとを訪れたのは偶然ではない。門に入る際に感じた視線も気のせいなんかではない。

蛍雪は許しを得て顔を上げた。問いかける。

「本日、宮正のもとに匿名の投書がありました。乾坤宮にて呪詛がおこなわれた疑いがあると。投げ込むよう指示を出されたのは朱賢妃様ですね？」

しばしの沈黙の後、面白がるような声で、朱賢妃が直接答えた。

「……何故、そう思う？」

「筆跡が、朱賢妃様のご右筆のものと同じでした」

実家にいた頃からの習慣だ。蛍雪は後宮に来てから手に入った書はすべて保管している。各人の筆跡を覚えるためだ。

捜査に役立つ可能性のある資料を集めるのは魏家の家訓といってもいい。祖父も父もいざというときに引き出し比べられるように、手に入るかぎりの手蹟《しゅせき》を集めている。

そして蛍雪の配下である芳玉は文人として名高い良家の出だ。幼い頃より書画骨董に囲まれて育ったおかげで鑑定の技に長《た》けている。筆跡を見比べるのも得意だ。

そんな彼女にここに来る前に頼んでおいた。蛍雪が保管している朱賢妃の右筆の字と投げ文の字を見比べてくれと。先ほど、門前で待機している間に返事をもらったが、九分九厘、同一人物の手蹟との答えだった。

朱賢妃は無言のままだ。正解とも、不正解とも言わない。表情すら変えず、蛍雪を見下ろしている。居心地が悪い。夕刻の日差しを受けているのに冷たい汗が背を伝う。だが。

（これは、朱賢妃様の試しだ）

使える者かどうかを観られている。ならば全力でぶつかる。

「その無言は『是』と受け取ってよろしいですね？」

蛍雪は重ねて言った。

「それに筆跡のことだけではありません。本日、茶を飲むためと乾坤宮を尋ねられながら、出てこられるのが遅かったのは彭修媛様が気をお鎮めになり、私どもの介入を承知してくださるようになるまでお待ちくださったからではありませんか？」

ついでに。朱賢妃が彭修媛のもとへ来るのも時機が良すぎた。

（そう。まるで隣同士の宮殿であるのをよいことに、乾坤宮の様子をうかがい、宮正が帰されそうになったので止めるためにやってこられたような）

こちらはあくまで状況からの推測にすぎない。だが正解であると確信している。

その根拠は待ち時間の間に尚宮局に伝えた調査の返事と、朱賢妃の目下の者にも気さくに声をかけるとうわさの人柄だ。

尚宮局からの返答は蛍雪の予測どおりのもの。そして朱賢妃の人柄は今、蛍雪が身をもって試した。朱賢妃は一女官の前に立ち止まり、その言葉を怒りもせずに聞いている。

だからこそ蛍雪は事件の真相を察した。

この一連の出来事の裏に呪詛はないと。

朱賢妃の目を真っ直ぐに見返す。黙ったまま見つめていると、朱賢妃がふっと笑った。

おかしそうに問いかけてくる。

「何故、私が投げ文などをしなくてはならない？　呪詛とは大罪ぞ。その誣告《ぶこく》もだ。もちろん、そのような真似を妃たる私がしたと虚偽の訴えを為すのも罪だ」

「それはその通りです。ですがまだ、呪詛が本当におこなわれたかはわかりません。事件に介入することすらできていませんから。ただ、呪詛とは人の命がかかった重大事です。もしや、とわずかな疑いがあるだけでも、彭修媛様をご心配なさる〈どなたか〉の気持ちは万民に理解できます。それが罪にあたると言う者こそ心ないと、皆が言いましょう」

呪詛と書かれていても、今回の投げ文は罪に当たらない。そう主張して、そのうえで言う。

「今のところ乾坤宮で問題とされている罪は清掃の女嬬が櫛を盗んだことのみ。ただ、嫌疑をかけられた女嬬をこの目で見たうえで申し上げます。くだんの女嬬、呪詛などという重大事に関わっているとは思えません。十中八九、冤罪でしょう。女嬬を救い、呪詛がおこなわれたかも含め、真実を明らかにし、皆の心を安らかにするには一刻を争うと思いました。ですからここでお待ちしておりました」

時が経てば経つほど女嬬の無実を証明する証拠も減る。

それに今なら朱賢妃の助力を得られるかもしれない。宮正だけで行くより、朱賢妃の口添えがあったほうが彭修媛には効く。

「朱賢妃様がお帰りになれば彭修媛様は、先ほどの件を思い出されるでしょう。あの女嬬がまた責められます」

それで真実にたどり着ければよいが、先ほどの彭修媛の様子では、女嬬の粗相を罰せばそれでよいと考えているようだった。

「その後、投げ文のことを耳にされ、お考えを変えておられればよいのですが。彭修媛様は主上の嬪という大切なお体。何かあってからでは遅すぎます。ここは念のため詳しく調べた方がよろしいかと」

彭修媛をたてつつ、事件に介入できるよう考えた口実を口にし、頭を下げる。

「どうか御力添えを」

「……安心したぞ。宮正にも牙が折られていない者がおったか」

朱賢妃が、からからと笑いだした。

どうやら試しに合格したらしい。

「よかろう。私がとりなそう」

朱賢妃は頼もしく言ってくれた。

「ま、彭修媛の性格からして、事情を話せばすぐに捜査の許可をだすだろう」

「え」

「あの侍女頭、たぶん呪詛のことなど主に伝えていないぞ。あの娘は感情の波が大きい分、怖がりだ。そんな話を聞いてはあのように悠然と私と茶など飲んでいられない」

ついてこい、とうながすと、朱賢妃はきびすを返した。


彭修媛が投げ文の内容を聞かされていないという朱賢妃の読みは当たっていた。彼女は朱賢妃から事情を聞くなり顔色を変えたのだ。

「で、ですがお姉様、これは私の宮でのことで、しかもただの盗みだから内々に処理した方が良いと、徐慧《じょけい》が言いました」

徐慧とは先ほど門前払いを喰らわせようとした彭修媛の侍女頭だ。あわてて口出ししようとする徐慧をじろりと見て、朱賢妃が言った。

「そう言うが、そもそも宮殿の主であるそなたが何故、宮正が来たことを知らされていない。私から見ればそちらのほうが気になるぞ。主がないがしろにされているということだからな。それこそ取り次ぎ仕事を怠る侍女の怠慢ではないか」

「そ、それは……」

「怠慢ついでにもう一つ言わせてもらえばな。櫛の管理もまた侍女の仕事だ。その徐慧とやら、窃盗の件が外に知れては己の失態が後宮中に広がる、立場がないとでも思い、保身に走ったのだろう。内々で済ましてなかったことにしようとな。そのために主たるそなたに呪詛の件まで伏せるとは獅子身中の虫と言うもおこがましい。言っておくが呪詛が本当であれば苦しむのはそなただぞ？　侍女ごときをかばっている場合ではなかろう」

そう言われると誰でも自分の身が一番可愛い。

彭修媛ががたがたとふるえだした。侍女の徐慧を叱り飛ばす。

「どうして呪詛のことを黙っていたのっ」

「で、ですがあの女嬬の私物を調べました折りに怪しい物は出てきませんでした。ですから呪詛とは宮正の言いがかり、彭修媛様のお心を乱してはならないと思い……」

「今はなくても櫛が盗まれたのは事実でしょ！　これから呪うつもりだったかもしれないじゃないっ。櫛なんて形代《かたしろ》にされる最たる物よ。わざわざ宮正が出向いてくれたのに主には伝えず黙っているなどお前のほうがおかしいわ。誰か、この不忠者を打ち据えてっ」

櫛は呪詛とは縁深い。呪の形代に使われやすい髪に近い物であることから、霊的な力を宿すといわれている。彭修媛は徐慧に罰を与えるよう、お付きの宦官に命じると、手の平を返したように蛍雪を見、すがりついてきた。

「早く調べてっ。このままでは恐ろしくて夜を迎えられないわっ。呪詛が効くのは夜が多いっていうじゃないっ。その女嬬がもう私を呪ったか否か調べて安心させてっ」

（すごい、あっという間に。これなら宮正も恨みをかわない……）

蛍雪は朱賢妃の手腕に感心した。

面子が重要な宮廷で、大事なのは面子より己の命だろうと一喝した後で、やんわりと彭修媛をたて、悪いのは取り次ぎを怠った侍女だと、すべての罪を他にもっていく。

こうなればあとは簡単だ。彭修媛は全力で宮正に協力してくれる。

蛍雪はこういう駆け引きは嫌いだ。が、今は朱賢妃に感謝した。柔軟な思考ができるようになっている。これも皇帝の言葉のせいか。

皇帝にも少し感謝しつつ、侍女たちに問題の櫛を見せてくれるように頼む。侍女の一人が恭しく盆にのせられた小さな布の包みを持ってきた。

彭修媛の物にしてはいささか粗末な手巾の包みを開くと、そこには緑の飾り櫛があった。

意外と地味な品だった。

物は翡翠だ。一つの玉《ぎょく》から、緑の葉陰にたわわに実る白桃を削り出した、石本来の色を生かした逸品だ。葉部分の緑色も濃く、玉としてもかなり高価だと一目でわかる。が、装身具としては華やかさに欠ける。彭修媛のような若い娘の髪を飾るよりも、年配の女人が護符代わりに帯にでもつけたほうが良さそうな品だ。聞いてみる。

「櫛に触れられる者は限られておりましょう。普段の管理はどうされていますか」

「磨いて櫛箱に入れてあります。もちろん抜けた髪があれば櫛から取り、箱に集め、呪詛などに使われないよう安全に管理しております。不用意に捨てたりはしていません」

侍女が盗まれた品が入っていたという櫛箱も出してくる。

妃嬪の抜けた髪の処理法は侍女の間で不文律として伝わっている。それをわざわざ口にしたのは呪詛絡みだからだろう。なかなか気の利く娘だ。

絹を敷かれた平たい箱には他にも華やかな櫛がいくつもおかれていた。

それを見て、蛍雪は改めて思った。

(これは金目当ての盗みでも、呪詛目的でもない)

これなら彭修媛の望み通り、大事にならない。乾坤宮の内々で収められそうだ。

問題はどう終結させるかだ。彭修媛は怯《おび》えきっている。安心させるためにも事件はなるべくわかりやすく解決してみせたほうがいい。

(やってやろうじゃないの)

傍らで興味深げに眺める朱賢妃の掌で転がされている気もするが、利害は一致している。

朱賢妃の興味を最後まで引けるよう、せいぜい面白おかしく踊って見せよう。

蛍雪は櫛箱を示し、彭修媛にたずねてみせる。

「花、蝶、繊細で美しい飾り櫛が多いですね。さすがは彭修媛様のお持ち物です。なのに何故、桃の櫛をお持ちだったのです？　桃の意匠も彭修媛様にお似合いでしょうがこれは色が濃すぎます。可憐な風情の彭修媛様にはもっとお似合いになる品がおありでは」

あまり使っておられなかったのではないですか、と聞くと、彭修媛がうなずいた。

「それは母に子宝祈願にと持たされた品よ。護符のようなものでつけたことはないわ」

やはり。この時点で呪詛の形代目的は完全に外れる。呪詛をおこないたいならもっと身近な物を盗む。めったに使わない品では形代の役には立たないからだ。

そして他の華奢《きゃしゃ》な作りの櫛と違って、桃の丸みを帯びた形はあることを為すのにぴったりだ。

「……ご安心ください、彭修媛様。呪詛の件はどうやら御身を心配したあまりの誰かの勇み足のようです。盗まれたのが櫛と聞いて、もしや呪詛に使われたのではと不安にかられたのでしょう。これも彭修媛様のご人徳かと思います」

彭修媛の怒りが万が一にも朱賢妃に向かわないよう、丁寧に説明する。そして言う。

「残るは侍女の徐慧様がおっしゃられた、美しい櫛を見て魔が差した、というものですが。ここにある櫛はすべて美しい物ばかりとはいえ、正直を言いますと護符とされるこの櫛より他のほうが若い娘にとって魅力的でしょう。魔が差しての窃盗でもありませんね」

「で、ではなんだというの？」

彭修媛が呪詛ではなかったことで安心したのか、興味津々に聞いてくる。

「考えられるのは物を盗み、それを誰かの私物にいれ罪を着せる行為です。彭修媛様には思いも寄らぬことかもしれませんが下々の間ではたまにあるのです。いざ、濡れ衣を着せようとした者はこの櫛箱を見て怖くなったのでしょう。繊細な細工の櫛では万が一壊れ、犯人が自分とばれれば怒りをかうと。それで一番壊れにくそうな櫛を選んだのでは」

宮殿内の清掃は貴重な品が多いこともあり、上役や侍女の監視の下、複数の女孀でおこなう。皆の目を盗み清掃中に盗ったとなれば、とっさのことでつかんだのは素手だ。

問題の櫛は傷一つ無く美しく磨かれ、まったりと輝いている。余計な手の跡などつかないよう、普段は侍女たちも注意して、磨く際にも布越しに持つなどしていたのだろう。

彭修媛に犯人と目された女孀やその同僚たちを呼びよせてもらい、念のため女孀の私物から櫛が見つかったときのことを聞いてみると、枕元に置かれた布包みの結び目をほどくと、中の衣の一番上にぽんとおかれていたそうだ。

見つけた女孀の上役からすればさわるのも恐ろしい嬪の品だ。すぐに手巾を出して包み、捜索を命じた彭修媛の侍女に提出した。侍女はそれをそのまま証拠の品として盆に乗せ、彭修媛に差し出したので、盗品を発見した誰もが素手でさわっていないと証言した。

「ならば櫛箱から持ち出した犯人を見つけるのはたやすいですね」

白粉をいただけますか、と頼む。

目を丸くしている彭修媛の前でふっと白粉を櫛にふりかけ、刷毛で余分な粉を飛ばす。濃い緑の表面にくっきりと白い指の跡が浮き出てきた。

「まあ！　指の跡が！」

「すごいわ、不思議、仙術のよう！」

彭修媛や侍女たちが驚いているが、捕り物に携わる者なら皆が知る指紋検出法だ。

生きている人の肌は常に汗や老廃物、油脂をはく。指先も同様だ。その手で何かにさわれば肌の凹凸の形に油脂の跡がつく。そこに細かな粉をかければ油脂にとらえられ、定着するので指紋を検出することができる。白粉にかぎらず炭粉《すみこ》や小麦の粉でもいける技だ。が、捕り物に関わらない者は普通は知らない。なのでこんな失態を犯したのだろう。

犯人が素人で良かったと思いつつ、蛍雪は言った。

「そこの犯人とされている女嬬と、彼女の私物が置かれた房に出入りできる者の指先に墨を塗り、紙に押してくださいますか。指先の紋が血判状にも用いられるのはご存じの通りです。指の渦形は二つと同じ物はございません」

言うと、控えていた女嬬の同僚の一人が、あわてたように自分の手を後ろに隠した。

聞いてみると、最初に『あの子が盗んだところを見た』と証言した娘だという。

皆の指紋をとるまでもない。犯人は丸わかりだ。

それは皆も同じだったのだろう。犯人とされた女嬬を捕らえていた宦官が、命令を待つことなく手を離す。

(ほんと、こんな簡単なことで犯人はわかるのに)

実際に職場や家内でこの手の騒ぎが起こると、上役は先ず「誰がやった」と皆に尋ねる。

犯人が正直に応えるわけがない。そして声が大きく要領の良い者が格下の者を指さす。皆、自分の身が可愛い。さっさと生贄《いけにえ》にすべてを押しつけ、「俺も見た」「私も見た」などと言いだし、事件を収めてしまおうとする。上役からすればことを収めるのが最優先だ。犯人が出たことに安堵して、物証も確かめずにさっさと処分する。

(皆がいろいろな物にふれる公共の場だと指紋も採りにくいのは確かだけど。それでもきちんと調べれば濡れ衣や罠は見抜けるはずなのに)

いったいいくつの冤罪が毎日、生まれているだろう。

皆の目が真犯人だと暴露された娘の方を向く。

周囲にいた同僚たちがそっと距離を取り、つぶやいた。

「簫児《しょうじ》が犯人だったなんて。しかも新入りの子に罪をなすりつけるなんて、ひどい。あの子、簫児が教育係を命じられてた子でしょう？　明るくていい子だったのに」

「でも簫児ならやっぱりって気がするわ。暗くて何を考えてるかわからない子だし」

「それにしても思い切ったことをしたわよね。呪詛は死罪でしょ。怖い……」

その声が耳に届いたのだろう。真犯人の、簫児と呼ばれた娘が真っ青になった。必死の形相で弁明しはじめる。

「ち、違います、彭修媛様を呪うなんて、私は春蘭《しゅんらん》を困らせたかっただけでっ。あの日は櫛箱が覆いもされてなくて卓に出されたままで、それを見てたら、つい手が伸びてしまって。呪う気なんて無かったんです、本当です、信じてくださいっ」

最初に犯人とされていた女嬬は春蘭という名だと、初めて裁きの場に出てきた。彭修媛たちは女嬬の名も聞かずに責めていたのだ。

よろめきながら春蘭が立ち上がる。己をはめた同僚を見据えて問いかける。

「呪詛じゃないならどうして、簫児さん、私、あなたに何かした……？　ここのことはあなたに聞けと上の方から言われたから、あなたのことは姉のように慕っていたのに」

「よく言うわ。新入りのくせに私にあれだけのことをしておいて」

うめくように、簫児が言った。

「私にうるさく話しかけて、勝手に名を呼んで。私のほうが先に来た先輩なのに、私が他の人に馴染んでないからって上から目線で休みの日までつきまとって。私の物を何でも褒めて欲しがって。私はあなたの愛玩犬じゃないわ、尾をふるのにもうつかれたのよ！」

蛍雪はそれで動機を察した。これまた人が複数いればたまにあることだ。春蘭は新入りだ。後宮のしきたりを知らない。目上の者の名を許しもなく呼んではならないことを知らず、早くここに馴染もうと、人なつこく、他の者が呼ぶのを真似して「簫児さん」と先輩女嬬を呼び、話しかけたのだろう。

だが人になつかれたことのない簫児にとってそれは威圧でしかなかった。自分が彼女に目上への呼び方を教えなかったからそう呼んでいると察することもできず、目下に名で呼びつけられて私物を見られて「それ、可愛い」と言われれば「よこせ」と脅されたとしか感じない。

加害者と被害者の意識が違いすぎるのだ。

他から見れば理解できないかも知れない。可愛い後輩になつかれて、どうして害意をもつと、簫児の正気を疑うかもしれない。だが簫児からすれば真剣につらかったのだ。こんな大それたことをしてしまうくらいに追い詰められていた。

(だけど、春蘭のほうから見れば完全な逆恨みだ)

かわいそうにと同情を集めるのは春蘭であって、簫児ではない。蛍雪には双方のすれ違いの過程がありありと想像できる。魏家もそうだったから。

「私が悪いんじゃない、私じゃ。悪いのはあの子よ。母さん、母さん、助けて……！」

叫びながら簫児は連れて行かれた。簫児は春蘭より先輩とはいえまだ若い。十四、五歳くらいでしかないだろう。

それがいきなり親から引き離され、失敗すれば即ぶたれる恐ろしい後宮の最下層の女嬬となったのだ。今回のことがなくとも限界にきていたのだろう。慣れない後宮生活に心をすり減らし、とっさに犯行に走ってしまった彼女を思うとやりきれない。

だが罪は罪だ。被害者もいる。

簫児の裁きは宮正ではなく、彭修媛がおこなった。

蛍雪もそれを黙認した。

乾坤宮側の体面もあるし、彭修媛への呪詛の疑いこそ晴れたが同僚を陥れるという邪《よこしま》な目的で主の櫛を盗んだのは確かだ。宮正が介入して宮規に照らせば、命に関わる重い罰となるとわかっていたからだ。

万に一つの奇跡で簫児が罰を耐えきっても罪人は後宮にはいられない。外に放逐される。後宮を出ることは叶うが、年季を勤め上げることができず出された娘だ。他の目がある。親兄弟も家に入れることはできない。野垂れ死ぬのが関の山だ。

最後まで「母さん」と叫びながら連れて行かれたまだ幼さの残る簫児だ。親に捨てられる辛苦をなめさせたくない。彭修媛に〈家内のものめごと〉と裁断してもらえればそこまで重い罰にならずに済む。蛍雪も、蛍雪から相談を受けた李典正もそう判断した。

そうして。簫児は杖打ち二十の後、乾坤宮付きから外されて花園行きとなった。

花園とは広大な宮城中から集められた尿瓶を管理する、汚れ仕事をおこなう場所だ。若い娘には酷な罰だが、これで簫児はつらい乾坤宮の人間関係からは逃れ、新天地で新しい関係を築く機会を与えられる。無実の春蘭も救われる。

すべてを救える結果ではなかったかもしれない。それでも事件は解決したのだ――。

三日後、後宮に現れた皇帝は、開口一番に不満を述べた。

「朕を差し置いて何を勝手に解決しているのだ。待てと言っただろう！」

「申し訳ありません。趙殿のお言葉通り時間が勝負でしたので」

忖度するなと言ったのは誰だ。蛍雪はつい、白々とした目になって答える。

皇帝は蛍雪の目つきを咎めなかった。それどころかうずうずする内心を隠さず尋ねる。

「で、どういう流れだったのだ。種明かしくらいはしてくれるのだろう？　投げ文は朱賢妃の仕業として、何故、朱賢妃がそんなまねをしたのだ」

皇帝はすれ違いざまの朱賢妃の視線に気づいていたらしい。皇帝のことをまだ誤解していた。趣味が捕り物というのは本当だったのだ。観察眼はしっかりある。

これなら口で説明するより直接見せた方が早い。

そう判断した蛍雪は、皇帝を朱賢妃が住まう白虎宮《びゃっこ》まで連れて行った。門番には事件のその後を朱賢妃に報告するために来たと言って通してもらう。

嘘ではない。落ち着いたらまた会いに来いと朱賢妃から誘われている。門番もそう言い含められていたのだろう。案内役の侍女を待つまでもなく、「朱賢妃様は主殿でお待ちだ」と、蛍雪と皇帝をすんなりと通してくれた。

白虎宮側の案内もつけず、本当にいいのかなと思いつつ二人で宮殿内を歩いていると、運良く女嬬が総出で掃除をしている院子に出た。

「あ。あちらをご覧ください」

皇帝に注意を促し、石畳を磨いている女嬬の一人を示す。

「あの日、趙殿とお別れした後、尚宮局で最近入宮した女嬬の名簿を確かめたのです。実際に投げ文をおこなった者を特定しました。あそこで床を磨いている女嬬がそうです」

「あれは……」

皇帝が息をのむ。当然だ。そこにいるのは櫛を盗んだと冤罪をかけられていた女嬬、春蘭にうり二つの顔をした娘だったのだ。

「双子、か」

「はい。珍しいですね。双子の姉妹が双方とも後宮入りするのは。あの娘は春麗《しゅんれい》といいまして、春蘭の姉だそうです。あの日もこうして院子の清掃をしていて、責められる妹の声を聞いたそうです」

乾坤宮の院子は歌舞の舞台にもなる。声がよく反響するので、隣の宮殿にいる姉の耳にも妹の悲鳴が届いたのだ。妹が責められている事情も、このままでは罰を受けることも。

妹を信じ、これは冤罪だと確信した春麗は何とか妹を助けたいと、罰を受けることも覚悟して、気さくで下々の者にも言葉をかけてくれる朱賢妃に直訴した。

「朱賢妃様は春麗の命を賭した訴えに心を動かされたそうです。ですが賢妃様とて他宮殿の騒ぎには介入できません。彭修媛様の顔を潰すことになりますから。なので苦肉の策として『呪詛だ』と匿名の文を春麗に投げ込ませたのです。呪詛は大罪です。必ず宮正が動きますから」

宮正は罪を告白させる過程で厳しい取り調べもする。田舎出の純朴な娘には恐ろしい存在だ。そこへ他宮の事件を、しかも呪詛だと訴えるとはかなりの勇気がいっただろう。それでも春麗は妹を助けたかったのだ。投げ文をおこなった。

朱賢妃の右筆を務める侍女が代筆したのは、春麗が字を書けなかったかららしい。凱は豊かで文化意識の高い国だ。それでも下層の民には読み書きのできる者が少ない。後宮に勤める女嬬は地方の農村出の娘が多いから、自分の名を識別できればいい方だ。

「あれから妹の春蘭もこちらの白虎宮で働くことになったそうです。あんなことがあった後では乾坤宮には居づらいだろうと、朱賢妃様が情けをかけてくださったとかで」

長く止まっていては見とがめられる。皇帝を促し再び歩き出しながら、蛍雪は告げた。

実を言うと、皇帝に朱賢妃の事件への介入を話すことは最後まで迷った。皇帝の各妃嬪への印象に影響を与えてはまずいと思ったからだ。

だが意外と鋭いと知った皇帝のことだ。春蘭が朱賢妃のもとで働いているのを見ればすぐ察するだろう。

朱賢妃はおおらかな性格で下の者とも気さくに言葉を交わす。それに大胆で思い切った発想をする人だ。そのことを知る皇帝がこの二つの出来事を結びつけないわけがない。

朱賢妃には恩義がある。事件に介入できるよう口利きしてもらった。万が一、皇帝がこのことで朱賢妃を頭の回る策謀家の妃だ、信用ならない、などと忌避してはまずい。それくらいなら先に言った方がいい。そう判断した。

朱賢妃が忌避されたら全力で擁護しなくてはと、蛍雪は緊張して皇帝の反応を待つ。

幸い、皇帝は心配したような反応はしなかった。それどころか、

「……市街の捕り物もいいが、後宮の女事情もなかなか興味深いものですと、魏刑部令に言われたが。本当だな。これはおもしろい」

と、感じ入ったように言う。それから聞いてきた。

「今まで後宮に出入りしながら朕はこのような事件の芽に気づかなかった。魏刑部令はよく知っていたな。普段よりそなたが後宮の出来事を文で書き送ったりしているのか？」

あくまで皇帝の関心は捕り物だけに向かっているらしい。

そのことに安堵しつつ、「いえ、そのようなことは」と答える。

「皇城内での出来事は親兄弟とはいえもらしてはならない。それが決まりですから」

ただ、と、彼が魏家の事情に興味を持ったようなので、朱賢妃の件から話をそらすことも兼ねて、前に聞かれたことを口にする。

「今回の事件の真相と言えば。前にお尋ねになりましたね。なぜ魏家の娘である私が、一

女官をやっているのかと」

　今回、事件に介入し解決できたからか、ずっと抱えていた鬱屈をふっきれた気がする。魏家のことを話してもいいかという気分になった。蛍雪は、皇帝が興味をもったことを確かめ、自分語りをはじめた。

「……私は魏家の娘とはいえ、第二夫人の子なのです。母は父の恩人の娘で、今際《いまわ》の際に、娘を頼むと言われて義理で娶《めと》った妻だったとか。といっても父は誠実な人ですので、正妻とそこまで差をつけたりはしませんでした。母のことも大事に扱っていたと思います」

　が、それも正妻と同居するまでの話だった。

　蛍雪が六歳になったときのことだ。父は第二夫人をいつまでも別宅住まいにさせるのは公平ではない。娘の将来にも障りが出ると、母子を本宅に引き取ることにしたのだ。

「ところが正妻やその子たちと同じ邸で過ごすようになると、母は正妻の地位を下げようとやっきになりだしたのです。父にとって正妻は幼なじみの恋仲の相手でした。私の目から見ても仲睦まじく。それが母の目には自分が疎外されていると映ったのでしょうね。父に愛されたいと必死になったのです。正直を言いますと、先日の冤罪騒ぎは他人ごとではありませんでした。何度、母があのような騒ぎを起こしたかわかりません」

　蛍雪の母は、首飾りを壊された、物を盗まれたと、自分が侍女を使ってやらせたことを正妻からの嫌がらせだとして父に訴えた。もちろん父はだまされたりはしなかった。母は首飾りを壊す際には気に入らない安物を壊し、物を盗まれたと訴えるときは後で手元に戻ることを考えて、壊れにくそうな玉を正妻の櫃《ひつ》に忍ばせていたから、ばればれだ。

蛍雪が乾坤宮の一件を見てすぐ嫌がらせの冤罪だと気づけたのは、母がしでかした騒ぎをこの目で見てきたからだ。

「母はとうとう匿名の文を刑部に投げ入れるようになりました。魏家で呪詛がおこなわれた、第二夫人が正妻に命を狙われていると。幸い文を拾った官吏が直接父に渡したので表沙汰にはなりませんでした。が、これには父も参ったようです。正妻は私の目から見てもできた方でした。そんな真似はなさらない。ですが父が問いただしても母は罪を認めず。父は指紋の検出法も知っていましたが家内のことだからと使いませんでした。身内を容疑者扱いして調べることに抵抗があったようです。母の言い分を辛抱強く聞き、穏便に、あくまで話し合いでことを収めようとしました」

加害者を裁かず、かばうような父の態度に、正妻も周囲も当然いい気はしない。

ぎすぎすした空気が家に満ちた。

「母は父に話を聞いてもらえたことを喜び、もっとかまってほしいと正妻への嫌がらせをやめず、そうなれば正妻も聖人ではありません。我慢も限界だとやり返しました。家内をまとめることもできないのかと祖父に叱られるのを恐れた父はごたごたを必死に隠し、家の中はてんやわんやでした」

元凶は母だ。だが蛍雪は母の気持ちもわかるのだ。

恩義があるからと義務で娶った第二夫人と、誰からも愛される性格の良い相愛の正妻。父に差をつけたつもりはなくとも、仲睦まじい正妻夫婦を見れば、母はひしひしと自分が一家の邪魔者だと感じただろう。だが婚姻関係を結んだ以上、生涯、この気まずい関係は変わらない。同じ邸の中という逃げ場のない孤独な檻の中で続くのだ。

これが一般の家なら話は違った。母は多少強引にでも離縁して実家に戻れたはずだ。だが名門魏家の妻に離縁など許されない。体面がある。そして母にはすでに頼れる実家がなかった。生涯、つらい、飼い殺しの身に甘んじるしかなかったのだ。

悪いのは母だ。だが蛍雪はその絶望を思うと、母ばかりを責めることができない。居場所が欲しくて、少しでも誰かに愛して欲しくて。正妻より自分を見て欲しくて最初は些細な出来心から嫌がらせを。それが思うとおりにならなかったからと激化して。

結局、邸内のもめ事はすべて母のせいになり、使用人も含めた皆からの人望を失い、あの二人は悪妻とその娘だと隣人たちにも避けられるようになった。

「まあ、そんなわけで、私が年頃の娘になった頃には勝敗は決していました」

父は愛ある正妻をとった。そもそも先にしかけたのは母だ。弁解のしようもない。

父はこれ以上厄介なことにならないよう、せめてもと蛍雪を嫁に出そうとした。が、条件のいいところは評判の悪女の子ということで二の足を踏み、格が落ちるところは「正妻の子と差をつけるつもりか」と母が怒り狂って反対した。

「馬鹿ですよね。魏家の娘を欲しがる格式ある家は、姻戚となる魏家とのつながりと安定した形質の血を求めます。なのに先方が引くほど口出しして。困りましたよ。母が暴れて妻妾が不仲な家と醜聞が立てば皆の縁談に障りが出ます。母としては私を正妻の娘より良いところに嫁がせて溜飲を下げたかったのでしょうがそれも叶いません。まわりまわって自分の首を絞めるだけですのに」

正妻も異母兄妹もいい人たちだった。特に異母妹は「沈《しん》夫人はともかくお姉様に罪はありません」と蛍雪にもなついてくれた。だから蛍雪はこれ以上、邸内がごたつくのを見ていられなかった。信心などないが出家して家を出ようかとまで思い詰めた。

そんなときだった。見かねたのだろう、祖父が言ったのだ。

「後宮に入るか。女官として」

妃嬪として後宮入りすれば正妻と母の間でまた悶着が起こる。が、女官としてなら。しかも華やかさとは縁遠い宮正女官としてなら。

「渡りに船でした」

自由のない籠の鳥。そう言われる後宮だが、蛍雪にとっては希望あふれる新天地だ。

誰も蛍雪を悪女の娘と言わない後宮に来て、新たな身分を与えられて、顔を上げて生きられると思っていた。なのにいつの間にかまた下を向いていた。それを自覚した。

「……どこも同じだな。人が集えば諍いがおこる」

聞かされた皇帝が言った。

「その、言いにくいことを話させてしまった。朕のほうこそ無理強いしたようですまない……」

何人も逆らえない権力を持つ自分が何気なく聞いたから、家の恥を無理に話させてしまったと思ったのか、皇帝が沈痛な顔をしている。

この人にこんな顔をされると調子が狂う。居心地が悪い。

誰にも言わなかった魏家の内情を話したのは、先に彼がただの一女官に過ぎない蛍雪に、捕り物についての想いを話しくれたからだ。話をそらしたかったからというのもあるが、ただそれだけだ。

だから蛍雪は言った。気にしてほしくて語ったのではない。先に語ってくれたあなたただから、お返しに語ったのだという意思をこめて、軽い、冗談めかした口調で。

「……と、言えば同情して、あのとき、彭修媛様のもとから逃げようとしたふがいのない宮正をお許しいただけますか？」

皇帝が目を丸くした。蛍雪が場を明るくしようと、前に己が言った言葉を真似ていると気づいたからだろう。

ふ、と笑う。目をことさらに意地悪に細めて言う。

「通常なら許さぬところだが……。こちらが糾弾する前に告白したことは褒めてやろう。以後は失地回復、宮正としての名誉を取り戻せるよう励むが良い。朕が見張ってやろう」

ふふん、と上から目線で言われて、蛍雪は自分の意図が正しく彼に伝わったことを知った。やはりこの人は聡い。雲の上の人が相手だというのに、話していて気持ちがいい。

もう緊張はしない。完全に吹っ切れた。本宅に引き取られて以来、ため込んでいた泥を清流の中に吐き出せた心地がする。

空を見上げる。どこまでも青い。

軽くなった心で問いかける。

「そういえば。二人して朱賢妃様のもとへ向かっていますが、どうなさいます？」

「何？」

「今お話ししたように朱賢妃様は下々の者にも気さくに話しかけてくださる御方です。このまま御前にでれば趙殿にも当然、声をかけられると思うのですけど」

皇帝が「あっ」と声を上げた。正体を見破られる可能性に思い至ったのだ。

「彭修媛のようにはいかぬか。くっ、事件の裏を本人の口から聞きたかったが……」

「ですね。今回は私一人で行かせていただくしかありませんね」

朱賢妃の聡さにはとっくに皇帝も気づいている。せっかくの種明かし部分につきあえないことを悟った皇帝が苦虫をかみつぶしたような顔をする。あまりに情けない顔なので、つい、ぷっ、と吹き出すと皇帝が唇をとがらせた。文句を言う。

「なんだ、朕のことを笑うとは不敬な奴だな」

「正体がばれぬよう、ただの娘子兵として扱えとおっしゃったのは主上です」

「む。確かにそう言ったが」

憮然と口をへの字に曲げつつも皇帝は楽しそうだ。さすがに試すのは怖かったが、このくだけた態度は正解だったらしい。

それでもぶつぶつ言う皇帝に、くすくす笑いつつ言う。

「申し訳ありません、次は必ず主上のために見せ場を残しておきますから」

「次は？」

皇帝がこちらを見る。悪戯《いたずら》っぽく唇の端を引き上げる。

「それはつまり朕を相棒と認めた訳か？　次も共に捜査に赴くと」

蛍雪はぐっとつまった。この人は蛍雪がお忍びのお供を嫌がっていたことまで見抜いていたらしい。

なぜか悔しくなる。

「……もともとそういうお話です。祖父に主上のお供をせよと言われているのですから」

ぷいと顔を背け、流す。流しつつ思う。蛍雪より年上だというのに、こと謎解きが絡むと、童のような顔をする人だと。

きっと人生の楽しみ方を知っているのだろう。こんな人は初めてだ。

不遜な考えだが、一人の人として皇帝に興味を持った。この初めて見る人種を間近で見たい、観察したいと刑部の娘の血が騒ぐ。

蛍雪は他の者から見れば邪魔だと家から出された娘だ。後宮での所属も皆から嫌われる宮正だ。

(でも。私だって捕り物が、人の想いを解き明かす謎解きが好きだった)

実家にいた頃、女の生まれだから刑部の官吏にはなれないと知りつつも、わくわくしながら父や兄たちが扱う事件の話を聞いた。

(この人といれば、あの頃の自分に戻れるだろうか)

純粋に謎を追えた幼い頃に。

だがそんな恥ずかしいことを今さら言えるわけがない。だから、わざと冗談で流す。

それでもとっくに気づいている。この人は身分差などものともせず、このお忍びの間は蛍雪を相棒と認めてくれていると。

取るに足りない女官に、軽口に紛れてでも本音を語った。それは彼にとって信頼している、仮初《かりそ》めでも相棒として受け入れる、という意思表示だから。

翌日、たっぷりの冷えた瓜が宮正の詰め所に届いた。

つやつやと水を弾く皮はいかにも涼しげで、見ているだけで喉が鳴る。

「あれ、蛍雪様あてにだ」

「それもこんなにたくさん。誰からかしら」

同僚たちが嬉々として集まって、不思議がっている。

（きっと主上だ）

蛍雪は冷たいうちにと切られた瓜にさっそくかじりつく。ほのかに甘く、たっぷりの汁気がうだった頭を冷やしてくれた。

外では癒し担当の崙々もちょうだいちょうだいと尾をふっている。平和だ。

青い空を見上げて瓜をかじりつつ、蛍雪は改めて、いつもの日々に変化をもたらした人のことを考えた。

蛍雪は後宮を出ることができない。他の娘たちとは違う意味でここを出るわけにはいかない。

ならば拗《す》ねたりせずに、顔を上げて生きるための希望を持つのもいいではないかと思った。

これからの長い人生を生き抜くために。

もう少しだけ皇帝の〈趣味〉につきあってみることにしたのだ。

そのときはこの選択が、己の危機を招くことになるとは、気づいてもいなかったから――。

第二話　蛇の咬み痕

強い日差しが降り注ぐ。

あいかわらずの夏の午後、蛍雪は後宮の一画にある無人の殿舎、安寿殿にいた。

表の皇帝の宮殿、永寧宮と抜け道でつながっていると聞いた殿舎の軒下で、皇帝の到着を待っていたのだ。

今日の蛍雪は朝から宮正女官として調書作成に励んでいた。すると衛児の配下らしき宦官経由で「午後からならそちらに行ける。待っていろ！」と、皇帝から連絡があったのだ。

なので上役に断りここに来たのだが、先に着いてしまったようだ。

普段は無人の殿舎なので、門は開いても建物の扉には閂《かんぬき》が下りている。入れない。暑い中、なんとか見つけた風の通る日陰にうずくまり、皇帝を待つ。

（これが恋人同士なら待つ時間も気にならないのだろうけど、主上と私じゃあね……）

風情がない。昨夜、寝所にしている女官長屋で文人一族の出で作詩の心得もある女官、芳玉から聞かされた自作の恋歌を思い出しつつ、額の汗を拭う。

「わふん」

勝手についてきた犬の崙々が尾をふり、なでてと前脚を膝にのせてくる。時間つぶしにちょうどいい。かまっていると、殿舎の中で音がした。

「おや、申し訳ありません。もう着いておられましたか」

扉を中から開けてくれたのは、外で皇帝の側近を務めている宦官の衛児だ。

衛児は地味な外見ながらできる宦官だ。普段は質素な宦官服を身につけ、気配を消しているため存在自体を忘れそうになるが、よく見ると洗練された挙措《きょそ》で、常に落ち着いた風情を崩さない。傍仕えとして得がたい素養を持っている。

なのに、普段皇帝に付き従うのは外だけだから、後宮で顔を見られても身分がばれないだろうという理由で今回のお忍び関係者にされたという、不運な人だ。蛍雪は皇帝に振り回されている者同士、密《ひそ》かに彼に同病相憐れむ的な感情を抱いている。

そんな衛児の案内で扉から入る。さすがに殿舎の中は涼しい。締め切られていても分厚い屋根が日差しを遮るので冷気がこもるのだ。

無人の殿舎特有のひっそりとした静けさと、薄闇に沈んだ空気にほっとしながら歩いていると、衛児が口を開いた。

「しかし早めに到着してくださって助かりました。大家が蛍雪様にお見せしたいと、物をいろいろと持ち込んでおられますので」

「私に見せたい物ですか？　何ですか、いったい」

「それはごらんになられてからのお楽しみということで。それと本日もまた演技指導その他をよろしく御願いいたします。……大家はたいそう器用で凝り性な方ですから」

いつもの穏やかな顔で控えめに言う。はっきり言ってくれないとよけいに気になる。

(私にって、また瓜とか？　でも見せたい物ってことは食べ物ではないよね)

皇帝の考えが読めないだけに怖い。少しどきどきしながら彼がいるという奥の間へ入る。

結果、そこに瓜はなかった。皇帝だけがいた。

背もたれのない長い卓めいた椅子に座り、茶を飲んでいるのだが、その挙措が問題だ。椅子の真ん中に胡座をかき、片手でつかんだ茶碗の中身を天を仰ぎつつ、豪快に喉に流し込んでいる。

「……あの、せめてもう少し淑《しと》やかな態度をとれませんか」

さっそく演技指導に入る。どこの世界に胡座をかいて茶をかっくらう娘がいる。

「む？　兵とは粗野なものと聞いた故、偽装しているつもりだが」

「何を参考になさったのです」

妙なところで箱入りおぼっちゃまだ。娘子兵たちは勇猛とはいえそこは禁軍所属。身元の不確かな者は採用されない。自然、代々軍籍を持つなど良家の子女が集まり、皆、最低限の礼儀は習得しているのだ。それに。

（また、化粧してる……）

蛍雪はがくりと肩を落とした。しょうこりもなく自分でやったようだ。前々回よりはましだが、それでも派手すぎる。

顔全体にはたいた白粉はさほど濃くはない。少々、厚化粧かな程度で止まっている。が、目尻に朱をはき、眉も悩ましげに八の字に描いて額には花の形の螺鈿をつけ、唇は舌なめずりしそうな深い紅に染まっている。ご丁寧に口元にほくろまで描いてあった。

この人は代々後宮に侍る美女の血を入れてきた血筋だけに、端正な顔立ちをしている。髭を剃り、眉も整え、長い髪を後頭部の高い位置で一つに束ねた姿は普通にしていれば凜々しいお姉様でいけなくもない。

なのに派手すぎる化粧でどこの妓楼のやり手婆かという妙な婀娜《あだ》っぽさになっている。

（本当に、残念な御方……）

つい目線に本心をのせてしまう。

が、そんな蛍雪に気づいているだろうに、皇帝はのりのりだ。

「ふっ、そなたに身分により変わる化粧のあり方を教えられたからな。城下に降り研究したのだ。それに、そなた、朕に化粧を施す際に紅の種類が足りずに困っていただろう？　見よ、店にあった紅をすべて買いとった。今まで女人の口色など皆同じに見えていたが、並べるとそれぞれ違うな。なかなか興味深い」

自慢げに卓の上いっぱいに並べられた盆を示す。それぞれに色合いの異なる紅の入った小さな皿がびっしりとおかれている。まるで画房の絵の具皿だ。赤の色ばかり、濃淡を違えてあるところは壮観だ。

(これか。衛児様のおっしゃっていたのは。確かに無駄に凝り性……)

蛍雪が困っていたのを感じ取る聡さはすごいが、その後の行動力が常人と違う。違う色合いの紅が欲しかったのは事実だが、これだけあると皇帝の顔だけでは使い切れない。自分の仕草一つで国庫に浪費を強いたかと思うと居心地が悪い。

またまた聡く察したのか、「安心せよ」と皇帝が言った。

「黛も集めたが、そちらは衛児に見てもらい、使える色だけ残して後は妃嬪に配った。これらの紅も使える物をそなたに選んでもらい、残りは皇太后様の女官たちに配るつもりだ。あちらにもそろそろ何かを贈らねばと思っていたところだからちょうど良い」

「ああ、それで昨日、皆様が騒がしかったのですね」

蛍雪は合点した。昨日、仕事で妃嬪の宮殿がある方面へと出向いたが、侍女や女官たちがせわしなく各宮殿の門を出入りしていたのだ。

皇帝から黛を受け取った妃嬪が、贈り物をされたのは自分だけか、他にも贈られた者がいるなら品質はどちらが上かと皇帝の寵の篤さを量るため、配下の女たちを動員して情報収集に努めていたのだろう。

集めた化粧品が無駄にならないのはいいことだが、別の騒ぎを起こしていた気がする。

それに皇帝自ら城下に降りて化粧の研究をしたということは、これからも毎回、自分の手で顔を作ってくるつもりだろうか。

（それは二度手間になるから、困るなあ）

やり直すにしても、皇帝の化粧はとくべつだ。何しろ元気に動き回る方なので、白粉の下に化粧崩れのしにくい下地を塗るなど、土台からしっかり作らなくては二刻も持たない。すでに白粉がのった顔をそのまま修正するわけにはいかないのだ。

なので勝手に化粧をしてこられるとすべて落とさねばならず手間がかかる。正直を言うとすっぴんで来てくれたほうがありがたい。

とにかく、このままでは外には出られない。

控えめに、だが前よりははっきりと要請する。

「申し訳ありません。城下の女人の夜化粧としては完璧かもしれませんが、真昼間からそれでは悪目立ちしますので」

「そうか。時刻に応じても化粧法は変わるのか。ふむ、また一つ勉強になったな」

皇帝が大真面目にうなずく。本当に無駄に凝り性というか、勉強熱心な人だ。

その向上心は別の方面に向けたほうが、とも思ったが、そこまで口出しできる立場ではない。黙っておく。

皇帝の化粧を落とし、刷毛を手に、新しい〈女〉の顔を造っていく。

今回は皇帝が紅をたくさん用意してくれたので、色を選び放題だ。

前は黛でぼかしたが目尻にも紅をさし、切れ長の瞳の美しさを生かしつつもなまめかしさを出してみる。皇帝がしていたほど濃くつけないので昼でも大丈夫だろう。

できた。

禁欲的な女剣士の風情を残しつつ、目元と頬の紅がけだるげな夏の午後の雰囲気を醸しだし、倒錯的な、それでいて庇護欲をそそる風情になっている。以前にほどこした近寄りがたい陰のある女剣士風より、後宮の女たちには受けがいいはずだ。

数歩下がって、今回の作品をじっくり見る。我ながらいい出来だ。

「その満足そうな顔、朕はいったいどんな顔になったのだ？」

皇帝がわくわくした顔で、朕にも見せろと鏡を手にとった。

「ふむ。これが昼化粧か。が、ちと、地味すぎないか？　これでは舞台に出る男役者と変わらんような」

お忍びで城下に降りまくっているのがうかがえる、庶民知識の片鱗を見せながら、皇帝が文句をつける。

「この化粧の主目的は男臭さを消すことだろう？　いくらその場で浮かぬためでも男と見破られては意味がないぞ。もっと娘らしく華やかにした方がいいのではないか」

「男性の目から見るとそうなりますか」

(どうしようかな)

第三者の意見を聞きたい。誰かいないかと殿舎から出て、門を開けてみる。都合良く外の路を行く、どこぞの清掃帰りらしき女嬬の一団が見えた。

衛児にここに人がいるところを見せてもいいかと確認してから、皇帝に要請する。

「申し訳ありません。階《きざはし》まで出ていただけますか。できましたら路から見える位置まで」

「む？　こうか？」

長い括り髪をなびかせ陽の下に出た凜々しい娘子兵の姿に、さっそく黄色い声がわいた。

「嘘っ、誰、あれ。素敵なお姉様」

「さすが後宮、あんな綺麗な剣士様がいるなんて。来て良かった」

門からこちらをのぞき込み、目を輝かせて騒ぐ女嬬たちはとても可愛らしい。

歓声を上げられた皇帝が、戸惑った顔をした。

「これは失敗ではないか？　何やら熱い眼差しを向けられている気がする。男とばれているのでは。やはり朕がしていた化粧のほうが……」

「いえ、これでいいのです」

彼女たちは見たところ後宮に入って三年か四年目あたりの熟練者のようだ。すでに女ばかりの後宮に染まりきっている。

女同士の恋愛や義姉妹の誓いに違和感がなくなり、美しいお姉様の姿に騒いでいるだけ。逆にここにいるのが本物の男と知れば怖いと恐れるはずだ。

なので、きっぱりと言い切る。

「あの反応は凜々しい憧れの同性を見る目です。大丈夫です」

「それはそれで何やら複雑だが」

皇帝が渋面をつくる。この化粧でも目立つことは目立つが、皇帝の体軀はただでさえ目立つ。地味に装うより開き直って皆の偶像めいて装ったほうがかえって不審がられないと思う。たぶん。

ただ、毎回こんなやりとりが続くのは困る。上役には路に不慣れな趙燕子を迎えに行くと言ってあるのだ。なかなか戻らないがさぼっているのではと誤解されてはまずい。

そんな蛍雪の心を読んだように、控えていた衛児がそっと耳打ちした。

「ご安心を。今のお顔は下地の作り方から、私が記憶にとどめました。今後は私が蛍雪様が来られる前に大家の扮装をお手伝いいたします。時間は貴重ですから」

言われて蛍雪はほっと胸をなで下ろした。

その気の緩みを突かれた。蛍雪とともに中に入り、殿舎内の探検を終えた犬の崙々が戻ってきて、卓上に置かれた紅の皿を見つけたのだ。

暑い中、蛍雪と一緒に歩いてここまで来て、お腹も空いた。

綺麗な白い皿に盛られている以上、食べ物だと思ったのだろう。椅子に駆け上がると卓に前脚を置き、ぺろりと紅をなめとった。

「駄目、崙々っ」

止める暇もなかった。崙々がごくんと飲み込む。

とたんに、すんっ、と真顔になった。椅子から降り、尾を巻くとこそこそ去って行く。

「……不味《まず》かったようだな」

「これでしばらくは紅は食べる物ではないと覚えてくれると思いますが」

だが問題だ。よほど不味かったらしく、崙々はだらりと舌を出し、紅色に染まった涎《よだれ》を垂らしている。高価な紅だけに唾液で薄まっても簡単には落ちない。口の周りが真っ赤になっている。

(このまま連れ帰ったら、護衛を迎えに行っただけなのに何をしていたのと言われるっ)

皇帝の正体まで疑われるかもしれない。

「主上、衛児様、どうか捕まえてくださいっ」

口直しの水を探しているのか部屋中を飛び跳ねている崙々を追う。皇帝がやれやれと言いながら捕り物に参加した。素早く崙々を捕まえると太い腕を回して顔を固定する。

「今日の初仕事がこれか。朕はこんなことをするために来ているのではないが……」

「さすがの捕縛術です、どうかそのまましっかり押さえていてください」

崙々が嫌がるのをなだめすかし、牙や口周りについた紅を拭きとる。そのむき出しの牙を見て、前にもらった瓜を食べていた崙々を思い出した。

手は忙しいが口は暇だ。礼を言っておくべきだろう。

「あ、瓜、おいしかったです。ありがとうございます」

「朕は知らぬ」

ぷい、と皇帝が顔を横に向けた。

「あれは安西殿にだけ贈った。朕の名は出さなかったが他と差をつけてはひいきと言われる。そこは贈り主に気づいても知らぬふりをせよ」

空気を読めと言われた。先ほどの黛や紅の話もそうだが、皇帝も大変だなあと思う。

そんなこんなでようやく崙々を清め終わる。

夏で良かった。拭うだけでは追いつかず、桶に顎を浸して洗ったのでびしょびしょだ。

崙々はぷるぷると顔を振り、水を払っている。

「こいつ、風邪は引かないだろうな」

「丈夫だから大丈夫だと思います」

お腹の方もいけるだろう。崙々は元々野良犬で胃腸は鍛えられている。紅も毒ではない。

素材に鉱物を使う国もあると聞くが、凱の紅は花からつくられる。

凱の民は生薬《しょうやく》の扱いが得意だ。化粧品にもその知識を惜しみなく注ぎ、紅などつけるだけで唇が保湿されてぷるぷるになる優れものだ。

ただ、人にとって害にはならない配合という意味だから、犬の場合はわからない。人が食べても平気な生姜《しょうが》が入った甘い牛乳羹《ぎゅうにゅうかん》を嬪の一人が愛猫に食べさせ死なせてしまい、嬪を狙った毒殺未遂だと大騒ぎになった、宮正泣かせの誤食事故の例もある。猫に葱《ねぎ》や生姜は毒なのだ。牛の乳も腹を壊す原因になる。

（一応、門番の女孀に崙々の様子がおかしかったら教えてと言っておくか）

その場合、体調を気にする理由を何にしよう。蛍雪は頭を抱えた。


気配りの人、衛児が急遽取り寄せた、噛めば歯が綺麗になる干し牛筋をもらってご機嫌になった崙々を連れて、宮正の詰め所、安西殿に戻る。

今日の皇帝はちょうど日勤が終わる時刻にやってきたので、他の宮正女官を紹介する。

捜査に出張っている者もいたが、幸い蛍雪と共に動くことが多い者たちは残っていた。

「こちらが掌の副、つまり私の補佐を務める従八品女官の如意《にょい》。それから、同じく宮正所属の暁紅《ぎょうこう》、紹杏《ろあん》、芳玉です。共に事件に関わることが多いですから、顔を覚えていただけるとありがたいです」

皆、それぞれ自分の作業卓にいたが、皇帝を連れ回して顔合わせをする。

後宮に勤める宮官は五年年季の女嬬がほとんどだ。が、ここにいる四人は最初から女官の道をいくと決めて入宮した者ばかり。若い娘にはお局軍団と揶揄されることもあるが、蛍雪は志を同じくする仲間だと思っている。

「彼女たちはここで何をしていたのだ？　商家の帳簿としか思えん物が広げてあるが」

「鋭いですね。一目で商家の帳簿とおわかりになりますか。如意は後宮に物資を入れる御用商人が記した帳簿を取り寄せて、その品を購入した各局の帳簿と見比べ、横領などがおこなわれていないか調べているのです」

彼女は実家が商家なので、物や金の動きに敏感なのだ。

「ちなみに暁紅は医師の娘で死因の特定に長けています。今は持ち込まれた毒の鑑定をしていますね。紹杏は野山の生き物や細工物に詳しく、芳玉は筆跡鑑定が得意です」

そして蛍雪の主な仕事は現場への臨場、初動捜査だ。同じ宮正司に所属する女官でも、宮正、司正、典正といった幹部級の上役たちは他局や表との折衝で忙しく、よほどの事件でないと現場には出てこない。

なので訴えがあると、掌を務める蛍雪が下位の女官や宮官を従えて動くことになる。

(そういう意味では、主上の捕り物同行に私の名を挙げたお祖父様は正しいか)

ちなみに宮正司に掌の職階《しょっかい》を持つ者は二人いる。交代で安西殿に詰め、事件に備えるのだ。今はもう一人の掌である琴磬《きんけい》は、不審死した女嬬がいたとかで、医官の検死に立ち会うために席を外している。

そこへ、「こんにちわー」と、明るい声と共に二人の女嬬が現れた。春蘭と春麗、前に櫛の盗難事件で知り合った、双子の女嬬だ。春蘭のほうは元は違う主のもとで働いていたが、事件をきっかけに白虎宮の主、朱賢妃に気に入られ、二人まとめて面倒を見てもらうことになったのだ。今は清掃係から格上げされて、使い走りや雑用を行う朱賢妃直属の女嬬になっている。

「今日はお使いの帰りに寄ってみました」

「朱賢妃様の許可も出ています。はい、これ、お土産です」

さすがは聡い朱賢妃が見込み、取り立てた女嬬たち。気の配り方が秀逸だ。一日の仕事が終わり、小腹が空いているだろうと、おやつの差し入れをしてくれた。

手に提げた木箱の蓋を開けると、中にあるのは竹を編んだ蒸し器だ。

ふんわりしっとり、まだほのかに湯気のあがる点心、花巻《ホアジュアン》がたくさん入っている。

「きゃー、おいしそう！」

「ちょうどお腹空いてたのよ、ありがとう」

さっそく皆で真っ白い綿のような花巻をほおばる。どこまでもふわふわ、それでいて弾力のある食感に繊細な甘みが幸せだ。

その間、双子は犬の崙々をさわって歓声をあげていた。

「わー、かわいい」

「ふふ、もふもふー」

華やかだ。可憐でうり二つの容姿の双子娘が揃いのお仕着せを着て、髪には花飾りをつけて犬と戯れている姿は素晴らしく絵になる。

「いいわねえ。あ、ここで一句」

さっそく風流好きな芳玉が墨を摺り、詩を吟じ出す。宮正司にいるのは女官がほとんどで、年長の者が多いから、双子の若さが眩《まぶ》しい。しかも。

「あ、たいへん、崙々の毛が散っちゃった」

「すみません、掃除道具お借りしますねー」

二人が動いて掃除を始める。ただ遊びに来るだけではない、お手伝いをしてくれるのだ。

通いで雑用をおこなう安西殿担当の女嬬たちは、宮正は怖いと来ることさえ嫌がる。滞在時間を短くしようと清掃も手を抜かれることが多い。なので助かる。

「うちは来てくれてありがたいっていうか、もっと来てって大歓迎だけど。こんな可愛い子たちが宮正の殿舎に自分から来てくれるなんて」

「恩義があるからとはいえ、かなり腹が据わっているわよねえ」

可憐な見た目に反して、中身は結構逞《たくま》しい。

それを聞いた双子娘が明るく笑う。

「だって私たち、都出のいい家のお嬢様とかじゃないですもん。実家じゃ山羊を追って鋤《すき》をふるってたんですよ？　農民の娘ですから」

「そうそう、私たち、もともと二人ともこんな華やかなお城に来る予定なかったんですよ。字も読めない村娘だし」

二人の実家は畑作業の傍ら、絹糸の原料となる蚕《かいこ》を育てているそうだ。が、繭《まゆ》をおろしている商家の一人娘が宮官を探す〈宮女狩り〉にひっかかってしまった。

「で、そこの主が、『お前のところは二人も年頃の娘がいるじゃないか。代わりに行ってくれたらこれからも優先的に繭を買う』とか言ってきて。ほら、取引先の主からそんなこと言われたら断れないじゃないですか」

「後宮は怖いとこだって聞いたけど食べたり着たりは困らないって言われたし。なら、いっそ二人で行こうか、一人より二人のほうが助け合えるって思ったんです。うちにはまだ弟も妹もいるから、母さんたちが寂しがることもないし、食い扶持も減って助かるし」

実に前向きに話してくれた。実際、二人は助け合い、妃の直属という皆が羨《うらや》む昇進を果たした。運気と勇気のある少女たちだと思う。

正直なところを言うと、二人をよこす朱賢妃は螢雪からすると気を遣う相手だ。

朱賢妃の父、朱庸洛《ようらく》は大理寺卿の重職にある。大理寺とは官署である九寺の一つで、罪を犯した者の裁きと刑罰を担当する。刑部と職務内容は似ているが、刑部が主に国全体の軽犯罪を受け持つのとは違い、大理寺は中央の貴人相手の重要案件を担当する。そのためか選民意識が強く、管轄を巡ってよく刑部とぶつかる。

刑部令を祖父に持つ蛍雪からすれば、朱賢妃は人柄は好きでも、対応に迷う相手だ。が、仕える者からすれば朱賢妃は得がたい主らしい。

「うちのお妃様は双子が不吉とか忌まれない、太っ腹な方なんです」

「こーんな綺麗なお仕着せも着せてもらって、私たち、ほんっとうに幸せです」

春蘭も春麗も完全に心酔した目をしている。忠義に篤い、良い姉妹だ。

そこへ同じ宮正でも事務方で、他の房に詰めている女官が木箱を手に顔を見せた。

「ちょっと誰よ、この箱に勝手に鍵つけてかけたの。これ、ただのおやつ入れよ？」

「あー、それ、犯人は紹杏でしょ。開けられない鍵と錠ばっかりつくるから」

声を聞いて、花巻を食べていた紹杏が顔を上げる。

「泥棒対策にいいじゃん。開かない鍵なら誰も中の物盗めないし」

「開けられなかったら、そもそも入れた物を出せないでしょ！」

女官が怒って紹杏を追う。入宮前は鍛冶職人の父と山暮らしをしていた紹杏だ。鍛冶や野山の知識だけでなく見事な体術も持っている。

紹杏がすんなり伸びた手足を動かして部屋中を逃げ回る。平和だ。

（このまま無事、主上を表に送り帰せればいいけど）

蛍雪は棚に置かれた、時を計るための線香を見た。

皇帝の相棒を務めてもいいと思うようにはなったが、皇帝の身に何かあれば首が飛ぶ立場は変わっていない。皇帝にはできるかぎり安全に過ごして欲しい。

が、こういうときにかぎって事件はおこる。

「ねえ、誰か、手が余っていない？　急展開なの」

形だけの検死に出張っていたはずの琴磬が、顔を引きつらせて戻ってきたのだ。


「朕が到着するなりさっそく事件か。先日の乾坤宮の件といい、朕の徳というものだな」

皇帝がうきうきと身を乗り出す。いや、事件はおこらないほうがいいから、徳と言ってはいけないだろう。蛍雪は思ったが、賢明にも口をつぐんでおいた。

が、そんな皇帝も琴磬の要請内容を聞いて眉をひそめる。

「庭園捜索の指揮、だと？」

「え？　え、ええ、そうなの」

紹介されたばかりの娘子兵が、宮正同士の会話に首をつっこむことに戸惑いつつも琴磬が答える。が、今までは蛍雪以外には無言の会釈のみで通していた皇帝だ。彼の発した男のような野太い声に、皆が目を丸くしている。

蛍雪はあわてて事前に聞かされていた、皇帝の設定を告げた。

「実は趙殿は槍の石突で喉を突かれて、男性のような声しか出せなくて……」

「そうだったんですか。それで今まで蛍雪様相手にしか話されなかったのですね」

「蛍雪様の耳元にささやいてばかりで内緒話でもしてるのかな、何だろうと思ってたけど、太い声を気にしておられたのか」

「私たち相手にそんな遠慮はなさらないで。これからはふつうに話してくださいな」

お気の毒に、と、一応、皆、納得してくれたようだ。これでこれからは皇帝も皆の会話に入れるだろう。ほっとした。

喉を損傷した皇帝を気遣いつつ、琴馨が説明をはじめた。昨日、皇帝の嬪の一人、蓮《れん》昭儀《しょうぎ》が住まう翠玉宮《すいぎょく》で、蛇に咬まれて死んだ女嬬が出たそうだ。

「変死だから宮正に知らせが来たけれど、彼女が咬まれたところは宮殿の皆が見てるの。単なる事故で不正の可能性なんて欠片《かけら》もない。普通ならそこで各宮殿に処理はまかせて宮正は引っ込むのだけど、その娘の主である蓮昭儀様から訴えがあったのよ」

蓮昭儀曰く、「咬まれたときは皆が驚いて動けなくて蛇を逃がしてしまった。毒蛇がうろついてるなんて怖い。早く捕まえて」とのことだ。

遠慮を知らない野生児の紹杏が、えー、と頰をふくらませた。

「それで宮正に動けって？　庭園管理は尚寝局《しょうしんきょく》の役目でしょ。宮正は関係ないじゃん」

「それが死んだ女孺が蓮昭儀様のお気に入りで、侍女に取り立てようとしていた可愛い子だったらしくて。毒蛇を放置してみすみすお気に入りを殺した、職務怠慢だ、と、尚寝局の方たちは蓮昭儀様の怒りをかって謹慎中なの。上の沙汰待ちなのよ」

「えっ？」

蛍雪はあまりに大きくなった話に驚いた。上の沙汰って何？

「まあ、蓮昭儀様は事故の衝撃から立ち直れなくてふるえておられるだけで、実際に尚寝局に責任をおしつけたのは周りの侍女たちなのだけど」

琴磬が悩ましげにため息をつく。蓮昭儀は四妃に次ぐ位にある、九嬪の筆頭だ。

だがその性格は控え目で、見た目も幼女めいたあどけなさが残る深窓の令嬢である。

真綿でくるむように大事に育てられた分、怖がりで、体格のいい男は乱暴そうで苦手。宦官でさえ視界に入れるのを嫌がる。汚《けが》れなき少女が花と戯れるのを見るのが好きという、まさに姿だけでなく心まで可憐な花の精のような嬪だ。

後宮でも花に囲まれて暮らしたいと願い、父親の皇帝への働きかけで、広大な園林に隣接し自らも美しい庭園を擁する宮殿、翠玉宮を賜った。

つまり住まう宮殿の周りは自然がいっぱいで、蛇や虫といった不快な生き物が多く生息する。蓮昭儀は今さらながらにそのことに気づき、蒼白になっているのだ。

ちなみに蓮昭儀の父は礼部《れいぶ》の高官で、娘を溺愛していることで有名だ。蓮昭儀の周囲に控えた侍女たちも父の蓮礼部令の肝いりで、絶対に娘を守れと厳命を受けている。なので本人が浮世離れした花の精でも周りを固める侍女たちの圧が強い。

彭修媛とはまた違った意味で扱いに苦慮する嬪だ。

「そもそもだんの女嬬は蓮昭儀様の命令で池向こうに咲く花を摘もうとして蛇に咬まれたらしくて。しかもその瞬間を池中の四阿《あずまや》から蓮昭儀様が見ておられたそうなのよ」

悲鳴を上げて倒れる女嬬を見てしまった。水面を泳いで逃げる蛇の姿も。

繊細な、まさに蓮の花のような蓮昭儀には衝撃すぎる光景で、即卒倒し、その夜は熱を発して侍医が呼ばれる騒ぎだったらしい。

しかも翌日熱が下がり、あの女嬬はと具合を聞きにやると死亡していたのだ。

「それは怖がられるわ。そういえば最近、下働きの女嬬の突然死が多いと侍女が話していた。あれも蛇の仕業ではと、がたがたふるえて食べ物も喉を通らない有様らしいの」

「女嬬の突然死が多いのか？」

後宮の下々事情に慣れない皇帝が問いを挟む。

「突然死が多いというか、病死であれば宮正に届けはないですから把握できていませんが。夏は暑さにやられるのか、冬の次に倒れる者が出る季節ですね」

医療関係に詳しい暁紅が答えた。

「後宮にいる女嬬は若い娘ばかりで入宮時に健康状態も調べます。じゅうぶんな食事も出ているはずですが慣れない暮らしに体調を崩す者もいますし、罰で打たれれば傷がもとで寝付く者もいて、西の不浄門から棺《ひつぎ》が運び出されるのはよくあることなのです」

憤慨しつつ言う。後宮で最も扱いがぞんざいなのが女孺と下っ端宦官だ。蛍雪も各宮殿の主たちや人事を司る者たちは、女孺を使い捨ての道具と考えているのではと思うときがある。場所によっては、本当に勤務環境が劣悪なのだ。

とにかく、と琴磬が脱線しかけた話を元に戻す。

「蓮昭儀様がおびえきってるのよ。で、侍女からそれを聞いた父君が正式に尚寝局に抗議して、今あっちは大変なの。庭園捜索の指揮なんて執れないわ」

「なら、蓮昭儀様の宮殿なのだから、蓮昭儀様の侍女が仕切れば？」

「それがあちらの侍女はお上品な方が多くて。『いやよ。汚れ仕事は宮官の役目ではなくて？』とかごねて。それに『すぐ捕獲するように内侍局にも頼んだけど、のらりくらりと頼りなくて。宮正を引っ張りだせば本腰を入れて探してくれるだろうから』って言われて。確かに庭の管理は侍女の仕事ではないし、で、うちに話が来たの」

「つまり、大がかりな捜査に発展させるために、うちを動かして『蛇を放置するのは由々しき事件である』ってお墨付きをもらいたいってこと？」

いうなれば、捜索の必要があるとお墨付きを与えるための捜索だ。

琴磬が手を合わせる。

「お願い、協力して、蛍雪。私の配下だけであの広さを調べるのは無理よ。皆に五香堂《ごかどう》の緑豆羔《リュウトウガオ》をおごるから」

緑豆羔は緑豆の餡を練った菓子だ。ほのかな甘みと口の中でさらりとほどける食感がたまらない。特に城下に店を構える老舗、五香堂のものは上品な舌触りで絶品だ。

(その分、お高いお菓子なのに、さすがは琴馨)

琴磬は名女官と名高い女官吏を多く出す名門、韋《い》家の出だ。本人も一族の期待を背負って入宮した。女官の最高峰、尚宮となることを目指して尚宮局所属を希望したが、現在、尚儀局《しょうぎきょく》にいる叔母と派閥争いをしている他女官の妨害で、何故か宮正に飛ばされた悲運の人だ。

それでもあきらめないと頑張り、上とのつながりを求めて他が嫌がる妃嬪案件も率先して引き受けてくれる、健気な野心家女官でもある。なので今回も必死なのだ。

「り、緑豆羔……」

さっそく釣られた紹杏がごくりとつばを飲んでいる。

皇帝があきれたように言った。

「……なあ、ほうっておいてはどうだ。どう考えても宮正の職務とは思えんぞ」

「そうもいきません。蓮昭儀様から訴えがあった以上、断れません」

これも仕事だ。もともと宮正は華々しい評定の場や、頭脳戦の高揚に満ちた捜査より、こういった肉体労働に立ち会うほうが多い。それに。

「尚寝局の例もあります。きちんと蛇の駆除ができなかったら、こちらにまで蓮礼部令様の、娘大事な怒りの嵐が吹き荒れるかもしれません」

というか、琴磬のことだ。「私がやります」ともう話を受けてしまっているだろう。

すでにやる気になっている野生児女官、紹杏が指を折りながら蛇の名を上げはじめた。

「ここらで毒をもってる蛇といえば、五歩蛇《マムシ》に、眼鏡王蛇《コブラ》に……」

「暗殺用に持ち込んだのが野生化、繁殖しているとかもあり得ますね」

医師の知識を持つ暁紅がうがったことを言う。彼女は前髪を切り揃えた童女めいた外見ながら得意分野のせいで後宮の暗部をのぞくことが多い。

ちなみに彼女の前髪はお洒落で切ったのではなく、夜を徹して検体と向かい合ったときに手燭《てしょく》の火で焦がしたのだ。

「後宮に毒蛇がいるなど今まで知らなかったな。よく考えれば由々しき問題だ」

蛍雪だけに聞こえるように、皇帝が小さく言った。

「皆の命も大事だが、毒蛇が跋扈《ばっこ》している後宮など朕も困る。早く対処しなくては、うるさい爺太監《たいかん》どもに『大家の後宮歩きもお考えになったほうが』と言われてしまう」

「問題部分はそこですか」

皇帝の言う爺太監どもとは、皇帝を幼少期より守り、育んできた宦官の頂点、内侍監《ないじかん》の呂不緯《りょふい》、高威芯《こういしん》あたりを指すのだろう。

彼らも過保護だと思う。護衛もついているし、このごつい御方が蛇の一匹や二匹にひるむとは思えない。赤児のころよりお守りした皇帝陛下がたいせつなあまり、彼らの目には皇帝が風にも折れん貴公子に見えているのではないか。

とにかく。やるとなれば口ばかり動かしていないで体を動かさなくては。

翠玉宮とその隣にある園林の図を取り寄せて、皆で蛇撲滅作戦の計画をたてる。

もちろんこれだけの広さの庭を宮正所属の女官だけでは捜索しきれない。

内侍局と尚宮局、それに翠玉宮を仕切る女官たちに要請して、実際の手足となってくれる下っ端宦官や女孀を借り受ける。

借りた人手に万が一があっては困るので、勢子《せこ》役の彼らの悲鳴が聞こえたら即、対応できるように、蛇を捕獲できる技と胆力を持つ者も確保した。

武術の心得がある者だけでなく、尚食《しょうしょく》所属で生きた食材を扱う技に長けた者や、田舎育ちで生き物の捕獲作業に慣れている者を厳選する。

ちなみに、蛇を殺すのではなく捕獲するのは、繊細な蓮昭儀が血を怖がるからだ。

実際に目にしなくても、血なまぐさい殺戮《さつりく》が外でおこなわれている、そう考えるだけで神経が耐えきれないらしい。

後宮にはいろいろな妃嬪がいる。改めて思った。

翌朝、日の出と共に作業にかかる。

総勢三百名に及ぶ大捜索隊だ。よく集められたなと思う。

翠玉宮からは案内役として、事件当時近くにいて問題の蛇も見たという練茄《れんか》という下級宮官がついた。年季奉公の女嬬とは違い、最初から女官を目指すため入宮した富裕な家の娘だ。

聞いてみると、死んだ女嬬は若薇《じゃくび》といって、彼女の従姉だという。

蛍雪はここに来て初めて被害にあった娘の名を聞いた。身分は低くとも、草花の扱いに長け蓮昭儀にも目をかけてもらっていた、女嬬の中では出世頭の娘だったそうだ。

「花精のような美しい子で。だから蓮昭儀様もあんなに気を落とされているのですわ」

練茄に引き合わせてくれた蓮昭儀の侍女が、憂いに満ちた顔でため息をついた。若薇を気に入っていたのは蓮昭儀だけでなく、この侍女ものようだ。

聞くと若薇は性格もたいへん良い娘だったらしい。宮殿の皆が嬪の父親をも動かして庭園の捜索を願ったのは、亡くなった若薇の人がらを惜しんでという理由もあるようだ。

「ぜひ、若薇の仇を討ってくださいませ」

と、侍女に頭を下げられた。

それから、捜索の場へ行くため、宮殿内を横切る。

案内の宮官、練茄は蒼白な顔をしている。安全な案内役としてでも死人の出た庭へ行くのは恐ろしいらしい。そわそわと挙動も落ち着かない。

無理もない。蛇は咬まれた際の毒も怖いが、襲われた瞬間の恐怖から、めまいや過呼吸をおこすこともある。侮れない。

ちなみに蛇毒は直接咬まれて血管に入ると毒となるが、酒に漬けるなどして経口摂取すると無害になる不思議な性質を持っている。なので今回の捜索隊には夏で暑いが皆の足や腕に厚い布を巻かせ、防御を固めてある。

練茄の案内で庭に降りる。いよいよ捜索開始だ。

「では、皆、棒と呼び子は持ちましたか？　横との間隔は一定に保つように」

臨時の配下となった女孀や宦官たちを指揮して、人海戦術で庭を調べていく。

長い棒で草陰や石の間をつきつつ横一列に並んだ女孀と宦官の合同部隊が、広げた網をすぼめて魚を捕るように、翠玉宮の殿舎から隣接する園林のほうへと移動していく。

さっそくぞろぞろと蛇が出てきた。捕まえては持参の瓶に入れていく。

「すごい。後宮ってこれだけ蛇がいたの。壮観」

「妙な感心をしてないで手を動かして。蛇相手でも捕り物よ！」

左翼を指揮する琴磬が金切り声を上げる。

だが、翠玉宮と園林の蛇を一掃しても後宮には他にも庭や池がある。

「結局はそちらから移動してくるだけよね。蛇は塀なんかおかまいなしだし」

「蛇は鼠をとるし、これだけ広いんだから這ってても私なら気にしないんだけどなあ」

駆り出された皆はぶつぶつ言っているが、とりあえず捜索は終わった。

あとは蓮昭儀とその周辺が、これで安心だ、宮正は仕事をやり遂げた、と納得してくれるかどうかだ。

「こればっかりは何匹捕まえたら合格ってのがないからなあ」

そもそも最初の被害にあった女嬬がどの蛇に咬まれて死んだかもわからないままだ。

ここにいる宮正女官は誰も彼女が咬まれる現場を見ていない。その後の症状なら聞いたが、どの蛇の毒と特定できるほどでもない。画竜点睛を欠くというか収まりが悪い。

「ま、とりあえず瓶に入れた蛇を数えようよ。これとこれとが毒をもっていて、それを捕まえましたって種類と数を報告すれば、最低限の体裁は整うでしょ」

紹杏が言う。その通りだ。皆して安西殿に運び込んだ瓶の前にしゃがみ込む。

「これ、ざっと、種類ごとに分けた方がいいな。毒蛇を数えるのは素人じゃ危ないし。よし、私が片っ端から分けてくから、そこの娘子兵のあんた、瓶を運んでよ。ちゃんと蓋して中の蛇に咬まれたりしないようにしとくから」

三日に一度との前言をひるがえし、朝からの捜索こそは政務があり参加できなかったが、律儀に夕刻からは参加していた皇帝に紹杏が言った。

「はい、持てるかいって、あんたさすがは娘子兵だな。力持ちじゃないか。あんたなら腕も立ちそうだし、毒蛇の瓶でも渡していいかな」

「ふっ、まかせておけ」

「あ、駄目っ、この人は大事な祖父からの預かり物だからっ。毒蛇は私が数えます。趙殿は安請け合いはせず、無害な蛇を相手していてください」

あわてて蛍雪は止めた。皇帝が同僚たちと親しく言葉も交わせる気さくな雰囲気になってくれたのはいいが、正体がばれないように身の安全を図るのは気を遣う。

「一匹、二匹、と……。あ、こいつ、背開きして焼いたら美味しいんだよなあ。ねえ、もう夕刻通り越して夜だし、小腹空かない？」

「紹杏、駄目よ、食べたら！　これ、全部、大事な押収品なんだから！」

「え。嘘、これを食べる気!?　てか、余計なこと言わないでよ。びっくりして数忘れちゃったじゃない、最初からやり直しよ」

皆して悲鳴を上げながら蛇の仕分けをし、間違えないように朱墨で頭に印をつけながら蛇を数える。

もう夜も更けてきたというのに帰らず居着いている皇帝が言った。

「……若い娘が複数しゃがみ込んで一匹、二匹と呪いのように唱えながら瓶の蛇を数えている。なかなか笑える光景だな」

「おっしゃらないでください」

自分でも情けない格好だと思う。だが蛇は瓶から出せば逃げてしまうし、数を間違えないためには口に出して数える必要がある。

皇帝も自分に割り当てられた、毒のない蛇の数を数えながら楽しそうに言う。

「だがここは珍事が頻出して飽きないな。こんな仕事、刑部でもなかったぞ。捕り物よりそなたらの騒ぐ様を見るのがおもしろいくらいだ」

「……なら、いっそもう捕り物などやめられては」

「そうもいかん。そなたたちを観察するのもいろいろな人間を見て目を養い、人物の裏表を見抜くためだ。政務に生かすためのな」

後半は声をひそめて蛍雪にだけ聞こえるように大義名分をつけているが、違う。この人の場合、おもしろがっているだけだ。

しらっとした目になると、皇帝が傷ついた顔をした。

「まったく。そなたはいつも朕を冷たい目で見よる」

「趙殿が余計なことばかり言われるからでしょう」

「あ、言ったな。そなたもたいがい不遜になってきたな。前はもっと初々しかったぞ」

「私も至尊の御方は至尊のまま、遠い雲の上に仰ぎ見たまま生を終えたかったです」

自分でも辛口になってきたなと思うが、しょっぱなにあの冗談かと疑う女装を見せられたのだ。その後も多少は良さげに聞こえる言葉を聞かされたりもしたが、感動するより脱力する場面のほうが多すぎて、敬う気持ちを持続できない。

結局、捕まえた蛇のどれが問題の女孀を咬んだかは特定できなかった。

当たり前のことだが、〈犯人〉だけを抜き出すのも無理なので、捕まえた蛇はすべて城外にだし、山に放つことになった。蓮昭儀が蛇の存在自体を気味悪がったからだ。

「あーあ、これでしばらく鼠が増えるよ。せめて毒の無いのは残しときゃいいのに」

山暮らしに長けているだけでなく狩猟経験もあるために、翌日、放しにいく係になった紹杏が、大量の引っ越し予定の蛇が入った瓶を眺めてぼやいた。

翌日、紹杏の指揮で瓶を乗せた荷車隊が後宮を出た。

通常これだけの数の人と荷車が外に出る許しを得るには、時間がかかる。が、そこは蓮昭儀の父である蓮礼部令が皇帝に直訴したらしい。

蓮昭儀からも直々に「なるべく遠くに捨ててきて」との要請も出たので、紹杏たちは今日は夜まで帰らないだろう。

そのことを捕らえた蛇の詳細とともに報告すべく、蛍雪は翠玉宮を訪れた。

本来は依頼を受けた琴磬が来るべきなのだが、今回は部署をまたいで人手を借りた。忙しい彼女はすでに尚宮局と内侍局へお礼も兼ねた結果報告に出向いているのだ。

翠玉宮へ行っても蓮昭儀様はまだ寝込んでいる。侍女たちに報告するだけだから気は遣わなくてすむと言われたので、蛍雪がこちらを担当することにした。

訪《おとな》いを告げると門まで迎えに来たのは、昨日、案内係をしてくれた練茄だった。

まだ従姉の死から立ち直れないのか、蒼白な顔をして今にも倒れそうだ。

いつもなら蛍雪もそこまで他人の事情に踏み込んだりはしない。が、あまりに憔悴した様子に、思わず声をかけていた。

「検死も終わったので彼女の遺体をご家族にお返しするのだけど、あなたはどうする？」

従姉妹同士なら同郷だろう。葬儀のため、棺と共に家に戻ることも可能なので聞いてみる。

蒼白な顔は彼女がもう後宮生活が限界だと示していて、老婆心ながら戻れるならそのほうがいいのではと思ったのだ。

練茄は女官志望の宮官とはいえ、まだ下っ端だ。退宮の条件もそこまで厳格ではない。が、彼女は顔を横に振った。ここに残るという。

「いいの？　従姉妹なら仲も良かったのでしょう？　葬儀に出れなくて後悔はしない？」

共に後宮に来て、助け合って生きていると聞かせてくれた春麗、春蘭の双子の姉妹を脳裏に思い浮かべつつ聞くと、練茄がびくりと肩をふるわせた。苦しげな顔を蛍雪に向ける。

何か言いたいのだろうか。

蛍雪が重ねて聞こうとしたとき、宮殿のさらに奥へと案内するための侍女が現れた。練茄は侍女に案内を引き継ぐと、逃げるように去って行った。

蛍雪と練茄の会話が聞こえていたのだろう。侍女がその背をあきれた目で見送った。

「親切に言ってくださったのにごめんなさい。あの子、親の圧力が強くて。『大枚をはたいて宮官にしてやったんだぞ』っていつも手紙で叱られてるから、昇進の一つもしないと帰れないのよ。それに従姉妹といっても若薇はあの子の雑用係だったし」

「え？　若薇という子は翠玉宮の女嬬では」

「ううん、違うの。若薇は元は女嬬でさえないただの下女だったの。練茄のほうは一応、親が代々蔭位の制を受けてる地方役人で、女官になるために入宮したけど」

後宮にいる女は国から年俸を受け取る宮官や内官だけでなく、それぞれが私的に雇い、連れてくる使用人もいる。

妃嬪付きの侍女がそうだ。彼女らの給金は国ではなく、雇い主である妃嬪が払う。

若薇は練茄が憂いなく宮官仕事に励めるようにと、身の回りの世話をするために実家からつれてきた家奴だったそうだ。母親同士が姉妹だったが、若薇の一家が流行病で皆、死んでしまい、一人生き残った幼い若薇が練茄の家に引き取られたそうだ。

「一応、一緒に育った、姉妹同然の仲だったらしいけど。複雑なのよね。母親同士は仲が良かったみたいだけど、練茄の父親は吝嗇家《りんしょく》で、若薇のことは引き取ってやったんだからと家奴扱いだったみたいなの」

それで練茄が後宮入りする際に、下女として連れていくように父親が指示したらしい。

「でも練茄はおとなしいというか凡庸な娘でしょう？　逆に若薇は気働きのできる子でめきめき頭角を現して。下女を辞めて女嬬にならないかって人事の女官に誘われたのよ。で、そこからさらに蓮昭儀様のお目にとまって、正式に昭儀様付きにならないかって言われてたの。今度、主上も臨席される紫水園《しすいえん》の船遊びのお供に選ばれてて、そこで合格すれば侍女にとりたてるって。なのにこんなことになって」

でも、と、彼女は続ける。

「ある意味、若薇も練茄もほっとしているかもしれないわ。若薇は義理堅い子だったから。仕えてた練茄を追い越して出世すれば主家の主に何を言われるかわからないし、いつも父親に叱られてる練茄のことも気にしてたから」

遠く離れた後宮のことなど家族に知られるわけがない。そう思っていたのに、誰か同郷の者でもいて文を送ったのか、練茄の父親は若薇の出世を知っていたそうだ。

「毒親、というのかしら？　実家から文が来る度に練茄はおかしくなってたわ。上役が後宮から出して療養させたほうがいいのではと言っていたくらいだもの。でも練茄が必死になって拒んだの。このまま実家に戻されては父に家に入れてもらえないって。かわいそうに」

庭園捜索のときに仇を討ってと頭を下げた侍女たちは完全に若薇びいきで、練茄のことは眼中にない様子だった。が、この侍女はもう少し中立的な見方をするようだ。

練茄にも同情を示すような、やるせない顔で淡々と語る。

「大変よね。上より下のほうが優秀だと。主家のお嬢様が美しければ皆から褒められ、誉れとされるだけ。だけど家奴が美しければ主一家からは煙たがられるでしょう？　不和の種になる。それと同じよ。いっそ違う道を歩めれば気にせずいられたでしょうけど、二人ともここに送り込まれてしまったから。親の圧さえなければ仲の良い二人だったのだけど。だから練茄もほっとしてるかも。これでもう父親から比べられることもないし、嫉妬もしなくていい。練茄も純朴な優しい子で、親を亡くした若薇のことを気遣ってたから」

（それは、つらい……）

蛍雪は眉をひそめた。ふと、実家に残してきた異母妹のことを思い出してしまう。

この侍女の言うとおり、練茄と若薇が別の道を歩む従姉妹同士なら複雑なことにはならなかっただろう。だが若薇は練茄の下女として同じ道を歩むことを強いられた。

若薇は己の出世を喜びながらも、従姉妹なのに、従姉妹だからと情にさいなまれ、練茄のほうも同じ従姉妹なのにどうしてと、己のふがいなさを悔しく思っていただろう。ましてやここは他に逃げ場のない後宮だ。

親の手で無理に後宮に植え換えられた二輪の花。ただ、互いに寄り添って風に揺られていたかっただけなのに、親のつまらない見栄と野心のせいで引き裂かれた。

話しながら池に沿った回廊を行く。

と、案内役の侍女が、何かを見て悲鳴を上げた。

「きゃっ、あんなところに」

蛇だ。回廊の傍にある池、その水面に枝を伸ばした木に一匹の蛇がいた。

侍女の声に驚いたのか蛇が枝から池に落ち、器用に水面を泳いで逃げていく。

すべて捕まえたつもりだったがまだいたのか。後宮は広い。根こそぎは無理とわかってはいたが時機が悪すぎる。今日は蓮昭儀たちに蛇撲滅の報告に来たのだ。

どう弁解しようと頭を抱えたとき、侍女が叫ぶように言った。

「あ、あれ、あの蛇よ！　若薇を咬んだのは！　あのとき、私も四阿にいたのよ！」

「え？」

蛍雪は目を瞬《またた》かせた。あわてて振り返り、もう一度、水面を泳ぐ蛇を見る。

黒の縦縞に明るい黄色の模様が入った、派手な色の蛇だ。この蛇なら蛍雪も知っている。

昨夜せっせと仕分けて、紹杏に毒の有無や習性について教授されたばかりだ。

侍女に確かめる。

「確かですか？」

「私、目はいいもの。確かよ。あれが若薇に咬みついて彼女を殺したの」

蛍雪は混乱した。あれが若薇を咬み、死に追いやった？

（それはあり得ない、いいいい！）

「……死んだ若薇に出た蛇毒の症状は、吐き気、嘔吐、腹痛、頭痛でしたね？」

嫌な予感がする。

「手当ては蓮昭儀様の侍医ではなく、知らせを聞いて駆けつけた後宮付きの医官がおこなったのですよね」

「ええ、そうよ。あの夜は蓮昭儀様も倒れられてたいへんだったから。若薇は蓮昭儀様のお気に入りだったから、蓮昭儀様さえお元気ならご自分の侍医を差し向けられたでしょうけど。後宮の医官はやぶだから」

後宮にも医師がいる。それが医官だ。

ただし医官は男しかなれない官職だ。が、後宮には皇帝以外の男は入ることができない。当然、後宮勤務の医官は宦官となる。

好んで宦官となる男性は少ないし、宦官となってから医師となる者はさらに少ない。少ない中から選ぶから、後宮の医官は質が良くない。やる気も無い。表で仕える医師からすると格段に腕が落ちる。生者を死者にしてしまうところがある。

後宮内で変死者が出れば、流行病だったら困るので医官が確かめるが、適当に死因を書いて、遺体を親元に帰してしまうことも多い。

(誤診はあり得る)

若薇が亡くなったのは三日前だ。検死も終わったし、今は夏だ。遺体を納めた棺は腐敗を避けるためすぐに城外へ出される。

「申し訳ありません、急用を思い出しました。報告はまた後日に」

いそいで言って、翠玉殿を出る。ここからなら遺体を安置した後宮の医局が近い。

確認に走ったが、棺はすでに医局を出て、西の不浄門に向かっていた。今から追いかけても蛍雪の足では間に合わない。

若薇は親がいない。侍女から聞いた家の事情が本当なら、主は遺体の受け取りなど拒否する。このまま後宮から運び出されて他の遺体と一緒に無縁仏として葬られてしまう。

(……衛児様、特別扱いを頼んでいいですか)

一刻を争う。

蛍雪は以前、衛児に教えられた緊急時の連絡法を使った。符牒を使い、後宮の東にある副門を守る備身たちを介して、衛児に伝言を頼む。

『大至急、若薇の遺体が運び出されるのを止めていただきたいのです。再検死の必要があります』と。

衛児からの返事はすぐに来た。

『安寿殿の前でお待ちください』と。

じりじりしながら蛍雪が安寿殿に面した東大路で待っていると、後宮内だというのに、何故か馬の蹄の音が聞こえてきた。

(何事!?)

後宮内で馬を走らせるなど、皇帝か皇后級の許しがないと無理だ。目を丸くしていると、さっそうと馬に跨がった娘子兵姿の皇帝が現れた。

「ち、趙殿? どうして⁇」

「乗れ! そなたも来い! 娘子兵だけが行って棺を返してくれと言っても、説得力が無い」

皇帝が言うと、問答無用で蛍雪を馬上に抱き上げる。

(な、どうして主上自ら!)

驚いたが、いつもの女装姿がたまらなく頼もしい。

馬を駆りながら簡単に彼が説明したところによると、衛児を通して知らせを聞くなり、「朕が行く」と、抜け道を徒歩で行くよりは早いと、表の永寧宮で姿を変え、そこから馬を飛ばしてきたらしい。

「衛児に宦官どもに手をまわさせようかとも思ったが、関係者を増やしては余計な疑いを招く。時間もかかる。なら、身軽な趙燕子が動いた方が早い。馬を飛ばせば間に合う！」

そういう問題か？　と思ったが、ゆっくり話している暇はない。皇帝の後ろからこれまた馬を駆ってきた衛児曰く、棺はすでに後宮西の不浄門を出て、皇城内の通路を皇城の北門、天平門へと向かっている、とのことだった。

「一度、皇城の外に出た棺を再び城内に運び込むのは前例がありません。追うならお急ぎください」

彼が息を切らせて言う。

皇城の門は後宮と同じく四カ所。東西南北のそれぞれにある。他は堀で囲まれていて、棺が通れるのは北の天平門だけだ。

つまり後宮西の不浄門を出ても、そこから皇城の外に出るには、後宮の外にある皇城内の通路を城壁に沿ってぐるりと進み、北の天平門まで行かねばならない。

なら、後宮内部を一気に北まで駆ければ、先回りできる。

後宮の路は皇帝や妃嬪が使う一部を除けば荷を積んだ馬車や荷車も行き交う。許可さえあれば騎乗の官が通ることも禁忌ではない。

そして蛍雪は衛児に渡された、天下御免の皇城内往き来自由の通行証を持っている。

「飛ばすぞ、いいか？」

皇帝が聞く。蛍雪は実は馬に乗るのはこれが初めてだ。母が「馬に乗るなど下卑の娘のすること。富裕な娘は馬車に乗るのよ」と、乗馬を禁じていたからだ。

今の速度でさえ骨がばらばらになりそうだ。だがためらっている暇はない。

頷《うなず》くと即、皇帝が言った。

「口を閉じていよ。舌を噛む」

はっ、と皇帝が馬の腹を蹴る。

一気に速度が上がった。

蛍雪は必死で皇帝の鎧にしがみついた。疾駆する馬は馬車とは比べものにならないひどい揺れだ。だがそれ以上に人目が気になる。

騎乗が禁忌ではないとはいえ、後宮の中を全力で駆けさせれば目立つ。しかも馬を駆るのは凜々しい娘子兵。共に乗せているのは地味な宮正女官だ。嫌でも人目を集める。

固く目をつむって外界を遮断したが、蛍雪の頭の中は真っ白になった。脳をゆさぶる激しい揺れもあって、意識がもうろうとしてくる。

それで、たがが外れたのだろうか。

棺に追いついたときの蛍雪はすでに頭の中が死んでいた。

幸い、棺は後宮の北門を出てすぐのところ、皇城北の天平門の手前で止めることができた。後宮の女が許しもなく皇城外に出るのはさすがに無理なのでほっとした。

棺の乗った荷車を押していた宦官たちが戸惑った顔をする。

「え？　引き返すんですか？　後宮の中へ？　もう夏ですし、臭いますよ？」

しぶる宦官たちに佩玉をかざし、蛍雪は息も絶え絶えに叫んだ。

「ええい、控えおろう、この佩玉が目に入らぬか。私は主上より権限を賜った宮正なるぞ」

皇帝と初めて臨場した際に授けられた、決め口上だ。棺を早く後宮内に戻さないとと思うと、自然と口から出ていた。

が、やはり恥ずかしいものは恥ずかしい。

後で冷静になり、自分がしでかしたことを思いだした蛍雪は、頭を抱え、数日、立ち直れなかった。


荷車に乗せられた棺を邪魔が入らないうちにと、間近の北門から後宮内に戻し、宮正の詰め所、安西殿へと運び込む。

安西殿が後宮北の通用門から近いのは助かったが、他の人手はあいにく蛇を放つために皇城外へ出払っている。そうそう出られない皇城外に大手を振って出られるのだ。この機会に用足しもしたいと、他の女官たちは皆、同行するための理由をひねりだして紹杏についていった。おかげで検死をしたくとも助手を務める者がいない。

「朕が助手を務めよう」

皇帝が言った。

「実際に手を貸すのは初めてだが、検死の様子なら刑部で見たことがある」

相手はまだ若い娘だ。男である皇帝を同席させるのはどうかと思ったが、遺体は重い。棺から台に移すにしても蛍雪一人では無理だ。男手があったほうがいい。それに皆の戻りを待っていてはさらに腐敗が進んでしまう。物証が消えてしまう。

「お願い、します」

不敬だなどと言ってはいられない。覚悟は決めた。補助を頼む。

皇帝には鎧を脱いでもらい、万が一、皮膚を破って飛び出す腐汁がかかっても大丈夫なように被衣《かつぎ》を衣の上からつけてもらった。

遺体に向き合う。

「始めます」

皆に愛された一輪の花。死してなお、可憐な若薇に手を合わせる。

それから、衣をはがす。美しい遺体を上から順に丁寧に確かめていって、足にできた傷口を見た蛍雪は、「やはり」と息をのんだ。

遺体運搬人、兼、記録係として同席した皇帝が尋ねる。

「どうした」

「咬み痕が違います」

「蛇のものではないというのか？」

「いえ、蛇のものではありますが、蛇は種類によってわずかに痕が違うんです」

実家には死因特定のため犬や熊、南方の獴《マングース》まで、先祖代々集めた咬み傷一覧がある。後宮入りする前に、「写本の手伝いをいたします」との口実のもと、写しを二つ作り、一つを私物として持ち込んでいる。

安西殿の作業卓においていたそれを皇帝に持ってきてもらい、項を開いて見せる。

「これは黒眉錦蛇《スジオナメラ》の咬み痕です」

黒眉錦蛇は黒の縦縞に明るい黄の楔《くさび》模様を持つ蛇だ。派手な体色をしているので毒を持つと誤解されやすいが、実は無毒。それどころか食用にされたり、皮が美しいからと捕獲され、加工されたりする、かわいそうな蛇だ。咬まれても死には至らない。

無毒と聞いて皇帝が言う。

「だが翠玉殿の女嬬は毒が回って死んだと」

「何の毒で死んだかまでは医官も検証はしていません。蛇に咬まれた後に死んだ。だから死因は蛇毒だ。そう決めつけて、検死のときも遺体の咬み痕を確認しただけです」

検死には琴磬が立ち会ったが、彼女は女官の派閥争いで宮正司に配属になった娘だ。宮正は畑違いの部署で、検死の専門知識はない。医官が「死因は蛇毒だ」と断言すれば反対できるだけの背景を持たない。

「では、別の蛇の毒を患部に塗りでもしたのか？　確か蛇毒は蛇の頭をつかんで吐かせれば誰でも絞り出せるのだろう？」

「それをこれから調べます」

検死のための道具を並べる。皇帝が感心したように言った。

「……そなた、検死もできるのだな」

「宮正は少ない人数で回していますから。それに私は刑部令の孫ですよ？」

琴磬とは逆に、他の部署へ回されたら畑違い。存在価値がなくなる。

皇帝が骨を断つ鋸や頭蓋に穴を開ける鑿《のみ》など、検死道具を凝視しているので聞いてみる。

「恐ろしいですか？」

「いや。新しい世界が開ける興奮につい身ぶるいが出た」

「………」

変態発言は聞こえなかったことにして作業を続ける。興味深そうな皇帝の顔がじわじわ近づいて手元をのぞき込んでくるのが邪魔だ。だが前ほどいらだたなくなっている。

「腑分けをするのか？」

「いえ。それはまだ。まず、胃に何か残っていないかを見ます」

彼女に持病はなかった。が、蛇に咬まれたその夜に、急激に体調を悪化させて死んだ。聞かされた症状からして死因は毒とみていい。

蛇に咬まれたせいでないならどこから摂取したかと考える。体には他に傷はないから、疑わしいのは皇帝が言うように患部に塗ったか、経口摂取だ。

「一つずつ、経路を潰していきます」

まず、喉奥に銀の匙《さじ》を入れ、しばしおく。変色すれば砒素《ひそ》に混入した硫黄が口腔内にあることになる。砒素以外の毒には使えない判定法だが、砒素は無味無臭で最もよく使われる毒のため、後宮での毒見や検死の際には先ずこれをせよと義務づけられている。

摂取した毒の種類の特定は難しいのだ。ミョウガを酢に漬ければ色が鮮やかになるように、特定の毒素で色が変わる薬があればいいのだが、そこまで便利な物はない。鼠などに喰わせて反応を見る方法もあるが、人と動物では中毒性を持つ物が違ったりするので完全とは言いがたい。高貴な身分の者は毒見に人を使うが宮正ではそんな真似はできない。

なので数種の生き物をつかい精度を高める、腑分けをして臓器の様子を見る、被害者の死に至るまでの行動を聞き取り見当をつけるなど、地道に可能性を潰すしかない。

と、いうことで、まずは胃の内容物を調べる。口と喉、それに胃。そこに明らかな症状や毒物が残っていなければ他も調べるが、なるべくならそれは避けたい。まだ若い娘なのだ。なるべく肌を切り刻みたくない。綺麗な体で埋葬してやりたい。

「木べらと皿を」

「承知」

両手を組み、胃を圧迫する。ぐっ、と胃の口がある左へ、そこから喉へと押していくと、中身がせり上がり口の端からあふれ出す。それを皇帝が木べらですくい皿に受ける。

咬み口から入った毒なら、血流に乗り全身を巡る。胃にそれとわかるほど残ったりはしない。そもそも蛇毒は口から体内に入れば害がない。だからこそ毒蛇に咬まれた場合、傷口から毒を吸い出す救命法があるのだ。吸い出した者の口中に傷があればそこから毒が吸収されてしまうから、あまり推奨できる対処法ではないが。

(だからこそ、胃から毒が出れば死因は蛇毒ではないことを証明できる)

彼女は症状が出てから死亡するまでが一刻足らずという、あっという間の死だった。当然、胃の内容物は消化しきれずに残っている。

「これを、外の鼠たちに」

彼らの症状を見る。それと合わせて彼女が何か〈毒〉を口にする機会がなかったか、同僚などから聞き込みをしてあたりをつける。

そうして出た結果は、鈴蘭《スズラン》の毒。

若薇の死因は、蛇に咬まれたからではなかったのだ――。

「鈴蘭は猛毒です」

蛍雪は〈犯人〉を前にして言った。

「薄めれば心臓の薬にもなりますが、素人が扱うには危険な植物です。葉や実を誤食するだけでなく、花を生けた水を飲んだり、摘み取る際に手に付いた液を体内に取り込んでも症状が出ます。半刻、遅くても一刻以内には吐き気、嘔吐、下痢、頭痛などの障害が現れ、脈拍も速くなり、全身が痙攣して死亡します」

若薇は蛇に咬まれた当初、患部の腫れと痛みこそあれ、めまいを起こして寝込んでいただけだった。

蛇には無毒のものもいる。不幸中の幸いだったのだと安心していたところ、突然、吐きはじめ、下痢もおこし、医官が駆けつけたときには心の臓がとまっていたという。

蛇に咬まれて寝込んでいたという証言があったので、医官は蛇毒だと診断したが。

「問題は、彼女を咬んだ蛇が黒眉錦蛇という種類で、無毒の蛇だったことなのです」

聞かされて、若薇の従妹、練茄が目を固く閉じた。がたがたとふるえ出す。

そして言った。「毒とは、知らなかったの」と。

「若薇は、蓮昭儀様に気に入られてて、紫水園での船遊びのお供が決まっていて」

皇帝や皇后も参加する、後宮の夏の恒例行事だ。

若薇はそこに参加し、その働き次第で蓮昭儀の侍女に昇進することになっていた。

「だけど蛇に咬まれて寝込んでしまったから。もし、当日まで体調が戻らなかったら私が代わりに出られるかもと思って」

若薇が蛇に咬まれた衝撃で寝込んでいると侍女たちから聞いた蓮昭儀の侍医が、「蓮昭儀様についていてはならないので診察には行けないが、代わりにこれを」と、親切でくれた煎じ薬に、庭で採取した鈴蘭の葉を入れた。二人は従姉妹なので、若薇の薬を練茄が運んでいるのを見ても、誰もおかしいと思わなかったらしい。

「死ぬとは思わなかったの。少し気分が悪くなるだけって聞いたから」

「……可憐な見た目とは違い、鈴蘭は猛毒ですよ」

根、葉、花、茎、実のすべてに毒がある。致死量は人が相手ならほんのわずか。指先でのひとつまみ。それで事足りる。

「そんなに!?」

練茄は犯した罪の大きさをいまだによく理解していなかったらしい。嘘、と顔をふった。

「だ、だって皆、蛇に咬まれたからって言うし、私が混ぜたのは気分が悪くなる草で。だから若薇が死んでもわからなかったの、私が殺したのか、蛇の毒で死んだのかっ」

言葉の最後は悲鳴のように言うと、練茄はその場にうずくまり、泣き出した。

頭を抱え、息も絶え絶えに泣きじゃくる様を見ると、確かに彼女に若薇を殺す気はなかったのだということがわかる。いや、本人が言うように殺した自覚もなかったのだろう。複雑な想いを互いに抱いてはいても、仲の良い従姉妹同士だったと聞いた。

それでも練茄は何となく、犯した罪を察してはいたのだろう。だから青い顔をしていた。怯えていた。真実が知りたくてたまらなかった。

同時に、己の罪を確かめるのが怖くて、ふるえながらも誰にも言えず黙っていた。

それが今、真相がわかり、押し寄せる罪の意識に立ってはいられなくなったのだ。

泣き伏す練茄はただただ哀れだった。

殺すつもりはなかった殺人。

練茄は間違った知識と出来心で、大事な友であり、この世でただ二人だけ、親に圧をかけられるつらさを共有する理解者であった従姉を永久に失ったのだ――。

その夜のこと。

内廷にある皇帝の宮殿、永寧宮の一房で、ふと、皇帝が顔を上げた。

「おお、来たか」

皇帝の目線の先で礼をとるのは、蛍雪の祖父で刑部令の魏琮厳だ。

彼に身をおこすように手振りで示すと、皇帝は言った。

「こんな夜に呼び出して悪かった。報告書の書き方を指南して欲しくてな」

「報告書、でございますか」

「うむ。捕り物とは報告を上に上げるまでが捕り物だ、と蛍雪に言われた。今度行くまでに仕上げねばならん」

「それは孫が申し訳ありません。お疲れのところを」

「いや、かまわん。寝所に入ってもどうせ眠れなかった。後宮での事件が気になってな」

裁きがついた後、練茄は罪の意識からか従姉と同じ毒を口にし、自死した。

気に入りの女嬬を殺した者がいると知った蓮昭儀が怒り、その顔を見て直接怨みを言いたいと、正式な罰が下されるまで仮留め置きされていた冷宮の一室に出向いたとき、練茄はすでに冷たくなっていたという。

(だが本当に自死だったのか？)

皇帝は思う。

蛍雪からは、練茄が、『少し気分が悪くなるだけって聞いたから』と言ったと聞いた。

そのときは練茄が取り乱してしまったので、これ以上の話は聞けないと、聞き取りは後日に回すことにしたという。が、練茄は自死してしまった。もう尋ねることができない。

聞いたから、というのが言葉の綾だったのか、本当に誰かからそう聞いたのか。わからないままだ。そのことがどうもすっきりしない。

（毒だと知っていれば、あの娘は従姉には使わなかっただろう）

あの後、翠玉殿の女たちにも尋ねたが、鈴蘭の毒を知る者はいなかった。花好きの主のために鈴蘭を植えた一画が庭園にあることは認めたが、その場所を練茄がいつ知ったかもわからないままだ。練茄の死によって、真相は永久に後宮の闇に葬られた気がする。

目の前にいるのは後宮での相棒、蛍雪の祖父だ。刑部令という、捕り物の先達でもある。

ふと、聞いてみる気になった。

「実はな。今回のことがどうも納得できん。いくら出世がかかり、気分が悪くなるだけの草と信じていたにせよ、体調を崩すとわかっているものを寝込んでいる従姉に盛ったりするか？　先ずそこからして腑に落ちん」

琮厳に、簡単に今回の被害者と加害者の関係を語って聞かせる。

「姉妹のように育った二人だそうだ。先日、後宮であった事件の関係者に妹のために命を賭して直訴した双子の姉がいた。民の姉妹とはああいうものと思っていたが違うのか」

「姉妹のように育ったからこそ、でございましょう。近しい相手だからこそ複雑なのです。人が二人いればどうしても比べられます。同性で、血がつながった者同士であればなおさら。……一つ、我が家の話をしてもよろしいでしょうか」

恭しく手を組み合わせ、琮厳が言った。

「実は蛍雪、あの娘は魏家の娘とはいえ、正妻の子ではありません」

「それは聞いたが」

確か、第二夫人の子だったか。

「話しておりましたか。では、あれは異母妹とのいきさつは話しましたか」

「妹とのいきさつ、だと?」

「はい。正妻の娘とのことです。……そもそも別に暮らしていた蛍雪とその母親を愚息が本宅に住まわせることにしたのは、子には公平にあたらねばと考えたからでした。娘たちには同等の教育を。嫁にやるなら本宅から嫁がせてやりたい。そんな親心からだったのです」

そのとき、蛍雪は六歳。

正妻には男子が二人と、蛍雪より一つ歳下の妹がいたと琮厳が言った。

「愚息の正妻はできた女で、本心がどうであれ蛍雪母娘を優しく迎え入れました。異母兄妹たちも皆、父母に言い含められていたこともあり、第二夫人とその子には親切に接しておりました。巷で聞くような女同士の諍いもなく、最初は邸内も平和だったのです。ですが平和とは誰かがあきらめ、努力せねば保てない、細い糸の上に成り立つものでした」

それに気づいたのは、二人が同居して半年が経とうかというときだった。

もともと同等の教育を与えるために本邸に引き取ったのだ。蛍雪は正妻の娘と一緒に詩作や歌舞音曲などの教えを受けるようになっていた。

「あの頃は蛍雪も子どもでしたから。上達すれば褒められるのが嬉しいらしく、夢中で習っておりましたよ。実母は子のことはほったらかしでしたから。頑張れば大人に目をかけてもらえるということ自体が初めてだったのでしょうなあ」

刺繍《ししゅう》や琵琶《びわ》や。習い始めの時期は本宅暮らしの異母妹の方が当然、早かった。

それらの習い事が異母妹のほうが上手なうちは平和だった。が、もともと蛍雪のほうが年上だ。この年代の一歳差は大きい。蛍雪はみるみる異母妹に追いついていった。

「そして。追い越すようになると周囲の目が変わったのです。『空気を読め』と」

師や仕える者たちからすると、正妻の子より第二夫人の子のほうが優れている状態は困るのだ。正妻がいい気はしないし、家の空気がぎすぎすする。不和のもとだ。

「何より蛍雪の母が図に乗りだしたのです。今までは男ではなく女を産んでしまったと蛍雪のことはほうっていたのに、正妻の子より優れた娘ならば正妻の鼻を明かしてやれると、馬鹿なことを考えたのです。幼いながらも蛍雪はそこを敏感に感じ取りましてな。あるときからわざと上達を遅らせるようになりました」

分け隔てなくとは、あくまで序列が下の者が劣っているから成り立つ建前だ。

優先されるべき者は最初から決まっている。下の者は上を立てなくてはならない。それができなければ周囲から和を乱す者として恨まれる。

「努力すること自体を否定されるのです。そんな気はなくとも、上の者を馬鹿にしている、いい気になっていると言われる。だからでしょうな。蛍雪はまだ子どもで出入りを禁止されていないのをいいことに、本来の教えをさぼり、兄たちの所に入り浸るようになりました。そちらなら奥の女たちの目に触れずにすみますから、好きなだけ学べます」

それに捕り物に首を突っ込む変人の娘を養育している、度量が深いと言われるのは正妻にとっても心地よかったのだろう。思う存分、ほうっておかれた。

「ですが、いつまでも男たちの場に出入りさせるわけには参りません。あれも年頃になりましたから。それにその頃にはできの良い妹に、異母兄たちもいささか居心地が悪い思いをし出していましたからな」

「……もしや、それでそなたは蛍雪を後宮に入れたのか？」

「はい。その点、後宮なら別世界です。しかも華やかな尚宮や尚儀ではなく、嫌われ者の宮正ならば嘲《あざけ》りと同情こそ買え、ねたまれることもありません」

「なるほどな。世の中には頑張れば頑張るだけ褒められる幸せな者もいるが、無能でなくてはならない者もいる。そういうことか」

言われて見れば、帝室などその最たるものだ。皇太子より優れた皇子など和を乱す害でしかない。

逆に言うと、上に立つ者は下より優れていなくてはならない。それはそれで重圧だ。

どれだけ努力しても天賦の才という物がある。自分でもそれがわかっているのに、周囲からはせっつかれ、下の者からは哀れみと共に手を抜かれる。それがどれだけの屈辱か。

練茄もそうだったのだろう。周囲の期待と圧力に心が折れてしまったのだ。

(ある意味、練茄という娘も被害者なのだな)

従姉妹という近しい相手だからこそ、よけいに比べられ、無理だと言っているのに親の手で競わされる。それは崩れるとわかっている砂粒を無限に積み上げさせられるような、空虚で絶望的な行為だ。

『私だって好きでお父様の娘に、若薇より凡庸に生まれたんじゃないっ』

練茄の悲鳴が聞こえた気がした。

琮巌が腰をかがめ、拱手する。

「あくまで、我が家の話ですが」

「……いや、おかげで事件の娘たちの心持ちがわかった気がする。気を遣わせたな」

皇帝は言った。わざわざ「気を遣わせたな」と加えたのは、琮巌が、こちらの問いに答える形で、魏家の内情を話した裏を察したからだ。

(後宮内を馬で駆けたのはさすがにまずかったか)

これは琮巌の牽制だ。これ以上、孫を悪目立ちさせてくれるなという。

蛍雪の呼び出しに、身分を偽っていたとはいえ皇帝の身で応じた。衛児なり他の誰かを向かわせればいいところを、変装していたとはいえ自ら向かった。しかも馬に蛍雪を同乗させてしまった。

我ながら軽率だったと思う。が、あのときは心が逸《はや》っていた。あの蛍雪が頼ってくれた。それに応えずに何が相棒かと柄にもなく熱くなっていた。琮厳はそれを危ぶんだのだろう。常の官吏なら娘を皇帝の傍に上げる機会があれば一族を上げて推し、寵を望む。が、魏家はそれを望んでいない。

その理由を、こちらの問いに答える形で琮厳は語って聞かせたのだ。

我を殺し、身をすくめることで家の平和を保っている娘。

あの蛍雪にそんな事情があったとは。

知れば蛍雪に何かしてやりたい気持ちがわく。が、皇帝たる自分が動けば魏家で母親がどれだけ勝ち誇るか。正妻も抑えきれなくなる。蛍雪が言っていた「家の中はてんやわんや」状態に戻ってしまう。

（それはこの男にとって、一族の誉れや出世を蹴ってまで避けたいことなのか）

そこまで無欲な男とは思えないが、と、目の前の男を見る。老獪《ろうかい》な琮厳の顔からはそれ以上の隠された真意を読むことはできない。が、少なくともこの男が今回のお忍びにかこつけて、孫娘を妃嬪の一人にとは考えていないことだけは確信できる。

（今はそれでじゅうぶんではないか）

蛍雪は親元を離れ、高い塀で護られた後宮の内にいる。少なくともこれ以上心は乱されない。安全だ。

それでも彼女は実家のことを気にしているようだ。ならば彼らの暮らしをいたずらに脅かしたくない。

気を遣わせたな、という皇帝の言葉を受けて、琮厳が言う。

「滅相もございません。お耳汚しの長話をいたしました。お許しください」

それから、確認するように付け加える。

「ただ、そういう事情ですので、後宮に入れたところで私も孫もとくべつなことは望んでおりません。月日が経ち、異母妹が嫁に行き、あれの実母も落ち着き、そのうえで、あれに好いた男でもできて嫁ぎたいと言いだしたときに、快く後宮から出していただけましたら、それだけでじゅうぶんでございます」

表向きは無欲な忠臣を装って、琮厳が頭を下げる。こちらが言葉の裏にある牽制に気づいたこと、琮厳がまだ真意を隠しているのではと疑っているのを知ったうえでの一礼だ。

狸の化かし合いだ。

互いに互いの言葉の裏には気づいているのに気づいていないふりをする。

皇帝となった以上、常に相手の言葉の裏を探らなくてはならない必要性は理解している。が、只一人で、心から信じられる者もなく、多数を前にそれをおこなうのは正直、骨が折れる。疑心暗鬼になりそうだ。

だからこそ最近は飾らない宮正たちの中にいることが心地よくなっているのかもしれない。彼女たちの嘘のない言葉が気持ちがいいから。

「わかった」

皇帝は言った。

「改めて言葉にしよう。朕は決してそなたの孫をとくべつ扱いはしない。後宮を出たいと思うようになればいつでも出られるようにしてやろう」

琮厳の目を見て、それでいいな？　と約す。

「それが朕からのそなたら魏家の者たちへの信頼の証《あかし》であり、今回の〈お忍びの供〉に対する褒賞だ——」

皇帝にもう一度礼をとり、琮厳はその御前を下がった。永寧宮を出る。

すでに皇城の門も閉ざされている。夜番の兵しかいない広い外朝を歩いていると、回廊の陰にひっそりと佇《たたず》む人影があった。

まるで空気のように。そこにいるのに注意して見ないとその存在を忘れてしまいそうな、気配を消した男が立っている。

曹衛元だ。

後宮では衛児と呼ばれている男が琮厳に近づく。それに向かって、琮厳はぽつりとつぶやいた。

「……ずいぶんと遠回りになったが。陛下はお気づきになるだろうか、後宮の闇に」

「ご心配なく」

如才なく、衛元が腰をかがめる。

「すでに大家は朱賢妃様に趙燕子として接触なさいました。不浄門から出る棺にも。例の件にたどり着かれるのも時間の問題でしょう。そうなればもう安心です。大家の御気性からして、決して放置はなさらないでしょう」

「ならよいが」

言って、空を見やる。後宮へと続く暗い夜空だ。

琮厳は決して欲もなく、皇帝を後宮に誘導したわけではない。下心もなく大事な孫娘を皇帝の傍においたわけでもない。目的がある。

「……陛下に真実は話さず、たぶらかすことになるが。我々、外に所属する男ではあの塀の内には手が出せん。いくら毒花がはびこり、他を枯らそうとも指をくわえていることしかできん。塀を越え、こちらに伸びた枝葉を刈るのがせいぜいだ。根元から断たねば意味がないとわかっていてもな」

独り言のようにつぶやく琮厳に、衛元が問いかける。

「御令孫がご心配ですか？　巻き込んだことを後悔しておられると？」

「……いや。あれなら無事、己の役目を務めてくれよう。刑部の娘だ」

二人して、夜空を見上げる。

琮厳はまだ知らない。


『……大事なお体です。主上、どうかご決断を』

遠い時の彼方から、切羽詰まった声がする。それらに混じる、激しく燃え上がる炎の熱気と、爆《は》ぜる音。

それは今はまだ誰も知らない、そう遠くない未来の出来事。

蛍雪に襲いかかる、悲痛な〈死〉の姿だった——。

第三話　蛍火

漆黒の帳が降りる、夜。

後宮の女たちが恐れ、息を潜める時間だ。

ねっとりとした闇に包まれ、自らの悪行の報《むく》いにふるえる者。寝所の隅にこごった陰影を見つめ、夜の長さに怯える者。皆の上を等しく孤独の檻が覆う。

だから女たちは皇帝の訪れを願うのかもしれない。

皇帝がいれば殿舎の周囲を護衛の備身が守る。幾多の灯が点《とも》される。何より独りの冷たい寝台がしばし温《ぬく》もる。

恋ではない。愛でもない。

儚《はかな》い命をつなぎ止めるか細い糸に、命綱とばかりに女たちはすがるのだ。

だがそんな女たちのしめやかな時間に、蛍雪は後宮の外にいた。

祖父に外朝まで呼び出されて、叱られていたのだ――。

「この馬鹿者がああ」

怒声が響き渡る。

正確には怒声ではない。房の外には聞こえないように一応、声はひそめられている。が、静かな気迫がびりびりと空気をふるわせる。

後宮内を馬で疾駆し、棺に収められていた若薇の遺体を回収、検死をおこなった四日後。皇帝から今回の件に関する報告書が届き、皇城の外へと蛇を放しに行った面々も戻ってきて、それらと入れ代わるように後宮から出された練茄の棺を見送った夜のことだった。

事件も片付いた。ここ数日はばたばたしていてまともに寝ていない。

久々に自分の房に戻り休もうと、安西殿を出たところで蛍雪は祖父の呼び出しをくらったのだ。疲労のたまる体に鞭打ち外朝まで出向くと、怒れる祖父がいた。

「儂はそなたになんといった？　正体がばれぬよう、そなた、つききりで陛下のお世話をいたせ、と言ったな？　宮正として陛下の捕り物の相棒を務めよと」

琮厳が怒りのあまり息を荒らげて蛍雪をにらみつける。

「お世話をせよと言ったのに逆にお世話をされてどうする！　陛下に馬を出させ、かつ、陛下のご威光を使って後宮から一度出された棺をまた後宮に戻しただと？　そなた皇城の宮規をなんと心得る」

「いえ、あれは主上のご威光を使ったわけでは」

一応、弁明を試みる。

「確かに届けも出さず馬を駆り、後宮の外に出ました。ですが私は衛児様からいただいた通行証をもっていましたし、棺を止める際には宮正の名を使いました。主上より権限を賜ったと声には出しましたが、あれは宮正がそう位置づけられていて……」

「やかましいわ！　細々へりくつを並べてもそなたが公衆の面前で陛下の二字を出して注目を浴びたのは確かだろうが！　しかも後宮内を馬で疾走だと？　何を目立ちまくっておる。陛下の御身を後宮中に曝《さら》す気か。趙殿の御正体がばれ、お忍びができなくなれば陛下の御不興をこうむるだけではない、魏家にどんな禍《わざわい》が降りかかるかわかっていような？　そなたを陛下のお傍に配し寵を狙う気かと儂が他の狸どもに無い腹を探られる。そなたも今まで通り無事に後宮にいられると思うなよ。各妃嬪の妬心を甘く見るなっ」

いちいちごもっとも。

蛍雪は口答えはやめ、身を縮めた。自分でもあれはやりすぎたと思う。

だが言い訳だってさせてもらいたい。あのときはまさか呼び出しに皇帝自ら応じるとは思わなかったのだ。衛児に頼んで宦官たちをそれとなく動かして門を塞ぐか、機動力のない自分の代わりに、兵でも先回りさせて棺を押さえてもらえたらと思っただけで。

(それにしても後宮内のことなのに、どこでお祖父様にばれたのだろう)

馬を駆けさせたのはつい四日前だ。噂が外朝まで届くにしても早すぎる。目立つまねはしたが後宮の塀内のこと、しかも身分ある妃嬪は使わない裏方の通路と門での出来事だ。下っ端宮官や宦官しか目撃者はいなかった。

外朝にいる祖父の元まで注進に走る者などいないと思っていたが、祖父は祖父なりに孫には内緒で内廷なり後宮なりに情報網を築いているのか。

我が祖父ながら侮れない。壁に耳ありとはよくいったものだ。

今後は気をつけようと思いつつ、祖父の叱責をおとなしく聞く。抑え役の祖母が亡くなって以来、逆らう者もなく魏家に家長として君臨している祖父だ。ここで口を挟めば、さらに怒りに油を注いでしまう。

どれくらい祖父の叱責を聞いていただろう。

げほっと、祖父が咳《せ》き込んだ。怒鳴り続けたせいで喉が嗄《か》れたらしい。

「……もういい。夜も遅い。早く帰れ。今後は気をつけるように」

「はい」

息切れした祖父が碗に白湯を注ぎながら言ったので、しおらしく頭を下げて外に出る。

扉を閉め、ほっと息をつきかけて、あわてて口を押さえる。祖父に聞かれればまた叱責される。

室内にいる祖父を刺激しないよう、気配を殺して歩み出したときだった。

外の回廊を、一人の高官がやってくるのが見えた。

大理寺卿の重職を務める、朱庸洛《ようらく》だ。

彼は後宮にて賢妃の位を賜った朱玉姫《ぎょくき》の父親だ。もちろん一女官にすぎない蛍雪に面識などないが、顔は知らなくとも彼が身につけた官服の色と下げられた佩玉で誰かはわかる。

こんな夜に何事かと思ったが、相手は朝廷の重鎮だ。

いそいで脇により、礼をとる。その鼻先を、朱庸洛が通り過ぎていく。

(どうか魏家の者と気づかれませんように)

思わず祈る。

彼からすれば女官など路傍の石と変わらない。が、万が一がある。何しろ女官と通称される女官吏は後宮と内廷の一部にしか存在しない。

魏家の娘が一女官として後宮入りしたことは一時、噂になった。そしてここは刑部。推測はたやすい。「魏家の娘を外朝で見た」と父親から娘の朱賢妃へ伝わればどうなるか。

外の世界と後宮は密接につながりあう。何がどう巡って皇帝の秘密にたどり着くかわからない。

目立たぬよう身をすくめたが、やはり夜の外朝にいる女の姿は奇異に映るようだ。何故こんなところにいるといぶかるように、朱庸洛が歩む速度を落とした。視線を感じる。

が、幸い声をかけられることはなかった。

深く身をかがめて彼をやり過ごすと、蛍雪は身をおこした。

刑部と対立することが多い大理寺の長が祖父を訪ねた理由は気になる。

が、君子危うきに近寄らず。

何か感づかれて止められる前にと、蛍雪は脱兎のごとくその場を立ち去った。


足を止め、いそぎ立ち去る女官の背を見送ると、朱庸洛は刑部令である魏琮厳がいる殿舎へと足を踏み入れた。

「おお、これは朱大理寺卿殿」

白湯を飲み、息を整えていた琮厳は予定にはなかった貴人の訪れに腕を広げ、大仰に歓迎する。朱庸洛が視線を巡らせ、尋ねてきた。

「……先ほどすれ違った女官は、もしや魏殿の？」

はて、と、とぼけようとしたが無駄だった。重ねて聞かれる。

「魏家の令嬢が一女官として後宮入りしたと、何年か前に噂になったが」

「はは、よくご存じだ。愚息の娘でしてな」

この様子ではもう後宮で騒ぎを起こした女官が魏家の娘だと、娘の朱賢妃から聞いているのだろう。ごまかすとかえって不審を買う。琮厳は開き直って、返すことにした。

「良い歳だというのにいつまでも跳ね返りで手を焼いておりましてな。後宮で騒ぎを起こしたと聞いた故、呼び寄せ叱っていたのです」

わざと渋面を作っていうと、朱庯洛が笑った。

「いや、謙遜なさることはない。良い孫殿ではないか。おとなしく呼び出しに従い、叱責を聞いてくれるのだから。私は……魏殿がうらやましい」

その声はにこやかな表情とは裏腹に、娘が尊い四妃の一人となった男のものとは思えない苦悩に満ちていて、琮厳は眉をひそめた。

管轄を巡り、争うことの多い刑部と大理寺だが、仕事を離れると琮厳はそこまでこの男が嫌いではない。

朱庯洛は文官の名門の出だけに所作は落ち着き、自分の分をわきまえ、何より愚かではない。話していて気持ちの良ささえ感じる、希有な人物だ。

（なのに、何故あのようなことを。いや、この男は知らないのか……？）

問いたい。が、問えない。

そこへ朱庯洛が如才なく仕事の話をふってきた。

「忙しいところをらちもない話をお聞かせした。実は内密に話がありましてな。以前から刑部と捜査がかぶることが多かった、後宮勤めの娘たちを狙った、例の」

「ああ、あの件か」

まさか聞きたかったことを彼の方から口にされるとは思わなかった。面食らい、とっさに言葉を切ってしまったが、琮厳はいそいで形勢を建て直す。

にこやかな笑顔をつくり腕を伸ばすと、朱庸洛に円卓の前に置かれた椅子を示す。

「どうかお座りを。儂も大理寺へ出向かねばと思っていたところだった。朱殿にご足労をかけるとは申し訳ない」

では、と互いに譲り合って椅子に座り、口火を切る。

「最近、城下で目に余る、一部官吏と宦官たちが結託しておこなう副業について……」


外朝から後宮に戻ると、通行証を持っていても門限ぎりぎりの時刻だった。

門番の武官たちが扉を閉めようとしているところに何とか滑り込み、蛍雪が宮正たちの詰め所、安西殿へ戻ると、そこは夜だというのに赤々とかがり火が焚かれ、庭に物や調度が運び出されて、引っ越しか大掃除かという大騒ぎになっていた。

「ど、どうしたの」

「んー、実はこの間、蛇の件で外に出たとき、持って行った瓶の数が合わなくてさ」

たずねると配下の野生児女官、紹杏が言った。彼女が言う蛇の件とは、先の事件で翠玉宮とその隣の園林を捜索し、捕まえた蛇を郊外に放った一連の出来事を指す。そして瓶とは、そのときに捕らえた蛇を大量に入れた瓶のこと。

その数が合わなかった？

嫌な予感に身を固くした蛍雪に、紹杏が頭をかきつつ言った。

「一瓶、足りなかったんだよね。どっかに置き忘れたみたいで。山への移動中は荷車に覆いをつけて瓶にはさわってないから、運び忘れたとしたらここで蛇の数を数えて動かしたときじゃないかなって。夜だったし。で、戻ってから探したんだけど見あたらなくてさ。留守にしてる間に誰かが片付けたみたいで、どこに行ったかわからなくなっちゃって」

あのときは急な庭園捜索依頼だったので新たな備品を調達することができず、蛇を入れる瓶は普段から宮正で使っている物を流用した。

それが災いして他の瓶とごっちゃになり、誰かがどこかにしまい込んでしまったらしい。そしてそれを言うと皆が悲鳴を上げるだろうと、紹杏は今まで黙っていたそうだ。

（つまり何？　蛇がいっぱい入った瓶が一つ、今もここにあるってこと？）

「いや、ちゃんと皆が帰って独りになったら探そうと思ってたんだよ？　瓶に閉じ込めたままじゃ蛇だってかわいそうだし。でも久しぶりに外に出て疲れてたし、他に仕事もあってついつい後回しにしてたんだよね。そしたらさっき、あのとき一緒だった宦官が別件で来て、『そういえばあのときの瓶は見つかりましたか』とか言うからばれちゃって」

てへ、と紹杏は笑うが「どうしてもっと早くに報告しないの」と、さすがの蛍雪も叫びたくなった。繊細な芸術家肌の芳玉にいたっては恐怖のあまり殿舎に入ってこない。

「で、中の物をすべて出して蛇捜索第二弾が始まったの？　でもこんなに暗くちゃよけいに危ないでしょ。朝になってからにしたほうが……」

「朝になったら通常業務があるでしょ？　余計な事をしてる余裕なんかない、だけど蛇がいる殿舎に入って仕事するなんて嫌よって皆が怒って」

そもそも明日は油壺の納品があるしさ、と、紹杏が肩をすくめる。

「納入役の宦官たちって他にも配らないといけないからって、あの手の物は古いのと入れ替えないでどんどん手前に運び入れちゃうから。下手したら蛇の瓶は奥にやられてさらに見つけにくくなっちゃうし。それに蛇は夜行性だから昼に探しても瓶の中で寝ちゃうから音がしなくて、蓋を開けて確認しなきゃいけなくなるから」

で、こんな夜中に無償残業をしているらしい。

しかたがない。そういう事情なら手伝うしかない。

蛍雪が袖をめくって手近の行李を持ち上げたときだった。

「これ、どこにおきます？」

「あっちはあらかた空になりましたよ」

春蘭と春麗、朱賢妃配下の女嬬たちが両手にそれぞれ巻いた紙の束を抱えて現れた。

「え？　どうしてこんな時間に？　大丈夫なの？」

今はもう酉の刻。後宮の主要な門はとっくに閉まっている。通行証を持つ蛍雪でもぎりぎりの滑り込みだったのだ。あとは各々が属する宮殿にこもる時間だ。双子がいる白虎宮の門などもう中から門がかかっている。

叱られないのかと聞くと、あ、大丈夫です、と明るく返された。

「朱賢妃様には今夜は帰らなくていい、お手伝いをしろって言われましたから」

「雑魚寝でいいので今夜は泊めてくださいね。私たち山育ちで蛇も怖くないですから」

一日の仕事が終わって顔を出したら大騒ぎだったので、率先して手伝っているそうだ。

「朱賢妃様には宮正には救ってもらった恩があるっていつも言われてますから」

何度も出入りしてすっかりここの一員になっている双子が、勝手知ったる他人の家とばかりに庭と中とを往復していろいろな物を引っ張り出してくる。いいのだろうか、部外者なのに。親切心からのお手伝いとわかっていても、蛍雪は困って眉根を寄せた。

そんな蛍雪の心中も知らず、双子が感心したように言う。

「でも思ってたより宮正の殿舎って優雅なところなんですね」

「こんなにたくさん絵がありましたよ。皆さんで描かれたんですか？」

「……証拠として押収したものよ。事件も解決したし返したいんだけど事件にかかわった品は不吉だって受け取ってもらえなくて。勝手に処分もできないからここにおいてるの」

その手の困った品がここには多い。

中には高価な品もあるし、気まぐれな妃嬪が相手だと、一度は「いらない」と言いつつ、後で「やっぱり返して」となることもあるので保管しているが、身分ある者の内情にふれるきわどい品もあるので、部外者にはあまり見て欲しくないのだ。

が、双子は嬉しそうに巻かれていた絵の紐を解き、「わ、おもしろい」と眺めている。

「その絵は彭修媛様が描かれたものね」

好きな分野の話だからか、芳玉が双子の手元をのぞき込んで言う。

「妃嬪の方々には書画をたしなまれる方が多いのよ」

暇だからというのもあるが、うまく描ければ皇帝の目にとまるかもという打算もある。恋詩とともに、物語や故事に託して皇帝の似姿を描いたりするのだ。

なので清掃で宮殿に入って絵を見る機会のある宮殿勤めの宮官なら、「皇帝とはこんなお顔」と、下っ端でも知っていたりする。

それでも趙燕子の正体がばれないのは、ひとえに妃嬪の描く絵には修正が入るからだ。雄々しく描こうと実際より厳つく描いたり、線の細い儚げな美形にしてみたり。

皆、皇帝に喜んでもらえるように技巧をこらす。結果、実物とは似つかぬものになる。

「ま、中には師についたわりにこれ？　っていう、腕の御方もいるけれどね」

紹杏が、横を通りながらよけいなことを言う。

ちなみに今見ている彭修媛の手になる皇帝図は曰くつきだ。彭修媛が、「うまく描けたから大家にお見せしようと思っていたのに盗まれたのよ。嫉妬した他の妃嬪の仕業よ！早く犯人を捜して取り戻して！」と騒ぎたて、李典正が呼び出されたのだ。

が、真相は、こんな下手な絵を皇帝に見せてはかえって不興をかうと思い悩んだ侍女の犯行だったという、なかなか奥の深い事件だった。

（あれって捜査過程より、いかにして彭修媛様のご機嫌を損ねずに真相を報告するかという部分に頭を使ったというので、内輪じゃ有名な事件なのよね）

蛍雪が直接かかわることはなかったが、宮正女官の間では悪夢に分類されている難事件だ。

そんな修正の入った男性図よりも華やかな美人図を見るほうが楽しいらしく、双子たちはきゃあきゃあ騒ぎながら他の巻物も広げ、妃嬪が描いた自画像などを眺めている。

「わ、これ、変わった髪型。でも可愛い。こんな結い方もあるのねえ。今度試してみようかな。髷《かもじ》がなくても大丈夫そうだし」

「あ、ほんと、いいね、これ。……でも、こんなにお手本があるのにどうして蛍雪様はお洒落をしないんですか？　簪を挿しただけなんてもったいないですよ」

「そうそう、派手な真似をすると叱られますけど、それでも飾り紐を結ぶとか、裳《も》の幅を少し広くしてひだを綺麗に見せるとか、やり方はあるのに」

蛍雪は支給された衣をそのまま着ている。女官のお仕着せだから工夫のしようもないと思っていたが、双子が言うには皆、同じ宮官服に見えてそれぞれ工夫しているというか、各宮殿ごとに流行りの着こなし方というものがあるそうだ。

「宮正だから着崩すのは気になると言われるなら、化粧は駄目ですか？　紅一つで全然、違いますよ。化粧をすることは禁じられてませんよね」

「例えばこの紅《べに》。見てください、綺麗でしょう？」

言いつつ、双子が自らの唇を灯の下にかざしてみせる。下働きの女孀だったころにはなかった紅《くれない》の色が、唇の上で輝いていた。

「太っ腹な朱賢妃様がくださったんです。色の深みが違うでしょう？」

「朱賢妃様ってご自分の宮殿の者でなくても気に入った女孀がいると似合う品を下賜くださって、なくなったらまたおいでと声をかけられるんですよ。すごいでしょう」

「確かにそれはすごいわね」

他妃からは人気取りだと冷たい目で見られるそうだが、紅は高価な品だ。それを簡単に身分の低い女孀にも贈るのだ。双子が言うとおり朱賢妃は太っ腹な妃だと思う。

(それにしてもこの二人、すっかり後宮の奢侈《しゃし》に染まっちゃって)

農村の出で飾り気のなかった二人なのに、今ではお洒落に夢中だ。

宮官の中でも下っ端にあたる女孀は年俸を前払いで実家の家族に渡していることが多い。

装いたくとも手持ちの金子がないのだ。なのに周りには華やかな女たちがいる。

そんな中、主にとくべつな引き立ての印として高価な紅を贈られるのだ。他の女嬬への優越感もあって、双子が感激して朱賢妃に心酔するのも無理はないと思う。

「そういえば、暁光様も紅はつけておられないんですね」

ちょうど通りかかった医師の娘である宮正女官、暁紅を見て双子が声をかける。

「……私は他人が調合した物、しかも誰かからの贈答品など、怖くてつけられませんね。何が入っているかわからないじゃないですか。ここは後宮ですよ？」

暁紅がきらりと目を光らせて、双子たちの唇を見た。

「後宮で誰かを暗殺するときにもっともよく使われるのが毒じゃないですか。器や食べ物には毒見役がいる。なのにどうして化粧品だけはお試し役がいないのでしょう。謀略渦巻く後宮だというのに、化粧品だけは一度納入してしまえば毎日、使う前に確かめる妃嬪はいません。私など不用心が過ぎると思いますがね」

「怖いこと言わないでくださいよお。私たちがつけているのは朱賢妃様からいただいた城下の老舗紅雲亭《こううんてい》の紅です。いくらつけても安全ですから」

「なんでも大家が皇太后様の女官に下賜された紅と同じとかで、妃嬪の皆様が侍女を御用商人のところへやって探されて、以来、流行してるんです」

（主上の化粧の余波がここにまで）

皇帝が紅を下賜してからまだ十日も経っていないはずだ。なのにこれとは蛍雪は改めて皇帝の影響力の大きさを知った。後宮の女たちの情報網は国の密偵網に匹敵すると思う。

ついでに、妃嬪の情報網は化粧品以外にも及んでいた。

捜し物のついでに出た反古紙やがらくたを、あとで屑集めの宦官に引き渡すことにして庭の一角に集めていたのだが、それを見て双子が言ったのだ。

「この血痕の形を描いた絵をもらってもいいですか？　もういらないんですよね？」

「そんなのどうするの？」

「持ち帰って朱賢妃様にお見せするんです。なんでも大家は最近こういった捕り物に興味がおありとかで。お渡りのときに話すと喜ばれるそうですよ」

祖父は極秘だと言っていたが、皇帝の捕り物好きも妃嬪たちにはばれているらしい。

せっかくお手伝いしてくれているのに無下に断るのも何なので、蛍雪が外部に出しても大丈夫な反古紙を選んでいると、双子がまた話しかけてきた。

「蛍雪様も暁紅様と同じ理由で化粧をなさらないのですか？」

「うーん、そういうわけじゃ。入宮したばかりのころは紅もつけてたけど」

皇帝の来訪がある妃嬪の宮殿はいわば後宮の顔、美しく装うのが仕事だ。が、宮正などの裏方にいる女官はそこまで美を求められていない。見せる相手もいないし、清潔でさえあれば上役も何も言わない。

それで今日は疲れているから、忙しいからと自分に言い訳をして、いつの間にやら装う頻度が落ち、ついにはまったく手を加えなくなった。

「昨年の大掃除で見つけたときにはすでに紅は干からびて、変色してたなあ」

「うわあ、枯れきってますね」

「この紅、お裾分けしましょうか？　朱賢妃様ならまたくださいますし」

双子たちに同情目線で言われたが、断った。

「いいわ。あなたたちが朱賢妃様にいただいたものだもの。あなたたちで使って。必要なら私、自分で買うから」

さっきの暁紅の話があったからではない。さすがに後宮内で蛍雪の命を狙う者はいない。ただ、今このときに高価な紅を使って悪目立ちをしたくないのだ。

祖父に叱られたばかりだ。

馬で疾走したり一女官でありながら護衛を連れたりと、ただでさえ最近の蛍雪は目立つことをしている。このうえ化粧気のなかった者が装い出せば周囲が何事かと見る。

妃嬪がらみの事件にかかわり、表に出る機会も多くなっている。どこからほころびが出るかわからない。せめてこの相棒役が終わるまでは用心するに越したことはない。

「それにしてもあなたたちまだ若いのに良く化粧のこととか知ってるわよね」

「当然です。私たち朱賢妃様付きになってからいろいろ勉強してるんです。私たちみたいな下っ端でも妃嬪の直属だと、大家のお渡りがあったときに侍女の方々と一緒に庭先とかに控えるんですよ。御用があるかもしれませんから」

「もしかしたら大家の視界に入ってしまうかもしれないでしょう？　そんなとき主の紅とかぶらないよう、主が目立つよう気をつけて装うんです。それで詳しくなったんです」

「へー、主上の渡りを待つ宮殿勤めも大変なのねえ」

相づちを打ちつつ、蛍雪はちらりと部屋の隅を見る。

掃除を始めてしばらくして気がついたのだが、何故か安西殿に皇帝がいた。今は双子の会話が聞こえて居心地が悪いのか、部屋の隅で小さくなっている。

(何故、主上がこの時間に趙燕子の姿でここにいるの)

皇帝のお忍びが午後の二刻ほどなのは、朝は政務をおこない、夜は皇帝として後宮の妃嬪の元へ通わなくてはならないからだ。なのに夜の後宮に趙燕子としているのでは意味が無い。

しかも今日は衛児から後宮に行くとの連絡は無かった。つまり彼は急遽遊びに来たのだ。

そっと傍らに近づき、棒読み口調で聞いてみる。

「あの、趙殿？　どうしてここに？」

「……見逃せ。朕にも事情があるのだ。何しろ妃嬪の元へは順に通わなくてはならない」

皇帝が他には聞こえないように小さく答える。皇帝の後宮へのお渡りは相手を選び放題というわけではなく、担当の太監が決めるらしい。

「妃嬪にはそれぞれ親がついているから気を遣うのだ。で、今夜は朱賢妃の番なのだ」

「はい？」

それでここに来る理由がわからない。

「いけばいいじゃないですか。朱賢妃様はお美しい方ですし、お気も合われるでしょう」

「それはそうなのだが……」

歯切れが悪い。

（朱賢妃様は誰が見ても美女だと思うけど、主上の好みではないとか？）

美の基準はあいまいだ。個人の好みだけでなく、時代によっても変わる。

美しい幼女を養女に迎えて有力者のもとへ嫁がせたりする家もあるそうだが、育てる間に流行が変わると悲惨だ。肌の白さや体重の増減くらいなら調整もきくが、一重の目蓋《まぶた》がいいと言われていたのが二重がいいとなるとどうしようもない。

（そういえば。皇后様や貴妃様はつくところはついたお体つきで、朱賢妃様はどちらかというと細身でいらしたっけ）

つまり、皇帝は肉感的な女人を好むのか。

蛍雪が納得していると、それが顔に出たのか。皇帝がぼそりと言った。

「……別に朕は肉感的な体形を好んでいるわけではないぞ。たまたま上位の無視できない妃たちがふくよかだっただけで。公平に通っている」

「そういうことにしておきましょう」


そんなこんなで大掃除？　もあらかた終わった。蛇の瓶も無事見つかった。

今度は絶対に行方不明にならないようにと、幾重にも目立つ朱色の帯を巻き、手出し無用と書いた紙を封印のように貼り付けて卓に置く。明日、城門が開き次第、許可をもらって紹杏が放しに行くそうだ。

「あー、終わった終わった」

「疲れたから早く寝よ。もうこんな時間よ。明日も勤務があるんだから」

ほっとして皆は片付けに入った。元通り調度や資料を殿舎に戻し、朝の開門時間まで仮眠をとるために大部屋へと移動する。

蛍雪もそれに続こうとしたときだった。

複数の足音が外の通路から響いた。

門扉《もんぴ》が激しく叩かれ、悲鳴のような宦官たちの声が聞こえる。

「灯が見えますが、まだ誰かおられますか」

「お、お願いです、出てきてください、死人が出ましたっ」

「死人だと!?」

これまた表に帰る用意をしていた皇帝が即座に反応した。騒ぎを聞いて殿舎に引っ込みかけていた皆も出てくる。

「嘘、どうしてこんな夜に。ああ、もう、とにかく誰か早く、李典正様に知らせて」

「あ、棚にある緊急時用の割り符を忘れちゃ駄目よ、門が開かないからっ」

今この場にいる女官の筆頭である琴磬が急いで指示を飛ばし、静かだった安西殿はさながら戦場になった。皇帝もいそいそと外套をつけ直し、出かける準備をしている。

（この御方、やはり何か持っているんじゃ……）

この時刻、後宮の女たちは皆、閉ざされた殿舎にこもって眠る。自由に夜遊びできる城下とは違い、後宮では各宮殿の門だけでなく、路を区画ごとに仕切る門も閉まってしまう。外を歩けるのはとくべつな許しを得たお使いの女官や夜回りの宦官たちだけなので、貴人の暗殺や政変など大事でないかぎり、夜に事件はおこらないのだ。

それがまた皇帝が来ているときにかぎって。

だがさすがに連れては行けない。祖父にお灸をすえられたばかりだ。きっぱりと言う。

「趙殿は今夜はこちらで留守居役をお願いします」

「は？　何を言っている、せっかく事件がおこったのに待機だと？」

「待機も大事な仕事です。他に事件が舞い込むかもしれませんしここを空にできません」

「ちょっと待て。朕はだまされんぞ。なんだそのあからさまな捜査同行拒否は」

皇帝が顔をしかめた。納得できないとばかりに腕を組み、堂々と要求してくる。

「捜査に連れて行け」

「やです」

「断るなら妃にするぞ」

げ、と言いそうになった。お手つきになれば後宮から出ることができなくなる。皇帝が崩御するまで宮殿の隅で暮らし、その後はどこぞの寺で他の妃嬪と死ぬまで念仏三昧だ。

(ちょっと待って、そんなの無理！　家の事情だってあるし！　いや、違う、落ち着け、私。これは脅しも兼ねた主上の冗談よ。そうに決まってる)

だが本気だったらどうしよう。皇帝の捕り物にかける情熱を思うと冗談と言い切れない自分がいる。前に言いにくいところを魏家の内情を話したのにこの人は覚えていないのか。そもそも好きで後宮から出ないのと、出ることができないのとでは全然違う。

しかたなく蛍雪は折れた。

「……わかりました。ご一緒してください」

「即答か。それはそれで皇帝としての面子が傷つくというか……」

複雑な顔をして、それでもうきうきと足取り軽く皇帝が案内の宦官についていく。

そのさらに後に従いつつ、蛍雪は恨めしい目で満天の星を見上げた。東の空はまだ闇に沈んでいる。が、星の位置からして、あと二刻もすれば夜明けだろう。

ああ、今夜はもう眠れそうにない。


遺体は、廃宮となって久しい景仁《けいじん》宮の庭園で見つかった。

見回りの宦官が普段は閉まっている景仁宮の門扉に隙間ができているのを不審に思い、中を改めたところ、女が一人、池に浮かんでいたそうだ。

景仁宮は彭修媛の住まう乾坤宮のような四合院造りではなく、昔ながらの池や奇岩を配した庭園の中に四阿や殿舎が点在する、優雅な造りの宮殿だ。幾多の小川が敷地を流れ、池の上に主殿が築かれた水の宮殿でもある。

多くの妃嬪に愛された美しい宮殿だが、何せ水場が多いので湿気る。不快な虫も多い。老朽化も進み、他にもっと便利で住むにも適した新しい宮殿が建てられたこともあって、いつしか無人となった。

問題の遺体は顔をうつ伏せにして池の真ん中に浮かんでいたそうだ。

顔を水につけ、ぴくりとも動かず、命がないのは明白だったので、見つけた宦官は遺体を引き上げたりはせず、いそいで宮正に知らせに来たのだという。

「死体だぞ、死体！　やっと捕り物らしい事件に巡り会えたな。櫛の窃盗や庭園の蛇探しとは格が違う！」

物騒なことをささやいてくる皇帝をつれて、問題の場所を検分に行く。

「足下にお気をつけください」

「普段は誰も入らない場所ですから」

案内の宦官たちが地面を灯で照らしてくれる。確かに。元はきちんと石畳の路や回廊がめぐらされ、庭園をゆったりと散策できるようになっていたらしいが、放置された間に敷石の隙間に草が生え、落ち葉が積もり、路と園の境すらわからなくなっている。

が、最近、入り込んだ者があることは、夏の丈の高い草が踏みしだかれ、倒されていることでわかる。

(まあ、ほとんどはこの宦官たちが倒した草だろうけど)

放置されて久しい宮殿で中の構造がわからなかったのか、踏み分け路は行きつ戻りつ、蛇行して池へと続いている。誰かいないかと声をかけつつ辺りを見回ったら、遺体のある池にぶち当たったといったところか。

ようやく、水辺に着いた。

視界を遮っていた茂みを手で払うと、ぶわりと黄色い光の粒が舞った。儚い小さな光が、ふわり、ふわり、と飛んでいる。

蛍だ。

季節外れの無数の光が、憩《いこ》うていた葉陰から追われ、宙を舞う。よく見ると池の周りのそこかしこに点滅する光があった。息をのむほど美しい光景だ。

「すごいな」

皇帝が言った。

「蛇を探した翠玉宮隣の園林にもまだ残っていると聞いたが、ここもなかなか」

「誰も来ないので蛍の園になっているようですね」

一つ一つは吹けば消えそうな儚い光だが、数がいるとすごい。まるで満天の星だ。あちらの木陰でこちらの水辺で点滅を繰り返している。

そんな光の渦の向こうに、黒々とした影が見えた。

主殿にあたる殿舎だ。池の上に張り出す形で建てられている。

池には庭園を巡ってきた流れが注ぎ込み、さらさらと耳に心地よい音を立てていた。たぶんこの池がこの宮殿で一番大きな水場になるのだろう。近づくとさらに群れ飛ぶ蛍の数が多くなった。

後宮には多くの宮殿がある。それぞれ趣向をこらした庭園がついていて、景観に変化をつけるため、皇城北に聳《そび》える山の水源から水を引いた園もある。

その流れは人々の目を楽しませた後、後宮内に巡らされた水路を行き、最終的に外の堀へと続く暗渠《あんきょ》に落ちるようになっている。

この宮殿は長らく無人だった。庭園も手が入らず放置されている。

水を流す小川や水路にも落ち葉が積もり、せき止められているのではと思ったが、水に塵《ちり》が押されたのか、流れる小川は綺麗だった。多少は水底に藻が生え、田螺《タニシ》や小魚なども生息しているようだが、流れる水はあくまで清い。星の輝きを宿してきらめいている。

そんな庭園中の水が注ぎ入る池、小川の流れとは違いさすがに水がよどみ底が見えなくなっている薄暗い池の中央。

その水面に、蛍火の舞う中、ぼんやりと淡く発光して見える白い絹が広がっていた。

女だ。

純白の裳をつけた女人がそこにいた。

あえかな風と水の流れに、華奢な体が揺れている。

距離があって灯が届かずはっきり見えないが、裳の他にも美しい披帛《ひはく》や上着を身につけ、結い上げた髪には簪や歩揺も飾っているようだ。宦官たちの持つ灯と夜空の星の光に、きらきらと金や銀の光を反射している。

池の上を飛び交う蛍火もさらなる華を添え、星空が地表に降りてきたような幻想的な光景だ。浮かぶのが空を舞う天女ではなく、死体だということ以外は。

案内してきた宦官たちが申し訳なさそうに言う。

「引き上げないといけないのですが、船もなく、池の中央へと伸びた橋もなく。どうやってあそこまであの方が行かれたのか」

「たぶん、あちらの流れにかかった橋の上から落ちられたのだと思います。あちらにも草が踏みしだかれた跡があったので。ですが申し訳ありません、私どもの中には水練に長けた者がおらず、どうしようもなくて」

宦官たちが指す方向を見ると、確かに踏みしだかれた路がもう一本、小川の上にかけられた、湾曲した橋のほうへと向かっている。

凱の国は広い。大陸の中央に位置し、海は遠い東にしかないから、生涯一度も海や大河を見ずに過ごす者もいる。特に宦官たちは内陸部の大草原が広がる威《い》州出身が多い。泳げない者は珍しくない。

「ふ、朕の出番だな」

皇帝が渋く微笑んだ。

「まかせろ！　水練なら得意だ！」

その場にいる宦官たちがそれを聞いて「さすがは娘子兵」「女人でありながらなんと勇猛な」と感心しているが、蛍雪はそれどころではない。

（はい？　いや、ちょっと待って、今のあなた様は〈女〉でしょう!?）

変装が取れたらどうする！

蛍雪はあわてたが止めるひまもない。外套と重い鎧兜を脱ぎ捨て、皇帝が池に入った。

幸い胸は詰め物をしたうえでさらに硬くさらしを巻いているようで、水で衣が透けてもささやかな膨らみを保っている。他の部分もそれなりに対策はしてあるようで、灯も少ない夜なこともあり他の不審はかっていないようだ。が、それでも心臓に悪い。

（あああ、このことがばれたらまたお祖父様に何を言われるか）

今は夏だ。水温もそれなりで、皇帝も風邪を引いたりはしないと思うが、溺れでもしたらどうしよう。蛍雪は金槌だ。助けには飛び込めない。

はらはらしながら見守っていると、足が立つからと、水底の足場を確かめつつ進んでいた皇帝がいきなり沈んだ。

「いやあああああっ」

頭を抱え絶叫すると、皇帝がすぐに浮かび上がってきた。沈んだときに水か塵でも口に入ったのか、ぺっ、ぺっ、とつばを吐きつつ顔をぬぐっている。

「水底は結構ぬめっているな。うおっ、藻が絡む」

「だ、大丈夫ですか、気をつけてくださいよ」

この人の身に何かあれば首が飛ぶ。蛍雪はいそいで宦官たちに頼んで、内侍局から泳ぎができる助っ人を出してもらえるように使いを走らせた。

一度、水底に沈んで頭や肩に藻やわけのわからない生き物をつけて浮かび上がった皇帝だが、その後は見事な体さばきで遺体の傍まで泳いでいった。

「ここも足が立たないほどではないが。この娘、思ったより着衣が乱れていない。沓《くつ》も底に泥などついていないし、腹もふくれていない。水に落ちる前に死んでいたのではないか。そこの小川にかかった橋から落ちたのではという推察はあやしいな。少なくともその橋までや水底を自分で歩いたとは思えん。後宮中の水路や小川はつながっているから、どこぞの橋から落ちてここまで流されたというならあり得るが。ここで止まったのは裳裾が水中で沈んだ木の枝にひっかかったからだな。それでうつ伏せに浮かんでいるのか」

体の構造上か、女の遺体は仰向けに水に浮かぶことが多い。

動かす前にざっと検分して、それから皇帝が遺体の肩に腕を回し、水の上をひくようにして移動させると岸へと引き上げた。

伏せられていた顔を、そっと起こす。

宦官たちが灯を近づけて、はっと息をのんだ。

「こ、これは……」

思わずといったように声を出す。

引き上げた女の半面は、醜くただれていた。

「……むごいな」

「これは……水につかって魚や虫につつかれたというわけでもありませんね」

女の顔は体がうつぶせになっていたこともあり、すべて水につかっていた。なのに整った鼻筋を境に半分だけ、右側だけがただれている。

「……暁紅か医官のどなたかに視ていただかないとはっきりしたことは言えませんが、何か炎症をおこしたのでしょうね。生前に負ったものです」

「じゃあ、この娘、顔を苦にして、ここまで来て入水したのか」

「無理ないぜ。まだ若くて美人なのに、こんなになったら俺でも悲観する」

宦官たちがひそひそとささやいている。まだ調査もはじめていないのではっきり自死とはいいきれないが、事故ではないだろうという部分は、蛍雪も同意だ。

今は夏だ。これが手入れの行き届いた他の庭園なら暑さで寝付けず、外をそぞろ歩いているうちに誤って池に落ちることもあるだろう。が、板を打ち付けて封鎖をされていなくとも、この宮殿は門も閉ざされ、草も生え放題だった。足下が見えない。夜にこんなところを散策する者はいない。危なすぎる。

何より、彼女の沓裏は皇帝が池中で検分して言ったように綺麗なままだ。とても伸びた草だらけの廃宮の庭をそぞろ歩いたようには見えない。

そのくせ灯の下で見ると本来、汚れなどつかない足の甲や美しい裳裾の前半分に草の汁が付着している。

(誰かに、半ば引きずられるようにして運ばれてきたとしか)

もしくは他宮殿の水路に身投げしてここまで流れてきたか。後宮中の小川や水路はどこかしらでつながっている。裳や足の甲の汚れも、夜で視界が悪いので水辺を膝をついて這ったからといえなくはない。

が、その場合、橋までの草の踏み分け跡の説明がつかない。そもそも彼女は水面に浮かんでいた。溺死なら肺にたまった水で体は一旦沈む。浮き上がるのは腐敗が進み、腹に悪い空気がたまってからだ。

「あの、もっと詳しく検死をなさるのでしたら、どうぞこちらで」

宮正の手伝いによくかり出される内侍局の宦官も駆けつけて、傍らの地面に布を敷き、場所を作ってくれる。が、

「いや、それには及ばん」

遺体を布の上に移し替えようとした宦官たちの手を、皇帝が止めた。

まだ体から水を滴《したた》らせながら手早く鎧を着け直した皇帝が、外した外套で遺体を包む。

「……このまま宮正まで連れていく。検死ならそちらでおこなえば良いだろう」

丁寧に外套でくるみ、ただれた顔を他から隠すと、そのまま横抱きにして立ち上がる。

美しい半面、それに反して真っ赤にただれた無残な右側。

そして状況からして、死後に池に遺棄されたらしき娘。

皇帝はそんな無残な姿をこれ以上、人目に曝したくなかったのだろう。

（……最初は事件だとうきうきしていらしたのに）

遺体を抱き上げた彼の手つきはどこまでも優しく、いたわりの心に満ちていて、蛍雪は心が安らぐのを感じた。

外はまだ暗い。安西殿に遺体を運び込んでも手燭の明りだけでは検死はできない。蛍雪は遺体を翼棟にある房に一時、安置することにした。

台に横たえ、改めて娘を見る。

ざっと見たかぎりでは大きな外傷はない。娘は目を固く閉じ穏やかな表情をしていた。苦悶の影などひとつもない。美しい半面にはほどこされた化粧も落ちずに残っている。着衣の乱れもない。美しすぎる遺体だ。

美しすぎて……死因がわからない。傷が体につかない服毒死でも、多少は暴れたり髪を乱したりと苦痛の跡が遺体に残るものなのに。

「……とにかく身元を確かめるところから始めましょう。服装からして宮官ではなく侍女。しかもかなり位の高い妃嬪の傍付きだったのだと思います」

着ているのは女官のお仕着せではなく、美しい白絹の裳と緑青《ろくしょう》の上着。主に下賜されたか自分であつらえた私物だ。腰に帯を結んでいるが所属を示す佩玉はついていない。

(朝になったら各宮殿に手配書を回すしかないか)

蛍雪が考えていると、皇帝が灯の下、じっくりと娘の顔を見て言った。

「この娘は……禹徳妃《うとくひ》の侍女だ。見たことがある。名までは知らないが」

「禹徳妃様の？」

他の女官は現場保存の手配などに出払い、この房には蛍雪しかいない。そのためか、皇帝が「禹徳妃」と敬称もつけずにはっきりと口に出す。

禹徳妃とは、遺体が見つかった景仁宮の隣にある宮殿、慶徳宮《けいとくきゅう》に住まう妃だ。

南方の古い祭祀の一族、兎氏の出で、朝廷の要職につく有力な肉親を持たないが、皇太后の一族とは姻戚だ。その関係で、皇太后を後ろ盾として後宮に入った。

当代の後宮では一番の美女と名高く、仙女とみまがう美しい姿をしている。

そしてその美しさ以上に常に己の美を磨くことを怠らない禁欲的な妃として有名だ。

後宮の妃嬪は娯楽が少ない。なので美食を趣味とし、出される料理に注文をつけたり、贅沢な菓子を手元におく者が多い。

が、禹徳妃は甘味はもちろん、濃い味付けや美味な肉にも欲を示さない。

日々、口にするのは旬の果実や蒸した野菜、あとは酪《らく》を少しだけ。唇にのせる紅も自然にある花の花弁を己で摘んで使う、仙人めいた生活をしている。

その厳しさは己のみに向き、下の者にまで強制することはない。いや、他に関心は一切持たない、一種超然とした孤高の妃なのだ。

そんな主に心酔し、慶徳宮では仕える女たち、特に傍仕えの侍女は禹徳妃を「女神」と崇《あが》め、讃えている。盲目的にその暮らしぶりや行いを模倣し、従い、他の考えを許さない。なので部外者は居心地が悪いそうだ。

「あそこの配膳は後宮一気を遣うわ」

と、一度、皇后主催の園遊会の手伝いにかり出されたときに、一緒になった尚食局の掌がこぼしていた。

が、それも所詮はうわさ。人を介して聞いた、他人の主観が入った歪《ゆが》んだ情報にすぎない。

実際に生前の娘が仕える慶徳宮の様子を見た者は貴重だ。蛍雪がもう少し詳しく聞こうと身を乗り出すと、皇帝が目を逸《そ》らせた。そわそわと肩をゆらしだす。

「なんですか」

聞くと、彼が実に言いにくそうに小さな声で言った。

「……実は、その、昨夜は、禹徳妃の元に、いた」

「ああ。お渡りになっていたのですか」

台におかれた遺体はまだ腐敗がはじまっていない。詳しいことは検死をおこなわないとわからないが、夏であること、水に浸かっていたことを考慮して死亡推定時刻は昨日の昼から夜にかけてあたりか。なら、昨夜慶徳宮にいたという皇帝の存在は僥倖といっていい。

期待して彼を見たが、皇帝がさらに気まずそうな顔になった。

顔を横に向け、蛍雪のほうを見ないようにしてぼそぼそ言う。

「その、あと、男児が一人は欲しいのだ」

「はい？」

「朕の子は今、四人いるが、男児は皇太子一人だけだ。心許《こころもと》ない。男児は多すぎても争いの種になるが、一人というのもよからぬ者どもがうごめき出す。それを防ぐためにも最低、二人は男の子どもが必要でな……」

何故かいきなり家族計画について聞かされた。

「その、つまり男児が一人ではその子と朕を害せば帝位が転がり込むと考える者が出るのだ。そんな迷いを封じるためにも男児が複数必要だ。かといって子を産むのが誰でもいいわけではない。各妃嬪の背後にはそれぞれ派閥がついている。その調整がわずらわしいと背後に何も持たぬ娘を召せば、君主をたぶらかす傾国とその娘が責められてだな……」

話題の転換についていけず目を瞬《しばたた》かせていた蛍雪だが、聞くうちに、ああ、そうか、と、理解した。

（つまり主上にとって房事は公務。後宮に通うのも必要あってのことと言いたいのね）

蛍雪は皇帝が妃嬪のもとへ渡ることを責めてなどいない。が、皇帝には魏家のいざこざを話してある。複数の女を妻とする様を見せることに気を遣っているのだろう。

妃嬪の数が多ければ不和をかもし出すだけ。そう考えているのは事実だが、蛍雪とて後宮の女だ。皇帝には皇帝の事情があることは理解している。

何しろ皇帝の妻の座を欲しがる者は多い。妃が一人ではかえって国が乱れる。

だが、そんな周知のことを一女官を気遣い、皇帝の身でわざわざ話してくれるとは、やはりこの方はただのお坊ちゃまではない。人の心をつかむすべを知っている。春蘭、春麗の双子が朱賢妃に心酔したり、慶徳宮の皆が禹徳妃を崇めたりするようになったのは、主のこんな言動の積み重ねがあるからかも知れない。

見直した目で皇帝を見る。というより、こんな皇帝の弱気な姿は珍しい。

出会った初日こそ様子見でおとなしくしていたとの自己申告があったが、その後は蛍雪が引き留めなくてはならない勢いだというのに。

これはこれで調子が狂う。聞いてみる。

「その、珍しいですね。いつもの趙殿なら、遺体の身元がわかればすぐ、聞き取りに行くぞと言われるのに」

妃に顔を見られて正体がばれる、と行くのをためらっている可能性は除外する。禹徳妃は自分以外に関心のない仙女のごとき妃だし、この人はすでにこの格好で彭修媛のもとへ堂々と出向いている。

（もしかして、今回の被害者が侍女とはいえ、主上が顔を知る者だから？）

今までの事件は一度も顔を見たこともない女孺が相手で、ある意味皇帝にとって他人事だった。だが今回は生前の姿を知っている。

（さっきも外套でくるんでらしたし、いつも傲岸……いえ、明るいこの方にしては態度が優しいもの。ご自分が知る者が命を落としたことに衝撃を受けてらっしゃるとか……？）

蛍雪は少ししんみりする。が、その考えは違った。皇帝が言葉を濁しながら言う。

「その、他の宮殿であれば即行くが。あそこは少々特殊でな。妃を褒めろ讃えろ、と周囲の圧がすごいのだ。一夜過ごすだけで精根尽き果てる。それで今夜は急遽ここに避難して来たのだ。慶徳宮の侍女たちに痛めつけられた今の状態でさらに朱賢妃を訪ねるのはいくら朕でも耐えられん。中休みが欲しい……！」

魂の叫びとばかりに言われたが、臣下としてどう相づちを打てばいいかわからない。家族計画どころか夫婦問題まで口にされては困る。

（というか。結局、個人的理由で慶徳宮に行きたくないだけか）

一緒に捜査に行こうと誘われるのを断るために、長々と伏線をはったつもりらしい。相棒に気を遣ったわけではなかったのか。一瞬でも感心して損した。

正直を言うと蛍雪には皇帝の閨《ねや》事情は別の世界の話だ。特定の妃嬪と懇意にしているわけではないし、今の平和が保たれるならどの妃嬪に子が産まれようがかまわない。

（あ。でも魏家としては朱賢妃様が皇子をもうけられたら困るのか）

もし朱賢妃の子が次の皇帝となれば、朱賢妃の父、大理寺卿の重職にある朱庸洛は外戚として力を持つ。刑部令の祖父はやりにくくなるかもしれない。

（まあ、まだまだ先の話だし、朱賢妃様の御子が次代にたたれるとはかぎらないし）

とりあえず、この気まずい会話を終わらせたい。

正解の応えでない気もするが、ねぎらいの言葉をかけてみる。

「えっと、お勤めお疲れさまです？」

「う、うむ」

皇帝がこほんと咳払いをして、わざとらしく自分が脱線させた話を元に戻した。

「……ま、というわけで。昨夜は慶徳宮をこの目で見たが、とくに変わった様子は無かった。侍女たちも出迎えてきたし、禹徳妃もいつも通りだった。強いて言うならもう夏も盛りを過ぎたというのに、蛍を入れた籠があちこちに吊してあったのが珍しかったが」

「ああ、それで蛍を見たとき、『翠玉宮隣の園林』と言っておられたのですね」

たぶん、そこで捕らえてきたと聞かされたのだろう。

そういった趣向をこらすのは後宮の妃嬪ならよくあることだそうだ。

「あの娘は昨夜は主殿にいなかったように思う。禹徳妃のもとには侍女が大勢いる。朕が行っても全員出てくるわけでもないし、それぞれ美容のための日課があって席を外していたりもするから、そのこと自体をおかしいとは思わなかった」

慶徳宮では美容の薬や化粧品は皆、禹徳妃を見習い、自力で作るそうだ。

「余計なものが入っていない、自然の、手作りのものが一番。わけのわからない無知な店で作ったものを肌に塗るなど気持ち悪い」

というのが慶徳宮の女たちの主張らしい。

「あそこの女たちは食事にしろ普段の暮らし方にしろ、意識が高いのだ。その分、意識の低い外部の者たちを信用しない。自分たちと同じく禹徳妃を崇めない者どもは愚者でしかないからな。だからあの娘の肌も自分で作った白粉で失敗したのかもな。昨夜は人前には出られないと引きこもっていたというのはあり得ることだ」

もしくは、すでに死んでいたか——。

わからないことだらけだ。

いつから姿が見えなかったのかも含め、慶徳宮へ話を聞きに行く必要があるが、残念ながら各宮殿の門は閉まっている。遺体発見の報告は宦官を走らせ門番に伝えたが、さすがに妃や侍女たちを叩き起こすわけにもいかない。

「と、いうより、叩き起こしても起きないだろう。この時刻なら慶徳宮の主な連中は皆、寝ている。あそこの女たちは美しさと健康を保つための睡眠を重視する。一度寝てしまえば朕でも起こすことは叶わん。明日にしたほうがいい」

皇帝が言った。どんな宮殿だと思うが、夜で動きが取れないのはこちらも同じだ。聞き込みも含め捜査はすべて明日に回し、夏で腐りやすい遺体の検死も夜明けの光が差した朝一番でやることにして、灯を消したときだった。

ふわりと、小さな黄色の光がゆれた。

「……蛍？」

池に落ちたため多少は乱れているが、検死台に横たわった娘のきちんと結われた髪に、絡まるようにして蛍の幼虫がいた。

「どうしてこんなところに」

第一発見者の宦官が言った、流れの上に架かった橋から身を投げたのだろうという推測を裏付けるかのように、小さな虫が光を放っている。

蛍の幼虫は通常、清水の流れる場所にいる。水のよどんだ池にはいない。

これはある意味、証拠品だ。

蛍雪は絡まった虫を助けようとして髪にふれ、目を見開いた。手を止める。

「どうした？」

「これは……。すみません、髪の油を落とすのに、米のとぎ汁をもらってきてもらってもいいですか？」

畏《おそ》れ多くも皇帝陛下を使い走りに出し、遺体の結い髪をほどく。油で固めてあるので難しいが、髪や頭皮をこれ以上、傷つけないように、丹念にほぐしながらといていく。

そうしてかき分けた髪の根元に、大きな裂傷があった。

「ここを、ご覧ください」

手燭をかざし、皇帝に示す。水で洗われてはいるが、ふやけた分厚いかさぶたが周囲を覆っている。明らかに生前についた傷、しかもこの大きさ、致命傷だ。

「……池に落ちたときにぶつけたのか？　で、水を飲まずに死んだと。なら、衣の裾が汚れておらず、裳裾の前に汚れがあったことも、夜のこととて視界が悪く、四つん這いになって水際まで近づいたなど、多少、強引なところはあるが自死の可能性も出てくるが」

「髪は綺麗に結ってあるのに？　傷は結い髪の下ですよ」

髷《まげ》を崩さずに頭だけ怪我するのは位置的に無理だ。そもそもこれだけの傷だ。かなりの血が流れたはず。なのに衣にも簪にも血はついていない。

そもそも見つかったのは廃宮の池だ。こんな傷をつけるような硬い、削り出した石材の角のようなものは見当たらなかった。例の橋までの踏みしだかれた路は蛍雪もたどった。途中の地面は落ち葉や草で覆われていた。

あの宮の庭園は自然を模して造られている。陽が昇り次第、再度確認に行くが、配された岩も丸みを帯びたものばかりで、こんな鋭利な角を持つ岩はなかったように思う。

「これは事故や自殺の線は消えたかもしれません」

土のつかない沓底や裳の汚れに先入観を持ってはいけないと、自殺の線も考えていた。が、この頭の傷は生前についたもの。死人が動いて池に入水し直すなどあり得ない。

だが他殺なら、何故、髪を結い直したり衣を替えたりした？

他人がそんな手を加えれば、他に犯人がいると示すようなものだ。

頭に負った傷さえ隠して池に放り込んでおけば、顔のただれを見て、それを苦にした入水自殺と処理してくれると単純に思ったのか？

（だけどそれなら何故、門扉をきちんと閉めなかったの？）

景仁宮の門扉に隙間が開いていたから、見回りの宦官たちが中に入り遺体を見つけた。発見が早く、遺体は宮正の元に持ち込まれた。水を飲んでいないことも頭の傷も見つけられてしまった。

景仁宮は廃宮殿だ。門扉さえ閉めておけば誰も入らなかった。遺体は誰にも見つけられないまま腐乱し、傷跡も何もかもわからなくなるまで放っておかれただろう。

犯人とやらがいるのなら、何をしたかったのかがわからない。行動がちぐはぐだ。

とはいえ、今できることは何もない。皇帝もびしょ濡れのままだ。早く何とかしなくては風邪を引く。

（捜査は明日からだけど。必ず真相を明らかにするから）

そう心に誓った蛍雪の掌で、蛍の子どもが淡く瞬いていた。


そうこうしているうちに、夜明けが近づいてきた。

各宮殿の門が開くまでは、あと一刻ほどか。

関係各所への連絡や手配に散っていた宮正女官たちも戻ってきた。中途半端な空き時間だ。各宮殿だけでなく、後宮内の通路を区切る門も閉まったままだから、仮眠をとるために女官長屋へ戻ることもできない。

事件のせいで心が高ぶり眠れそうにないが、体は疲れている。蛍の子はひとまず水桶に入れて、元の予定どおり大部屋で長椅子に寝そべって、夜明けまで休憩をとることにする。

気がつくと皇帝もまだ残っている。勤務中に衣が汚れた場合のための拭き布が棚にあったので、それを使い髪や体は拭いて乾かしたが、皇帝の着替えの予備はない。鎧の下は尺の合っていない、宮正の備品庫にあった女物の衣をつけた格好の悪い姿だ。

これはまた祖父に叱られるなと頭を抱えながら、蛍雪はそっと尋ねた。

「……あの、趙殿はどうなさいます？」

「門番に無理を言ってこの格好で移動するのは目立つ。ついでだ。衛児が着替えを持ってくるのを待ちつつ朝までここで遺体番をやる。今から戻ってもどうせ寝台で寝るだけだ。

影武者で事足りる。朝儀のときに寝ればいい」

いや、駄目な奴でしょう、それは。

皇帝の捜査同行を止められなかったせいでこうなった。なので蛍雪が言えたことではないが、いくら政治は官にまかせているといっても朝儀で寝てはいけないと思う。

が、皇帝はもうすっかりその気だ。感慨深くつぶやいている。

「重々しく熟考する顔でもして頬杖をついておけば、距離もある。冠から垂れた旒《はたあし》もあるから眠っているなど感づかれはせん。それより同僚とお泊まりなど身分がら初めてだ。ふっ、朝までともに事件について語り明かすのか。仲間という感じがしていいな」

いや、あなたは同僚ではないでしょうとつっこみたい。同性ですらない。

「安心せよ。朝の身繕いなど、女官たちの着替えの際はさりげなく外へ出る」

「当たり前です」

皇帝はここへ来る直前に髭を剃ったそうだ。

夜は灯をつけても薄暗く、顔に影ができるので、共に過ごしても皆に悲鳴を上げさせることはないと思う。だが夜が明ければ無理だ。「朝起きたら隣のお姉様に髭が生えていた！」という、心に傷を負いそうな衝撃は与えたくない。

「夜明け前、皆が仮眠をとった隙に裏の井戸端まで顔を貸していただきます。それと、寝台にする椅子は皆とは少し離してください」

「わかった」

ちなみに部外者のお泊まりといえば今日は春蘭、春麗もいる。彼女たちは女官ではなく女孺なので、門脇の宿直室で当直の安西殿の女孺たちと寝てもらうことにした。殿舎の中には捜査関係の書類がある。蛇探しのときは他に目があったので手伝ってもらったが、万が一、皆が仮眠をとっている間に歩き回られては責任問題に発展する。

となると、ここで休むのは皇帝の他は馴染みの宮正女官ばかり。女官長屋でも一緒の面々だ。場所が変わっただけのいつもの光景で、寝台代わりにする長椅子を引っ張ってきて、いらない紙束を枕に皆でたわいのない話をする。

同じ部署内なので守秘義務が緩やかなのもありがたい。体を横たえ、眠気がわくまでのいっとき、今までの事件のことなどを話すのはためになる。

特にここの同僚たちは個性豊かなのでおもしろい。目の付け所が違うから、それぞれ職務で回った先で得た、おかしな女たちの話を披露してくれるのも興味深い。

花の女官に憧れて入宮したら宮正に配属されて「ちょっと、なんでよおお」と怒っている琴磬のような者もいるが、そこはそれ、大勢いればいろいろな人間がいるのだ。

それらを聞いた皇帝が、愕然《がくぜん》として言った。

「……後宮には変人しかいないのか!?」

「あんたここにどんな夢抱いてんのよ」

一緒に枕を並べて親しみが出たのか、商家出身の如意が遠慮ない言葉を投げかけた。

「親の目も男の目もない女の苑よ？　しかもここにいるのは内官じゃなくて宮官。皆、本性丸出しにして自分の趣味と欲を優先するに決まってるじゃない」

「……今日、朕は初めての世界を知ってしまった」

独り、皇帝が遠い目をしている。無理もない。彼は今まで妃嬪はじめ上品に取り繕った女たちしか知らなかったのだろう。

夢を壊して悪いが、女ばかりの集団などこんなものだ。

一晩明けて無事、髭も剃り、化粧も直した皇帝と慶徳宮へ行く。

皇帝は昨日は行きたくないとしぶっていたくせに、時がたつと事件が気になってしかたがなくなったらしい。朝儀も影武者に任せると、着替えを持参した衛児に指示していた。

自由過ぎるだろうとつっこみたくなるが、皇帝を止めず、「御遺体の顔に見覚えがあるのです。私に確かめさせてください」と、皆にごまかしてまで苦手な妃嬪の相手を志願したのは、蛍雪も遺体の傷が気になったからだ。

それに、事件前の慶徳宮を知る者は貴重だ。皇帝は行く気満々だし、正体は他には秘密だから蛍雪が共に行くしかない。

残された遺体の検死は医師の娘である暁紅が駆けつけた後宮付きの医官とともに担当した。現場検証と発見者の宦官たちへの聞き取りは他の者がおこなう。

と、いうことで先頭を行くのは嬉しげにかしかしと爪音をたてている宮正犬の崙々だ。今日は勝手について来ているのではなく、綱をつけて同行させている。

皇帝から聞いた慶徳宮の様子からすると、仕える侍女たちは外部の者にはとっつきにくいらしい。そんな彼女たちに癒し担当の崙々をぶつけて口を滑らかにする作戦だ。

「やっとこいつが役に立つ日が来たか」

皇帝が感慨深げに崙々の綱を持つ。崙々は自分の役割がわかっているらしく、誇らしげな顔で先頭を行く。ゆれる尻毛が自信にはち切れんばかりにふくらんで、ふかふかの饅頭のようになっている。

宮殿に到着すると狙い通り崙々は歓迎された。

「可愛いですねえ。え、さわってもいいんですか？　嬉しい！」

「癒される。これでこの子、宮正犬なんですか？　えー、そうは見えない、ふかふか」

皆が目を細め、崙々をさわりまくる。

人目を集めているのは崙々だけではない。皇帝もだ。

目上の宮官たちのおかげで犬に近づけない下働きの女嬬たちが、遠巻きに、仕事をしながら皇帝に熱い眼差しを注いでいる。

「あの方よ。玲芝《れいし》様を池に飛び込んで救い出された公子のようなお姉様は」

「素敵。その後も横抱きにして玲芝様を宮正の詰め所まで運ばれたのでしょう？」

昨夜の件はどうやらすでに噂として流れているらしい。

隣の宮殿のことだったし、夜にあれだけ灯を点して騒いだのだ。そこまで美容にこだわらない下っ端宮官の中には、こっそりのぞいたり、行き交う宦官から事情を聞いた者がいたのだろう。

情報管理はいったい、と思うが、おかげですぐに被害者の名が判明した。

池で死亡していた娘は玲芝。皇帝の記憶通り、ここ、慶徳宮で禹徳妃の侍女を務めていた娘だ。侍女なので官位はない。目下の者も名に敬称をつけて呼んでいるようだ。

見たところ、ここにいるのは宮殿付きの宮官や女孀ばかり。玲芝の同僚にあたる侍女はいない。それでも情報は入ってくる。

玲芝は侍女として宮殿の奥で禹徳妃に仕え、あまり外には出てこなかったようだ。なのでいつ姿を消したかは女孀たちもわからない。ただ、数日前に見たときは顔をすっぽり覆う紗をかぶっていた、という証言を得た。

(そのあたりに、肌がただれたのね)

侍女仲間とはうまくいっていたらしく、特に諍いがあったという話は聞かないそうだ。

皆、一丸となって禹徳妃を崇めていたらしい。あとは同郷の娘で、義姉妹の誓いまでした瑞芯《ずいしん》という侍女仲間がいるらしい。そして重要なことだが、この一月《ひとつき》、玲芝は宮殿の正門から出たことはないそうだ。門番の宦官が証言した。

「侍女の皆様も禹徳妃様の供をなさるとき以外は佩玉を見せるのが決まりですから、確かです。ただ、夜、門を閉ざした後はここに番人はおいていないんです。その隙に外に出るのは可能です。でももし外に出たのだとしても、その侍女殿はちゃんと宮殿に戻ってこられたと思いますよ。門の閂は中からしか下ろせません。門は毎朝私たちが外していて、今まで開けっぱなしになっていたというのはありませんから」

わかったことはそれくらいか。あとの詳細は禹徳妃の侍女たちに聞くしかない。

そこへ宮正到着の知らせを聞いた禹徳妃の侍女たちがやってきた。

禹徳妃の侍女は数が多く、傍に侍る者と、控えとして裏方で衣の整理など雑用をする者との当番を決め、交代でおこなっているそうだ。

なのでここにいるのは今日のお傍付きではない。いわば非番の侍女たちだ。が、そこは意識の高い女が揃った慶徳宮。皇帝に聞いた自然派手作り化粧品だろうか。皇帝の渡りもない昼間だというのに、きっちり顔に白粉をはたき、紅をつけている。

仕草や話し方も、禹徳妃に心酔してすべてを模倣しているという噂通り、皆、似たような動き、似たような笑い方だ。

それぞれ顔立ちも背丈も違うのに、同じ顔をした人形の群れに囲まれているような不思議な気分になる。

呑まれてしまいそうだ。頼みの綱の崙々も、彼女たちを見るなり、きゃん、と叫んで逃げていった。頼りにならない。

とにかくここで呑まれるわけにはいかない。蛍雪は意識を集中させた。個を区別しようとそれぞれの顔に焦点をあてる。すると違和感がある。

(え？　何？　場所によって肌の色合いが違う……？)

女たちは自然素材の手作り品でそこまでよく発色させられるなと思うくらい、色鮮やかな紅や白粉を顔につけている。が、頬の左右やつけた部位によって色が微妙に違うのだ。

聞き取り前の雑談も兼ねて話をふってみる。

「あの、もしかして白粉だけでも額、頬とわけて数種つけておられたりしますか？」

「あら、わかります？」

「まあ、見分けがつくなんて、あなたもこういった物にご興味が？」

待ってましたとばかりに周りを囲まれた。卓のある狭い部屋に連れ込まれて椅子に押し込まれる。

(な、何事？)

驚く暇もない。「気を楽にしてください」と距離をつめられ、微笑まれた。

「わかります？　実はこれは禹徳妃様を見習い、自分たちで貝殻を選ぶところから始めてつくった白粉なのです。良い物だけを身につけていれば身も心も自然に綺麗に、清らかになるんです。心まで軽くなるんですよ。あんなに肌荒れに悩んでいたのが嘘のよう」

「これは禹徳妃様のお教えなんです。もちろんあの方は謙虚な仙女そのものですから、自ら語られたりはしません。ですが私たちはそのお姿を拝見して、啓示を受けたのです。あの日のことは忘れられません、禹徳妃様から後光が差して」

「この宮殿の女たち皆が気づいていますわ。あの方は、醜いこの世を救う女神だと」

「ですから他人の手による汚れを禹徳妃様の宮殿に持ち込んではならないのです。先輩侍女の方に誘われた最初は私も半信半疑でしたけど、今ではそれが至上と悟りましたわ」

「以来、私たちも自作の紅や白粉を使っているのです。おかげで今の私たちは幸せですわ。満たされ、解き放たれています。欲深な外界の商人たちの汚れた商法から逃れ、心の自由を得られましたから」

「そして皆で誓いましたの。この素晴らしい品を広め、俗世を救済しようと」

彼女たちは仙女のごとき禹徳妃を守るため、宮殿内に俗世の汚れた品や者は入れないらしい。だから宮正である蛍雪も門近くの小部屋につれ込まれたようだ。

「あなたも私たちの姉妹となって身も心も美しく浄化しませんか？　共に禹徳妃様にお仕えしましょう！」

……輪唱のような言葉を聞いていると頭がぐらぐらしてきた。

つまり要約すると、禹徳妃の生活態度がいかに素晴らしいか、あなたも一緒に讃えませんか、ということか。

巻き込まれる形で隣に座らされた皇帝が、他には聞こえないようにぼそりと言った。

「どうだ、すごい圧だろう？　相手に口を挟ませず、考える暇を与えず、えんえん話しかけ、自分たちに同調させようと迫ってくるのがこの宮殿の女たちの特徴だ。いらん、迷惑だと言っても聞いてはもらえない。流されてしまう」

そのうち自分の意思を保つことすらおぼつかなくなる、と皇帝が身ぶるいした。

「ここの者たちは熱烈に主を支持し、御前から下がった後の私生活もすべて捧げている。が、そこで完結しないのだ。他に広げ、信奉者を増やそうとする。禹徳妃がもつ雰囲気か、閉鎖された宮殿で同じ年頃の娘が共に暮らしているからか、思い込みがすごいというか、奇妙な連帯感が生まれているのだ」

しかもすべて善意からやっているので始末に終えない。

とくにこれといって禹徳妃が何かをしたわけではない。ただ、禹徳妃の持つ美貌と禁欲的な姿が信者ともいえる者を産み、そんな禹徳妃に心酔した者同士が競うように自分たちだけに通じる独自の決まりを作り、仲間意識を高めているのだとか。

「女王を崇める蜂の巣だ。異種が混じるのは許さない。皆が同じ方を見て同じことを信じる。朕はここに来るとどこぞの邪教を崇める狂信者の集団に混じった気になるぞ」

それで気疲れすると言っていたのか。確かに異様だ。

玲芝もそうだったのだろうか。禹徳妃に憧れ、手作りの品を顔に塗り、かぶれたのか。

自然の浄化された品と彼女たちは言うが、どう考えても自作の白粉や紅をいきなり顔に使うのは一種の賭けだ。しかもここは後宮だ。医術の心得のある暁光も言っていたではないか。「器や食べ物には毒見役がいる。なのにどうして化粧品だけはお試し役がいないのでしょう」と。店の威信をかけ、厳重な管理のもと納品した品ではなく、素人が誰でも何でも入れられる環境で作られた白粉など、蛍雪でもつけるのは嫌だ。

（もしかしてそれで皆、幾種類もの白粉を顔の中で塗り分けているの？　一種類の白粉を顔全体に塗って、一度に肌がかぶれてしまわないように、少しずつ試すために？）

聞くとあっさり肯定された。

「ええ、その通りですわ。禹徳妃様に肌荒れを起こされてはたいへんですから」

「え？　禹徳妃様のため？　自分の肌を守るためではなく？」

「もちろん禹徳妃様のためですよ。他にどんな理由があるというのです？」

「非番のお昼に試すのでしたら、他の目にもふれないですから、まだらでもかまいませんもの。手と顔では肌のきめが違うでしょう？　顔に使う物は顔に使わないと」

にこやかに、侍女たちが言って、ぞっとした。

（もしかして、玲芝という娘も強制されたの？　主のために自分の顔で試すように？）

なら、ひどい。

が、侍女たちは無邪気とも言える罪の意識のない顔で首を傾げるだけだ。

「ああ、玲芝の顔を見られたの？　強制なんてとんでもない。私たちの間では試し役は皆で取り合いしてでもやりたいお役目ですのよ？」

「たまたま玲芝はあわなかったけれど、あれは本人の忠心が足りなかったのね」

「禹徳妃様を信じていれば良い素材だけを混ぜた品であんなことになるはずないもの。だから自分が恥ずかしくてここに居づらくなって景仁宮の池に飛び込んだのだわ」

自業自得ね、と言って、皆が同じ微笑みを浮かべる。

蛍雪はぞっとした。皇帝が気疲れすると言った意味を改めて実感する。

複数の女たち。なのに誰一人、未知の素材の化粧品をつけてかぶれるのは当然とは言わない。忠心が足りなかった。本人が悪かったからこうなったとしか言わない。

それどころか、姿を消す前の玲芝の様子を聞いても、いつ姿を消したかを聞いても、「さあ。いつの間にか消えていたわ」と同じ口調で言うだけだ。

そもそも玲芝の死に関心がないようだ。

つい数日前まで仲間として働いていた相手なのに、完全に意識の外においている。

それは彼女が肌をただれさせたから？　もう仲間ではないから？

誰も哀しそうな顔も寂しそうな顔もしない。ただ、ここに迷い込んだ異物である蛍雪に、ひたすらに禹徳妃の美しさ、素晴らしさばかりを語る。

どうしよう。会話がかみあわない。侍女たちが同じ面をつけた、同じ人形に見える。

彼女たちはあくまで自分たちが話したいことしか話さない。こちらが何を言っても素通りして、すぐに話題を元に戻されてしまう。

底なし沼を相手にしているような徒労感だ。

自分のしていることが正しいと信じ、きらきらと目を熱意に輝かせながら一方通行の会話をする彼女たちに囲まれ、その声に曝されていると、違うことを考える自分のほうがおかしいのではないかと思えてくる。

駄目だ。これ以上ここにいては自分まで染まってしまう。思考が麻痺する。

最後に、玲芝と一番仲が良く、義姉妹の誓いまでしたという娘に会わせてもらった。

彼女は玲芝と同郷の幼なじみで、瑞芯と名乗った。

「聞かせてください。姿を消した日、最後にあなたが見た玲芝さんが着ておられた衣は、どのようなものでしたか？」

「衣？　玲芝が着ていた？　いつもと同じだったと思うけど」

そうして彼女は正確に、遺体が発見されたときに着ていた服装を口にした。白い裳に緑青の上着、銀紗《ぎんしゃ》の披帛、髪には簪に歩揺。裳の色一つ、簪の形一つ違わずに。

ただ一つだけ、遺体にはなかったものがあったが――。

「……皆、見事なまでにこちらが尋ねることに答えなかったな。何かを隠しているような、だが嘘ではないような。間違った事実でもそれが正しいと心底信じている空気もあり。ええい、自分でも何を言っているかわからなくなった。さすがの朕もあそこの女たちだけは読めん。異質すぎる」

慶徳宮を出て、女たちの耳に声が届かなくなるまで離れると、普段、人の吐く嘘はわかると豪語する皇帝がぼやいた。

「どうした。ぼうっとして。慶徳宮の空気にあてられたか」

「……それもありますが。あの瑞芯という娘の言葉が気になって。あの子は玲芝さんが着ていた衣がいつもと同じと言いました。そこだけは嘘です」

それは違う。あり得ない。

「あれだけの傷跡です。事故にしろ他殺にしろ衣は血にまみれたはずです。池に浸かったせいで洗い流されたわけではありません。それでも染みは残ります」

誰かが着替えさせたとしか考えられない。そもそも誰が髪を結い直した。

蛍雪の目から見ても着衣に乱れは無かった。合わせた裳と上着の柄や色も趣味がよく、玲芝の雰囲気に合っていた。普段から彼女を知り、女の衣についてもよく知る者の仕業だ。

「単に記憶違いではないか？　侍女であれば俸給の額もかぎられる。そうそう何着も着替えなどもってはいまい。合う色の裳と上着の取り合わせを考えると同じ一式になるのだろう。たまたま他の日の服装と勘違いしたのでは」

「意識の高い慶徳宮の、しかも妃付きの侍女が同僚の衣を間違える？　あり得ません」

そもそも禹徳妃が個人的に雇った使用人である侍女には宮官たちのような官服はない。すべて私物か主からの下賜品で、彼女たちは妃を引き立てるためにいる。当然、毎日の衣もいかに主を引き立てるかを念頭に、色などがかぶらないよう、念入りに調整して身につける。春蘭たち双子もそう言っていた。

だがそれでも玲芝の死を取り巻く事情がわからない。

侍女たちは皆、自作の白粉の調合に失敗し、それを恥じて玲芝が景仁宮で自殺したのだろうと言った。実際、玲芝の半面は男である宦官たちが同情するほどただれていた。だが自死なら何故、衣は取り替えられていた？

かといって殺人なら、動機も衣を替えた理由もわからない。

「……あの瑞芯という娘が言った服装で、一点、遺体にはないものがあったな」

皇帝が言った。

「試してみるか」

「え」

朕に考えがある、と、皇帝がにやりと笑った。

皇帝が考えたのは、玲芝が身につけていなかった歩揺を餌に使う罠だった。

「もとはあの瑞芯という侍女が言ったとおり、玲芝は翡翠を連ねた歩揺を髷につけていたのだ。池から引き上げる際に朕が腕に引っかけ落としてしまった。そのまま池に沈んだがそれを知るのは朕だけだ。当然、引き上げられた玲芝は歩揺をつけていない。故に記録にも残されなかった。が、瑞芯は玲芝の服装をあげるとき、歩揺についてふれていた」

死後の記録にも残っていない品。それがあったことを知るのは池に落ちる前の玲芝の髷にその歩揺があったことを知る者のみ。

「だから先ず宮正の名で、玲芝の遺体が身につけていた物の一覧をあの侍女どもに渡し、『その日の服装をあげてもらったが、遺体に歩揺はついていなかった。玲芝が自死する前に外したのではないか。その日の玲芝の足取りを追いたいから、歩揺の所在確認も含めて慶徳宮の中を見たい。明日、尋ねても良い時間帯を教えてくれ』と告げるのだ」

それと同時並行で、場所は伏せて、歩揺についていたらしき小さな翡翠の珠を連ねた紐飾りが一つ、落ちていたと噂を流す。その場にいた宦官が拾ったと。

「なら、あわてて残りを拾いに来るのではないか、景仁宮に。何らかの理由で死亡した玲芝の衣を取り替え、髪に歩揺をつけた者が、調査の手を慶徳宮に入れないために。歩揺はここにありますと示して宮正を追い払うために。……いや、来ざるを得まい。あの慶徳宮の様子ではな。慶徳宮の侍女たちは禹徳妃の安寧を第一に考える。大勢のよそ者、つまり汚れを宮殿内に入れることをよしとすまい」

そしてまた、彼女たちは〈仲間〉の失態を許さない。玲芝も不可抗力の顔のただれを忠心が足りないと言われ、関心をなくされていた。

それを目の当たりにすれば、誰でも、自分もそんなことはされたくないと思い、役目を果たすために必死になる。

侍女もまた妃嬪と同じく籠の鳥。この狭い後宮という世界から抜けることはできない。仲間はずれにされ、生き地獄に落とされないためなら、周囲に合わせるしかない。

そして景仁宮の門扉は事件があったとはいえ、そのままだ。中に隠滅する証拠も残されていないし、新たな事件がおこることもないだろうと門番もおかないままだ。扉は重いが押せば開く。

事件の夜と同じだ。だからこそ、玲芝、もしくは玲芝を運んだ者が入ることができた。

「それを今回は逆に使うぞ」

皇帝が言った。

そうして、その夜のこと。

またしても趙燕子に扮して後宮に来た皇帝と共に、蛍雪が景仁宮の門の陰から見張っているると、華奢な人影が一つ現れた。


影はためらうことなく門の内にはいると、周囲を見ることもせず、ただひたすらに憑《つ》かれたようにうずくまり、踏みしだかれた草の間に手を入れ、何かを探している。

そのとき、月が雲間から現れた。

冴え冴えとした光が人影の顔を照らし出す。

瑞芯だ。

月光の下でもわかる蒼白な、鬼気迫る顔をした彼女が一心不乱に地面に爪を立てている。

「そこまでだ！」

「もうやめてください、爪が剥がれますっ」

叫ぶように言って蛍雪は皇帝と共に門の陰から飛び出し、その腕をとった。彼女がはっとしたように顔を上げる。それに向かって皇帝が言った。

「そこに、玲芝の歩揺はないぞ」

「……え？」

「あれは池に沈んだ。……すまぬ。そなたが友の髪に最後の手向けと挿したものだったのだな？」

皇帝の問いに、瑞芯が呆然《ぼうぜん》と動きを止める。それから、地面に座り込み、泥に汚れてしまった自分の手を握りしめた。がたがたとふるえ出す。

その沈黙とふるえは、皇帝の問いに対する肯定の意を示していた。

「事情を話せ。玲芝の死の原因は何だ。そなたは知っているのだろう？　宮正とて鬼ではない。正直に話せば事情を考慮する余地はある」

瑞芯はしばらく何も言わずにふるえていた。が、辺りを飛ぶ蛍の一匹がふわりと近づき、皇帝の肩に止まったときだった。

いきなり、本当にいきなりだった。堰《せき》を切ったように泣き出した。

「も、申し訳ありません、皆、私が悪いのです……！」

彼女がしゃくりあげながら言った。

「じ、事故、だったんだと思います。もしかしたら違うかもとも思ったけれど、落ちるところを見た人は誰もいなくて、わからなくて」

彼女の興奮と嘆きのあまりに支離滅裂になった言葉をまとめると、玲芝は慶徳宮の築山にある石段の下に倒れていたそうだ。

「……死亡したのは、慶徳宮だったのか」

「あそこは禹徳妃様が紅に使われる花が咲いている園に通じていて、それであの日、侍女の一人が花を摘みに行って見つけたんです。でもそのときはもう冷たくなっていて」

通常なら、すぐに禹徳妃に知らせ、宮殿内で処理するか、宮正を呼ぶかを指示してもらう。

「でも、あの夜は一月ぶりに大家がお渡りになることになっていて。だから皆、総出で準備をしていたところだったんです……」

死人が出た不吉な宮殿に皇帝がくるわけがない。知られれば来訪は中止になる。そう考えた侍女たちは禹徳妃に知らせることさえできなくなった。

自分たちの手で処理しようとした。

「……それで別の宮の池に捨てたのか。血に染まった衣も着替えさせて」

「だって、間が悪い、どうしてこんなときにって、皆、玲芝をののしって。私もどうして事故に気づかなかった、玲芝を見張っていなかった、どう責任を取ると責められて。それで私、つい言ってしまったんです。よそへ移そうって。他に運んでそこで死んだと見せればいいと。場所はここでなければどこでもいい、って」

死体を隠せばすべてをなかったことにできる。そんな浅はかなことを考えた。周りが見えていなかった。

秘密を守るためには、自分たちだけで処理するしかない。だが侍女の身で荷車など引けば目立つ。ことがばれる。そもそも皇帝の渡りがある間は護衛が宮殿の周囲を囲む。侍女といえど外には出られなくなる。

だから皇帝が来る前に玲芝を運び出す必要があった。

遺体を築山の奥に隠して今夜をやりすごしてはという案もあった。が、それは危険だった。皇帝の渡りがある間はいつも以上に警備が厳重になる。庭園を見回る兵もいる。やはり皇帝が来る前にことを為さねばならない。

隣の宮殿がちょうど廃宮の景仁宮だった。

門扉は閉ざされているとはいえ、板が打ち付けられているわけではない。門番もいないし中は無人だ。門は他宮殿からも離れているから、夕闇にまぎれれば中に入る姿を見られない。あそこならいいと、非番の侍女たち皆で運ぶことにした。

玲芝は血まみれだった。だから先ず着替えさせた。

もう死んで血が止まっているのをいいことに髪もこびりついた血を拭って結い直した。顔には紗をかけ、後で玲芝の足取りを宮正が調査したときのために、留守役の侍女の佩玉を借り、死体を捨てる前に回収することを前提に、彼女の腰につけた。

それから、誰に見つかっても言い訳ができるよう、まるで生きているように複数の侍女で玲芝を囲み、両脇から体を支えて和やかに談笑しつつ門を出た。

皇帝を喜ばせるために蛍を狩りに行くのだと、門番やすれ違った者にはごまかして。

禹徳妃を見習い、最小限の物しか口にしない玲芝は痩せて体重も軽かった。女でも三人がかりなら支えるのは容易だった。

「……あのときは夢中だったんです。玲芝の心を思いやる余裕なんかなくて。ただ玲芝をこのままおいてはおけない、何とかここから出さないと、と、それだけが頭にあって。こんなことでごまかせやしないなんてこれっぽっちも頭に浮かばなくて。とにかく今夜をのりきらなきゃ、禹徳妃様の平安をお守りしなきゃ、それしか考えられなくて！」

完全に、玲芝が邪魔な〈物〉に見えていた、と彼女は言った。

「私、あの子を小川に投げ入れて、それでも何も感じていなかった。水しぶきが頬に飛んで、周りに蛍が飛んでいるのを見て、それでふと、そういえば子どもの頃に玲芝と一緒に蛍を見たなって思い出して。でもそのときもまだ何の感慨もわかなかったんです」

ただ、それでも呆然と橋の上に立っていると、事前の計画通りに他の皆が外出の口実にした蛍を捕まえに景仁宮を出た。翠玉宮隣の園林に行くためだ。

景仁宮で蛍を捕らえなかったのは足場が悪いのと、長時間ここにいては誰かに見つかるかもしれないからだった。

発案者だったこともあり、瑞芯一人が何か見落としはないかと点検するために残った。

周りから人がいなくなり、それでも動けずにぼんやりと点滅する蛍の光を眺めていると、一匹の蛍が手に止まって淡く光って、それで頭が冷えたそうだ。

義姉妹の誓いまでした相手に、なんということをしてしまったのかと。

「私、おかしかった。それにやっと気づいた。ここにきてから皆と同じにならなきゃ、仲間はずれにならないようにしなくちゃ、そればかりを考えていた。周りの熱にうかされて他が見えなくなってた。だけど目が覚めたんです。だって玲芝がああなって。彼女、皆の前では肌がただれても悲観はしてなかった。逆に、治す方法を見つける、そうすれば万が一があったときに禹徳妃様のお役に立てると前向きで。ただ、やはり見苦しいから人前では顔に紗をかけて。だからだと思うんです。石段を踏み外したのは。よく足下が見えてなかったから」

今までは玲芝の言った「見苦しいから」という言葉を額面通りに受け取っていた。

だが頭が冷えて、ふと、思ったそうだ。彼女が紗をつけていたのはただれた頬を隠すためだけでなく、流れた涙も隠すためだったのでは、と。

「玲芝も周りに言わされてただけなのかも知れないと。本当は自殺じゃないかって。もう周りに合わせられなくて苦しくて、自由になりたくて石段の上に自分から倒れたんじゃないかって。なら、玲芝をそこまで追い詰めた一人は確実に私だって。それに気がついたら頭の中が真っ白になって、今度は玲芝のことばかり考えて、それで……あの夜、門扉をきちんと閉められなかったんです」

そのときは閉めたつもりだった。が、後で風に押されて隙間ができたのだろう、と、彼女は泣き笑いの顔で言った。それから、自分の結い髪にふれてつけていた〈鬠〉をとった。

はらりと滑り落ちたのは、肩の上で短く切りそろえた彼女自身の髪だった。

「私、後宮を出ることにしたんです。出家したくて」

ざんばら髪になった瑞芯が言った。

「ここに来たのは自分が遺体を捨てた、その罪をごまかしたかったからではありません。侍女の皆に門をきちんと閉めなかった失態を責められたからでも。あの翡翠の歩揺を取り戻したかったから、あれが玲芝のお気に入りだったからです。拾い集めて棺に入れてあげたかった。ただ、それだけ。……あの翡翠の歩揺は昔、私が玲芝に贈った品だったから」

そう言う瑞芯の短い髪を何とかまとめた耳元には、白い玉で作った歩揺が挿してあった。きっとこちらは玲芝から瑞芯への贈り物なのだろう。

「門扉を閉め忘れる失態を犯して、おかげで宮正が宮殿まで来て。本当なら皆から禹徳妃様にご迷惑をかけた罰を受けないといけないけど、この髪を禹徳妃様に差し出して許してもらったんです。私、髪だけは艶があって綺麗と褒められていたから。これで禹徳妃様の髷を作ってくださいと言ったら、皆、尊い行いだと褒めて宮殿を出て行くのも認めてくれました。だから本当は私はもうあの宮殿の者ではないのです」

後宮の妃が複雑な形に結い上げる髪には髷が使われている。自毛を結った上に鹿の角などを芯として髪で覆った、複雑な形をつくった髷を乗せるのだ。

「罪を暴かれた以上、いくらでも罰は受けます。事情の考慮の必要もありません。私はそれだけのことをしました。明日にはここを出ますが親元へ帰るだけですから。身を寄せる寺が決まりましたら家族に言付けて行きます。ですから、いつでもお声をおかけください」

　罪を逃れる気はない、と。深々と一礼すると、瑞芯が去っていく。

　それを見送って、蛍雪は言った。

「……この場合、死因は事故、で報告を上げてもよいのでしょうか」

　遺体を動かし、事故現場の隠滅を図ったのは瑞芯たちの罪だ。だがそれは歪《いびつ》だが禹徳妃を想ってのことで邪心からではない。玲芝を追い詰めはしたかも知れないが殺しはしなかった。

　法に照らして裁いても、禹徳妃を想う忠心のほうが勝つ。主に黙って事を運んだわけだから、その点を責められての処罰はあるかもしれない。が、皆、無罪となるだろう。

「それでよかろう。いや、それしか調書には書けまい」

　皇帝が言った。

「事故か、自死か。真実はもう誰にもわからん。玲芝本人ですらよくわかっていなかったのではないか」

　以後はあの宮殿の皆の行き過ぎを抑えるよう、あの空気に染まっていない太監たちにそれとなく見張るよう命じておこう、と皇帝が言った。

瑞芯は玲芝を殺《あや》めたわけではない。何より本人が正気に返り、反省している。真に注意が必要なのは、未だ己の異様さに気づかず、狂信の檻にいる他の侍女たちだ。瑞芯はその後、本人の言葉通り禹徳妃に暇《いとま》を乞い、寺に入ったそうだ。友の菩提を、永久に弔うために――。


――開いた窓から、涼しげな夜風が吹きこんでくる。

蛍雪はふと、筆を置き、窓の外を見た。

玲芝の事件から三日が経っていた。蛍雪は一人、宮正の詰め所、安西殿にいた。

宮正には夜番もある。もう三年もここにいるのだ。蛍雪がここで夜を明かすのは初めてではない。だが今夜は妙に夜の闇が身に染みた。

蛍雪は別に人といるのが好きというわけではない。実家でのごたごたのせいで、どちらかというと人との関係が苦手なほうだ。

だが一人で過ごす夜は、普段の同僚たちがいる安西殿に慣れた身には寂しく感じる。

そんな蛍雪の視界を、何かがよぎった。

「あ、蛍」

一つ、二つ。

二匹の小さな黄色の光が夜の闇を舞っていた。

後宮に点在する園林には清水の湧き出る泉や季節外れの蛍の舞う沢もある。人ばかり多い実務優先の安西殿に小川の流れる庭園などないが、この近くにも妃嬪の宮殿へと水を引く水路はある。それを伝って迷い込んできたのだろう。

ふわり、ふわりと、互いに戯《たわむ》れるように二つの光が飛ぶ。

仲良く共に闇を舞う姿が、先の事件の玲芝と瑞芯を思い起こさせた。

（……結局、玲芝が自死か事故かはわからない、と、調書には記したけど）

最近、若い娘たちの死が多いように思う。暁紅から夏場は人死にが多いとも聞いたが、蛍雪が携わったこの一月の事件の中だけで三人も死んでいる。

それに後宮から出ていく者も多い。彭修媛の櫛の窃盗事件で犯人と暴かれた女孺は不浄の場である花園勤務になったが、結局、慣れない職に体調をくずし暇を告げたと聞く。瑞芯も出家して出て行った。

「気にしすぎですよ」

と、暁紅には言われたが、釈然としない。増えている死は事件にかかわるものだけではない。すでに裁きを受けて〈冷宮〉送りになった女たちも同様なのだ。

皆が冷宮と呼ぶ牢獄は、実際にそういう名の宮殿があるわけではない。

後宮は何度も言うが妃嬪の家だ。外の刑部とは違い、家の中に牢など作らない。ただ、どうしてもしばし閉じ込める必要のある者ができた場合、すでにある、うち捨てられた無人の宮殿を冷宮として使うのだ。

他にも、皇帝の勘気を被《こうむ》り遠ざけられた妃や病を得て隔離が必要な嬪など、身分高い者は元の住まいにそのまま封じられることもある。

そういった場所もまとめて冷宮と呼ぶ。つまり、冷宮とは複数あるのだ。

そんな中、身分の低い宮官を封じる冷宮は、今代は後宮の西端にある。元は内侍局が使っていた殿舎だが、立地が悪く、常にじめじめと湿気ていて体調を崩す者が続出したことから、内侍局自体は移転し、残された建物を罪人などを幽閉する冷宮とした。

まともな予算も出ていないから環境は劣悪極まりない。

知人が差し入れをする場合は何とか生きながらえるが、援助の手のない者で長く生きた例はない。いつの間にか死んでいる。

それが冷宮の普通だが、蛍雪は気になって、以前に別件で捕縛し、冷宮への幽閉を申し渡した女官に今日、会いに行った。

今まで何人もの女を冷宮送りにしてきた宮正女官が何を今さらと言われると思うが、それでも様子を知りたかった。だが。

「え、死んだ?」

聞かされたのは、女官の死だった。

確かにここは死人が出やすい。病人の隔離にも使うから病にもなりやすい。だが、その女官が入れられたのはつい二月前で、そのときは憔悴こそしていたが健康体だったのだ。

やはりなにかがひっかかる。

蛍雪が腕を組み、考えたときだった。声がした。

「ほう、今日は夜番か」

「主上!?」

窓の外から、皇帝がのぞき込んでいた。

「暑くて寝苦しかったからな。夜歩きだ」

そう言う皇帝は禁軍の鎧を着け趙燕子の扮装こそしているが化粧はしていない。夜だから大丈夫と思ったのか。

(にしても無防備すぎるでしょう……!)

蛍雪はあわてて皇帝を殿舎の中に引き込むと、紗を張った窓を閉めた。

皇帝が乙女のように両腕で胸元を隠し、言う。

「男を引っ張り込むとは大胆だな」

「それ以上おっしゃるとたたき出しますよ」

言いつつ、蛍雪は皇帝の顔を隠せる物がないかと卓の周囲を探る。が、残念ながらそんな気の利いた私物が蛍雪の手元にあるはずがない。棚を探っても出てくるのは怪しげな捜査道具ばかり。女らしく顔を隠す扇の一つすら無い。

がっくり肩を落とすと皇帝がぷっと吹き出した。それに反発する気力もない。

「……いかに自分が気のおけない女の園に慣れきっていたかを実感しました」

反省する。これからは急な男の来訪に備えて化粧道具一式くらいは用意しておこう。世間一般とは違った用途目的で、蛍雪は決意した。

皇帝はまだ笑っている。腹が立つが、今、こんな風に笑う皇帝を見られるのはここにいる自分だけだと思うと、胸の奥が妙にむずむずした。そんな自分にとまどう。

(後宮での死の増加について深刻に考えていたはずなのに……)

何がむずむずするのか、そのことでなぜ自分がいらだつのかわからず、眉をひそめる。

「死んだ娘たちのことを考えていたのか」

いきなり皇帝が言って、心を読まれたのかと思った。が、違う。皇帝は推測しただけだ。その目は卓に置かれた後宮内の死者とその死因を書いた一覧に向けられていた。

それに、自分がいらだっているのは、人死にが増えているからだけではなくて。

自分でもよくわからず、言葉にもできず。ますます眉間の皺《しわ》を深くすると皇帝が言った。

「……後宮での死に、事件性があるのではと常に考えるのは宮正として正しいことだが、四六時中それでは身が持たぬぞ。そなたは凡才だ。すべての悪の芽を察知することなどできぬ。そのようなこと、この朕ですらできぬのだからな。思い上がるな未熟者が」

「は……？」

思わず裏返った声が出た。人が真剣に考えているときに何を言ってくれるのか。

（だけど……）

はっきり言ってもらえるとほっとした。一人で抱え込まなくていいのだと。

もしかして皇帝も悩んだことがあるのだろうか。だからこんな的確な慰めが出てくるのか。そして逆に言うと、主上もひっかかることがあるということか。

聞いてみる。

「……主上も、気になられてここへ来られたのですか？」

「よくわかるな。さすがは朕の相棒だ」

彼が言った。

「ひっかかってな。死者数もだが朕が来ると必ずと言って良いほど事件がおこるだろう？」

言って、蛍雪が見ていた後宮の女たちの死因一覧を手に取る。

「最初は人徳かと思った。が、重なると作為を感じる。皇帝とは人が良いだけでは務まらん。うがった考え方しかできぬ偏屈になる。朕とて同じ。偶然を信じるのは二度までだ。そう考えるとどうも気になってな」

徐々に遭遇する事件が大きな物となっていくところも気に食わん、と彼は言った。

「まるで朕の意を汲み用意しているようではないか。朕は作り物の捕り物などに興味はないぞ」

「……わかっております。私も祖父もそのような真似はいたしておりません。主上のご意向に添わないと知っておりますから」

紅を女官たちに贈った。それだけで後宮に紅の流行を作ってしまう皇帝だ。先回りして相手の意に添う行動をする、そんなおべっか使いの行為にはへきえきしているだろう。

(禹徳妃様を崇めて、見当違いの忠心を発揮した侍女たちのように)

あれは外から見ると怖かった。そしてそのことを思い出すと、趣味で周囲を振り回す勝手な皇帝という今までの印象が変わってきた。皇帝が気の毒になる。

(窮屈、だろうな)

そう思ってしまったのだ。

常に注目を浴び、その一挙手一投足に皆が騒ぎ、先走りする。それを防ぐには感情を殺し、身を慎むしかない。万民の頂点に立つ皇帝がだ。思うままに動けない皇帝という身分は蛍雪の目から見ても大変そうだ。

彼が皇太子位についたのは幼少時のことだから、なりたいと思ってなったわけではないのだろう。が、それでも彼は皇帝として国の頂点に立っている。なったからには泣き言も言わない。

「……ただ、たまには息抜きをしたいわけですか、趙燕子となって」

蛍雪はつい口にしていた。そして、しまったと口を押さえた。先回りして、相手の意に添うような言葉を口にするなど、皇帝が厭うだけとわかっていたはずなのに。

だがそんな蛍雪に怒ることなく、皇帝が満足そうに目を細めた。

「……さすがは我が相棒だな。朕のことをよくわかっている。だから、ここは心地よい」

皇帝が、温かな、少ししんみりとした口調で言って、蛍雪は先ほどのむずがゆさをまた感じた。どこかわくわくする、高揚感にも似た感覚。

昔、自分はこれと同じものを魏家でも感じはしなかったか。

そして思い出す。自分を見てくれなかった母とは違い、習い事がうまくできるとよく上達したと褒めてくれた父。その頭をなでてくれる手を。

くすぐったくて、それでいてどこか誇らしげな、心地よい感覚。今、皇帝から感じるのはそれと同じだ。

そこではっとする。

蛍雪は顔を手で覆った。信じられない。

(……私、いつの間にかこの方の相棒という立ち位置を、快く思うようになってる?)

馬鹿なことばかりを言う残念な人、そう思っていたのにこの人に認められたい、褒められたい、そんな欲求が芽生えている。

そんな自分を認めたくなくて。何より、皇帝にこの感情を知られたくなくて。

ぐっと唇を噛んだ蛍雪は、思わず憎まれ口をたたいていた。

「ところで。事件で延期になっていたようですが、朱賢妃様のもとへは行かれたのですか」

「……言いにくいことをずばり聞くな、そなたは」

とたんに皇帝が塩をふった青菜のようになる。

それを見て、蛍雪はほっとした。彼にはまだこの心の動きを悟られていない。

ことさらに、いつもの白々とした顔をすると、嗜虐趣味でもあるのかと恨めしい目で見られた。が、皇帝を事件に巻き込んだ臣下の立場からすれば、しごくまっとうな問いと態度だと思う。

彼は、まだだ、と言ってから、「あそこは禹徳妃のところとは違った意味で行きづらいのだ」とため息をついた。

「以前、朱賢妃のことを話したとき、言いよどんだときがあっただろう？　あれは別に朱賢妃の容姿がどうとかいうことではない。もっと本質的なものだ」

「本質、ですか」

「ああ。朕は立場上、様々な物を見る。故に、たいていの嘘や本質は見抜けるのだが、あれだけは別だ」

え？　と顔を見上げた蛍雪に、皇帝が言う。

「あれは人として、どこか底が知れない」

底が、知れない？　朱賢妃様が？

とまどい、目を瞬かせた蛍雪の頬をふわりと風がなでた。どこか涼味《りょうみ》を含んだ風だった。

そのせいだろうか。ぞくりと、蛍雪の背筋が泡立つ。

なんとなく、前途に大きな事件が横たわっているような気がした。

もう蛍の光は見えない。夏が終わるのだ――。

第四話　後宮の恋

夜、それは皇城のすべての門が閉ざされ、外との出入りを禁じられる時間。

後宮もまた、閉ざされた空間となる。

その中で女たちは闘う。命を賭して。美しい手巾に塗布された毒。嫋やかな笑みとともに贈られる堕胎薬。常に死の危険があるところ、それが後宮だ。

皇帝の一の人となれば人に恨まれても生きていられる。が、一度、寵を失い転落すれば奴卑にも侮《あなど》られる身となる。恋だ、愛だと浮ついた心でいれば生き延びられない。

競わされる女たち。まるで蠱毒《こどく》だ。

それは昼の世界でも変わらない。眩しい光に惑わされて、陰が見えにくくなっているだけなのだ――。


夏の名残りの日差しが燦々《さんさん》と降り注ぐ中、輿に揺られてやってきた妃が、美しく紅をのせた唇でつぶやいた。

「むむ。なるほど、これが血塗られた拷問部屋か」

恐ろしげな鞭や棒、はたまた何に使うのか素人にはわからない竹を連ねた簀の子《すこ》のような物や血染みのついた石板。そんなたいていの者なら目を背ける物を前にして、好奇心に目を輝かせているのは、朱賢妃だ。

ところは後宮内にある宮正の殿舎、安西殿。

春蘭と春麗、普段から安西殿に出入りしている双子が仕える朱賢妃が、「暇だ」と、わざわざ後宮の北の端にあるここまで見学に来たのだ。

一通り、中を見て回った朱賢妃が、茶菓の応対を受けながら満足そうに言う。

「この二人から聞いていたのでな。前から来てみたかったが願いが叶って良かった」

「それはようございました」

如才なく、それでいておっとりと蛍雪の上役、李典正が妃に茶を勧めながら言う。

「できれば夜に来たかったな。そのほうがおどろおどろしくておもしろいだろうに」

「さすがに夜は」

「はは、冗談だ。いくら私でもそのような目立つ真似をして他を刺激することはせぬ」

朱賢妃は皇帝の妃の一人で、序列は皇后を除くと、上から、貴妃、淑妃、徳妃ときて、四番目にあたる賢妃の位にいる。

父親は外朝で大理寺卿の重職にあり、本人は馬を駆けさせるのが好きな行動派。下の者の面倒見も良い、さばさばした気性の女人だ。

なので目下の女官である蛍雪からすれば、身分のわりに話のわかる、いわゆる、つきあいやすい貴重な妃なのだが。

『人として、どこか底が知れない』

皇帝に言われたからだろうか。朱賢妃の花の顔《かんばせ》を前にするとどうも落ち着かない。

「蛍雪」

李典正に呼ばれて、前に進み出る。

「白虎宮まで朱賢妃様をお送りしてきなさい。道中、実際に捜査をおこなう者の話をお聞きになりたいそうだから」

言われて頭を下げる。立ち上がる朱賢妃に手を差し出し、そのまま外の輿へと誘導する。

宮正総出の見送りをうけながら殿舎を出ると、朱賢妃が眩しげに目を細めた。

「おお、もうこんな時刻か。楽しい時は経つのが早い。次は彭修媛もつれてきてやるか」

「それは……」

心に傷を負ってしまうのでは。蛍雪はつい正直に眉をよせてしまった。

「彭修媛様は深窓のご令嬢ですので、このような場に足をお運びいただくのは畏れ多く」

「私も深窓の令嬢なのだがな」

「……誰もが朱賢妃様のように豪胆にはできてはおりません」

「ほう、言うではないか。このような可憐な麗人を捕まえて」

ははは、と朱賢妃が豪快に笑う。

「言っておくが私の態度はやむなく纏《まと》ったか弱き身を守るための鎧だぞ？　棘《とげ》を持つ花をむやみに摘む者はいまい。後宮では可憐な野の花などそこらの蟻や小石と同じ。踏まれて終わりだ。人に気づいてさえもらえない。せめて相手の足裏が傷つく大岩か、裳裾に血染みを作る丈高い棘くらいに育たなければな。生まれた甲斐がないだろう」

実に彼女らしく、堂々と言う。

「私の母は弱い女だった。ひたすらに夫の訪れを待った。待つだけだった。故に忘れられた。女も男も。恋の駆け引きは追うのではなく、追わさなければならぬ。そう学んだ。故に大家の興味ある物には私も興味を持つ。追わせるためにな」

前に双子に持たせてくれた反古紙《ほごがみ》は興味深かったぞ、と言われて、皇帝が言っていた言葉をまた思い出す。

（まさか、そのためにあの二人をここに出入りさせているとかではないわよね……）

そんなはずはない、そう思うのに背筋が寒くなった。朱賢妃が朗らかに続ける。

「私は男といえば父しか知らずに育った。恋に関する歌や舞なら教養として習ったが、侍女どもが喜ぶ恋劇は俗だと見させてはもらえなかった。故に恋というものがいまだによくわからぬ。が、幸い私は大家という、得がたい夫をもつことができた。ならば夫を相手に恋とやらを知ろうと思う。私はそのために育てられ、ここに入れられたのだから」

だから準備に抜かりはない、と朱賢妃が意味深に微笑む。

「大家は捕り物を好まれるという。故に私もその知識をつけねばならぬ。そうでもせねば大家のお渡りがなく暇でな。刑部令の孫娘として、大家が興味を持つ捕り物の知識を身につけたそなたが少々うらやましいぞ。いくらでも大家の気を引けるのだからな」

もはや蛍雪は相づちを打つことすらできない。朱賢妃はすでに趙燕子の正体を知っているのではと思ってしまう。朱賢妃は一度だけだが趙燕子姿の皇帝を見ている。

「大家は慎重な方だ。表の均衡を考え、妃嬪はまんべんなく召される。賢君であるな」

朱賢妃が独り言のようにつぶやくと、聞いてきた。

「今日は、そなたの護衛はおらぬのか」

実は今日も来ている。三日ごとの午後の訪問という、正規？　の訪れだ。

だが、いるはずなのに先ほどから姿を見ない。たぶん朱賢妃を避けているのだろう。朱賢妃は彭修媛とは違い、感覚が鋭い。正体がばれては困るからだ。朱賢妃が言う。

「私は四妃の一人だ。御幸の供の際などに何度か娘子兵をつけてもらったことがある。だがさすがに女人であそこまでの体を持つ者はなかなかいない。どう鍛錬すればあのような筋肉がつくか聞いてみたかったのだがな。武挙にも通ったと聞いたがいつの武挙だ？　今度、皇城の園林で開かれる宴には武官である彭修媛の父も来る。言葉を交わす機会もあろう。話の種に聞いておきたい」

趙燕子の正体は皇帝だ。当然、武挙は受けていない。が、偽の名簿でもあるのだろうか。

(後で衛児様に確認しておく必要があるか……)

衛児は今日も皇帝を迎えに来るだろうから、祖父に文を出して問い合わせるより早い。そもそもあまり祖父に文を出さない方がいい。

今まで交流のなかった祖父と孫だ。いきなり文通を始めては何事かと注目する者が出る。そこから皇帝のお忍びがばれてはまずい。

少し頭が冷えたのだ。

皇帝や衛児と共にいて、いつの間にか自分のことを〈とくべつ〉と感じていた。これは一時的なお役目にすぎない。なのに秘密を共有する仲間のような、心の馴れ合いが自分の中にできていたように思う。だからいろいろと目立つ真似をしてしまったのだと思う。

それがこの朱賢妃の探りを産んでいるのなら。

(気をつけないと)

冷や汗をかきつつ、朱賢妃の供をして白虎宮まで歩む。

幸い朱賢妃は、寄っていけ、とは誘わなかった。それもまた趙燕子を連れていないそなたに用はないと言われたようで、心臓が縮む思いがする。

朱賢妃が侍女たちに伴われて門の内に入り、その姿が見えなくなると、蛍雪はその場にずるずると座り込んだ。手指の先が冷たくなっている。朱賢妃の鋭い、探るような目が脳裏にちらつく。

「……ったく。あの御方は」

今ごろ安西殿で、隠れ場から出て伸びでもしているだろう皇帝を思って舌打ちが漏れる。これで後宮にいられなくなったらどうしてくれる。

蛍雪が安西殿まで戻ると、ちょうど皇帝がごそごそと隠れた場所から這い出してくるところだった。

どうしてこんなに出てくるのが遅いのかと思ったら、隠れている間が暇だったのだろう。鍛冶も得意な紹杏が作った指枷《ゆびかせ》を手につけていた。両手の親指と親指を輪で固定する小さな枷だが、試しにつけてみたがなかなか外れず、今まで一人で格闘していたらしい。

(……この我が道を行く態度には慣れたけど)

皇帝は指枷をつけたまま伸びをすると、器用に懐から手鏡を出して卓に置き、崩れたまとめ髪を直している。身体の前で縛《いまし》められているため、多少の自由はきくらしい。つくづく皇帝らしからぬ人だ。

わざとらしくため息を一つついてから、皇帝に聞いてみる。

「今日は趙殿のお好きな事件もないですし、いっそのこと朱賢妃様のもとへ皇帝としていらっしゃればどうです？」

それで朱賢妃をなだめてもらえれば、こちらへの探りも収まると思うのだが。が、皇帝は、「朱賢妃？　いきなり何を言っているのだ？」と、ろこつに顔をしかめる。

「行く気はないぞ。先伸ばしにしていたあれの順番はこの間すませた。次はまだ先だ」

「できればその、朱賢妃様の名を出されるときにお顔をしかめられる理由を、もう少し詳しくお教え願えませんか」

底が知れないと言われたが、それだけでは何のことかよくわからない。落ち着かないうえに気が散って朱賢妃とうまく対せない。皇帝の相棒の立場に胡座をかく気はないが、趙燕子の正体を守るためにも情報の共有は必要だと思うのだ。

口を割らそうと、蛍雪がずいと詰め寄ったときだった。

「掌殿、もしかしてもう戻られましたか？」

取り次ぎの女嬬が顔を出した。

「よろしければこちらに来ていただけませんか？　白虎宮の尋才人《じんさいじん》様の侍女という方がいらして、ぜひ、相談したいことがあるとおっしゃっているのですけど」

どきりとした。白虎宮？　それは先ほど蛍雪が送り届けた、朱賢妃の住まう宮殿だ。

皇帝が、「事件か」と、手に指枷をつけたまま身をおこす。

自分が来る度に事件がおきることに気づき、釈然としていないようだが、それでも事件が気になるらしい。だが相手は白虎宮の侍女だ。先ほどの朱賢妃の探りのこともある。相談の内容によっては今度こそ皇帝の同行を拒否しなくてはと思う。

「なあ、ところで」

決意した蛍雪に、皇帝が声をかけてくる。

「隠れている間につけてみた指枷だが、どうやってとるのだ？　侍女とやらのところに行く前に外して背をかきたい。さきほどから埃《ほこり》でも入ったのかかゆくてたまらんのだ」

「あ、それは無理です。作った本人でもとれませんから。紹杏の特技は誰にも開けることのできない鍵や錠前を作ることなんです」

なんだそれはーー！　と、午後の安西殿に野太い悲鳴が響き渡った。


「尋才人が行方不明だと？」

白虎宮から来た侍女は、笙鈴《しょうりん》と名乗った。

彼女が護衛の娘子兵の声の低さにおどろきつつも告げた〈相談〉とは驚くべき物だった。

なんと、皇帝の妻たる才人の位にある尋氏が、住居にしている殿舎に七日前から戻らないのだという。

才人とは、皇后、四妃、昭儀や修媛といった九嬪、そのさらに下に位置する位だ。妃嬪の中でもかなりの下っ端になる。彼女が自身の宮殿をもたず、白虎宮の一画を間借りしているのもそのためだ。

だが腐っても内官。皇帝の妻の一人だ。そんな身分ある人なのに、七日前の夜に笙鈴がお休みなさいませと挨拶して下がって以来、誰もその姿を見ていないらしい。

取れない指枷を力まかせに引きちぎり、蛍雪の護衛として同席していた皇帝が、思わず、というようにあきれた声を出した。

「馬鹿な、何故そこまで放置していたのだ。そんな長い間、姿も見せないのでは完全に事件ではないか」

「申し訳ありません、ことが大きくなっては尋才人様のお立場に障ると思い……」

「で、一人で捜していたのか」

はい、とうつむく笙鈴はよく見ずとも肌は真っ赤に日焼けし、手にも細かな傷がある。ことがことだけに人には相談できず、奥向きに仕える侍女の身でありながら園林の茂みや手が傷つくような場所も必死に捜していたのだろう。

いささか人目を集めることに慎重すぎるところがあるが、主想いの良い娘だ。では仕えている主はどんな人なのか。こっそり皇帝に聞いてみる。

「あの、尋才人様の名は当然、内官の御一人として私も知っています。が、お影が薄いお方といいますか、あまりお噂を聞かない方で、殿舎にずっと閉じこもっておられる方ということくらいしか知らないのです。どんなお方なのですか？」

「尋才人は昨年の秋に入宮した南の景《けい》州出身で、前王朝の遺臣の血を引く尋氏の娘だが。……実を言うと朕も会ったことがない」

「はい？」

妃嬪に公平に通っていると言っておきながら、一度も召したことのない者がいるのか。

思わず白い目を向けると、皇帝があわてたように小声で弁解した。

「ち、朕のせいではないぞ。入宮した際にはきちんと召そうとしたのだ。が、繊細な性質らしくてな。長旅で体調を崩したとかで伏せってしまったのだ。で、こちらも遠慮して」

「……そんなか弱い御方がよく後宮に入れましたね。内官であろうと、後宮に入る者は健康状態を確認されるのが決まりでしょう？」

「それが事情があってな」

何でも尋才人の出身、尋氏は今でこそ凱に帰属しているが前王朝では皇太子の教育係も務めた南部の名門だそうだ。へたをすると凱の帝室より古い家柄だが、支配者が代わったことで当たり前といえば当たり前だが没落した。それでも誇りだけは残り、自身の血筋から皇帝の妃を出すのが一族の悲願という家らしい。

「で、即位後の御幸で南方に出かけた際に、一族の長老にあたる尋才人の曽祖父に直訴されたのだ。曽孫をぜひ後宮に、老臣の最後の願いをどうか叶えてくだされ、とな。今にも死にそうな老人にゴホゴホ咳き込みながら訴えられてみろ。無視できんだろうが。で、用意が調い次第よこすように言ったのだ。そんな娘を朕が粗雑に扱うわけなかろう」

一族の悲願を叶えるため、大事に大事に育てられた文字通りの深窓の令嬢なのだぞ、と皇帝が耳打ちしてくる。

「邸から出ずに成長したような娘が二月《ふた》もかけて馬車に揺られてやってきたのだ。体調を崩しても無理は無いと、そのまま寝込んでも親元に突き返したりせず、気長に療養するように言って侍医も差し向けていたのだ」

ただ、尋才人は内気な性質らしく、侍医の診察も帳越しにしかできていないそうだ。

「その後も体調が戻らなくてな。親元を離れ、皇帝などという今まで会ったこともない男に目通りしなくてはならないのだ。緊張のせいか朕が来ると聞くと息ができなくなり倒れてしまうのだ。その、朕が嫌というわけではなく体が条件反射でそうなってしまうらしい」

緊張しないようにしなければ、そう思うほど余計に体が緊張する悪循環になっているのだとか。なので侍医の勧めもあり、落ち着くまでそっとしておくことにしたそうだ。

「だから決して召されないのを悲観して姿を消したというわけではないと思うが……」

「一族の期待に添えない自身に思い悩んで、というのはあるかもしれないのですね」

そこで、どうか早く見つけてください、と侍女の笙鈴が口を挟む。

「自発的に姿を隠されたのなら私もここまで心配はいたしません。ただ、尋才人様の場合、ご意識がないまま彷徨《さまよ》っておられる可能性もありまして。もしやどこか知らない場所で正気を取り戻され、帰りたくても帰れずにおられるのやもしれず……」

笙鈴曰く、これまた外聞が悪いので隠していたが、尋才人は様々な緊張がたまったせいか、入宮以来、夜になると眠ったままふらふらと一人で出歩くくせができたそうだ。いつもは笙鈴が気をつけていたのだが、七日前の夜、目を離した隙にいなくなったのだとか。

「と、言ってもそんなに長い距離を歩いたりはなさいませんから。後宮の中にはおられるはずなのです」

蛍雪のような女官や、仕事で外へ荷を運び出すなど正当な理由がある女嬬は通行証があれば後宮から出ることもできる。

が、さすがに皇帝の寵を受ける内官となると無理だ。

後宮の門は四カ所。東西南北に配されている。西の一つは不浄門で、北は御用商人が物資を運び入れたり新たに入宮する宮官たちが出入りする雑多な門となっている。

南は後宮の正門で皇帝が後宮を訪れるときに使う。皇后の輿入れや立后の式など、公式行事で皇后が外に出るときに使うのもここだ。東は後宮内での儀式がある場合、官吏や皇族たちが使う。南よりは一段劣るが、ここも公式の門となっている。

そして当たり前だが、この四つの門のすべてに番人がいる。

荷は中を改めるし、通行証のない者は通してもらえない。強いて言うなら西の不浄門から出る死体が通行証を持たないが、それも宦官が付き添い、生前の所属部署が発行した死亡通知や各種書類を見せて棺の中身の保証をする。

そもそも後宮を出られたとしても、その先にはさらに皇城の門が待っている。こちらもそれぞれ番人が置かれ、兵が守っているので不審な者は通れない。

「ですから後宮の中を一斉に捜していただければ、どこぞで困っておられるであろう尋才人様もきっと見つかるはずで……」

「ちょっと待て」

皇帝が話を止めた。

「一斉捜索だと？　尋才人がもう七日も住まいに戻っていない深刻な事態は理解した。だがそれで何故、捜索などという話になる。後宮の外には出ていないのだろう？　身分ありげな娘がふらふら歩いていれば、それが尋才人と知らずとも、見つけた者が自宮に保護するだろう。先ず、各宮殿や部署に問い合わせてみたらどうなのだ」

皇帝が不思議に思うのももっともだ。普通、城内で行方不明になどならない。が、ここは普通の城ではない。大凱国の後宮なのだ。

「その、主上……ではなく、趙殿が普段、貴人の護衛として出入りなさるのは妃嬪の宮殿や主上がご休憩や寝所に使われる寧芯殿《ねいしん》、それに宴や行事の際に使う各園林くらいですよね。それは後宮のほんの一部にすぎません」

美しい花を咲かせる牡丹の木が花の下に葉、茎、地中に張り巡らせた根を持つように、後宮には華やかな妃嬪の宮殿を支える、それ以上に多くの部署と建物がある。

「後宮の大半はそうした人目につかない殿舎です」

ついでに言うと罪人や病人を隔離している冷宮もある。

女官や宦官が公務をおこなう執務用の建物もあるし、後宮の美女三千、宦官に至ってはいったい何人いるのだという大勢の下っ端が寝起きする建物、彼らの腹を満たす飲食物を保存、調理する場、後宮内では衣も作るからそれらの織りから仕立てまでをおこなう工房に、洗濯をする水場、塵の処理場や屎尿の始末をする花園まである。

「そういった人が大勢往き来する場なら彷徨っていても誰かに見つけてもらえますが、それ以外にも放置された殿舎や園林があります。そんな場所では見つけてもらえません。それにそういった場所の建物は屋根も崩れ、放置された井戸が草や落ち葉の下で口を開けていたりと危険なんです。なので人事を司る尚宮局には毎年、けっこうな数の失踪届が出されていますよ。身元不明の白骨死体が見つかったりもしますし」

蛇騒ぎで庭園の捜索をいたしましたでしょう？　と問いかける。

「それに侍女の遺体が投げ込まれた廃宮殿の池もありましたよね。なまじ各宮殿が広いせいで、うっかり無人の宮殿に迷い込むと方向を見失い、声を上げても幽鬼などと勘違いされて放置され、行き倒れることがあるのです」

「……遭難するわけか。皇城の中なのに。恐ろしいな。だがおかしいではないか。そもそもそんな危険なところに何故に行く」

「誤って、と、しか。今回の尋才人様の場合は、その、夜に眠りながら歩くというお癖が原因でしょうが、年中、同僚と一緒の女孀などは一人になりたいと思ってもなかなかなれません。なので一人になりたくてひと気のないところを探して、というのはあり得ます。他にも誰かに悪意をもって誘い出された、後宮から逃げようとしたなどの理由もあるでしょうが、当人がもう死んでいて、時も経っていては調べようがないのです」

行方不明の女や宦官は日が経ち、異臭がすると知らせが来たりなどして発見される。そのときは尚宮局にある失踪届と照らし合わせて身元を確認し、親元へ遺体を帰すのだ。

ちなみに、そういったまともな理由の行方不明の他に、妃嬪の怒りをかい人知れず生きたまま壁に塗り込められた女官や、秘密の牢につながれてそのまま忘れ去られた嬪や。後宮では死体や血なまぐさい本物の怪談には事欠かない。

失踪届が出されて未だに死体すら見つかっていない女孀もいる。殿舎の改築作業の際にはいったい何年前のだという白骨死体が床下から見つかったりもするのだ。

皇帝が感心したように言う。

「腐乱死体や白骨死体なのによく身元が分かるな」

「肉は朽ちても衣類などは残っていますから。それを皆に見せて確認をとるのです。失踪届には失踪時の服装も書かれていますし」

まだ新しい遺体の場合は失踪届を出した者たちを呼んで見せるので、たいがい身元はわかる。

何しろ後宮は閉じた世界。行方不明になっても塀の中のどこかにいるわけだから。

それを聞いて、尋才人の侍女だという笙鈴が真っ青になった。わっと泣き出す。

「は、早く尋才人様を探してください、私、白骨死体の確認なんてしたくありませんっ」

……悪いことをした。必死の関係者の前でつい話しすぎた。

急いで謝り、慰め、如意や他の宮正女官を呼んで各局に協力を要請する使いにたってもらう。幸い今は大きな行事もなく、人はすぐに集まった。

が、宮官、宦官、所属を問わず手空きの者総出で尋才人を捜したが見つからない。

何の手がかりも得られないまま、あっという間に三日が経った。

外朝にはなるべく戻らずこちらにいる皇帝が、焦燥に顔を曇らせる。

「もう三日も見つからないのでは、これは……」

つまり、合計十日だ。尋才人が姿を消してからは。さすがにまずい。もしどこかの廃宮に迷い込み、崩れた石段などで足を折って動けなくなっているのなら、終わりかけているとはいえ今はまだ夏だ、空腹で倒れる前に水不足で死ぬ。

（早く見つけないと……！）

だがそんな皆の祈りもむなしく、事態は最悪の結果を迎えた。

明らかに身分あるとわかる娘の遺体が見つかったのだ。

そこは廃宮殿となった貞観《じょうかん》殿の一室だった。

ちょうど蛇事件がおこった翠玉宮の裏手の、これまた園林の隣にある、小ぶりだがひと気のない宮殿だ。

念のため中へ入り、開かない窓の隙間から中をのぞいた女孺が、倒れた女の裳裾を見つけた。あわてて助けを呼び、駆けつけた皆で扉を破ったが、娘はすでに物言わぬ死体になっていた。

夏だったことが災いして、遺体は腐りかけ、虫がたかっていた。生前は美しかったであろう顔も手も、衣の外に出た見える部分にはすべて虫がとりつき見る影もない。

侍女の笙鈴は遺体を確認するまでもなく知らせを聞いたその場で卒倒した。

「しかも、これはなんだ……」

知らせを聞き駆けつけた皇帝がつぶやいた。

無理も無い。そこは皆で打ち破った扉以外は出入り口のない、密室だったのだ。

古い建物で木材がゆがみ、窓も扉も女の手では開かなくなっていた。遺体の娘がどこから入ったかはわからないが、自分が閉じ込められたことを知り、必死に外へ出ようとあがいたのだろう。床のあちこちに血の筋がつき、両手の爪はすべて剝がれていた。

「密室か。これぞ捕り物の醍醐味といつもなら喜ぶところだが……」

さすがに自分の妻が閉じ込められ、遺体となって発見されたのだ。無理だ。

皇帝が唇を噛みしめている。血がにじんでいるのを見て、蛍雪はそっと声をかけた。

「……何故こんなことになったかを調べるのは後でもできます。建物は逃げませんから。まずはご遺体をここから出してさしあげましょう」

「うむ……」

付着した虫を払ったが、遺骸は顔の判別もできないくらいに喰われていた。

が、皇帝が明るい場所でその衣を見て、改めて蛍雪にささやいた。

「この衣には見覚えがある。朕が入宮の祝いに尋氏に下賜したものだ」

皇帝が戸板に嬪の遺骸を移しつつ手巾を出し、その顔にそっとかける。

「最近は変装術のこともあり、化粧だけでなく女人装束も見るようにしていた。尋才人の行方不明を聞き、尚服に残された見本の布を念のために見た。……まさか尋氏との初めての対面がこんな形になるとはな」

無念だ、と、皇帝が、蛍雪が初めて聞く、暗い、思い詰めた声で言った。

「物静かな娘でな。朕は声すら聞いたことがない。花見やらいろいろ誘ったが部屋から一歩も出ずに過ごしていた。こんなことになるならもっと強引に外に連れ出し、気晴らしをさせてやったほうが良かったのか。故郷の尋翁になんと知らせれば……」

知らせを聞いて朱賢妃の宮殿、白虎宮付きの女官たちもやってくる。

尋才人は妃嬪としての位も低く、まだ皇帝の手もついていないので、朱賢妃が面倒を見る形で、同じ宮殿に住まっていたのだ。

気丈にも遺体の確認をした朱賢妃も言った。

「確かに。これは尋才人が好んで着ていた衣だ。顔はわからずとも背格好も同じだ。認めたくはないが……。これは尋才人だ」

今、行方不明になっている身分ある娘は彼女だけだ。

この遺骸は尋才人で間違いないと、皆が確認を終える。

駆けつけた皇帝の侍医も遺体は若い娘、しかも生娘だと太鼓判をおし、正体不明の遺骸の身元確認は終わり、行方不明だった尋才人の死が確定されたのだった――。

「行方不明を改め、自死もしくは事故と、関係部署に報告してきました」

一度も皇帝の渡りがないまま亡くなったとはいえ、内官の死だ。他殺とも事故ともわからないが、どういう経路で尋才人があそこに行ったのかを調べなくてはならない。

宮正の職務は後宮内の不正を正すこと。危険な箇所を封鎖せず放置する、それもまた宮殿の管理を任された尚寝局の職務怠慢になる。きちんと調べて再発などのないよう、戸締まりの仕方なり門番の配置なり、後宮の態勢を見直す必要がある。

すでに管理責任を問われて何人かの宦官と女官が罰を受けることが決まったようだ。

「……もうこのような痛ましい死はおこさない。それが宮正の務めです。そのためにも何故こんなことになったか調べなくてはなりません。尋才人様のご家族に真実を告げるためにも」

朱賢妃が苦手などと言っている場合ではない。白虎宮へ話を聞きに行く。ことが荒れ果てた廃宮での行き倒れなので野山での遭難、もとい、山の暮らしに精通した紹杏も一緒だ。

尋才人は何度も言うが生前は朱賢妃の宮殿に共に住まっていた。後宮には使っていない宮殿がたくさんあるが、すべてを稼働させるとなると維持費が大変だからだ。

妃嬪の住まいは皇后が決める。これも後宮を己の家とみた場合、奥向きを取り仕切るのは正妻である皇后だからだ。皇后は朱賢妃の気さくで面倒見の良い人柄を見込んで、前王朝の臣の家系である高貴な娘を預けていたそうだ。

「ここが、尋才人の部屋だ」

白虎宮を尋ねると、朱賢妃自ら尋才人が暮らしていた宮殿内の離れに案内してくれた。

他の建物群からは少し離れたところにある、瀟洒《しょうしゃ》な殿舎だった。

尋才人が静かに過ごせるようにという配慮からだろう。白虎宮の中でも奥まった場所にある。周囲には他の妃嬪が住まう殿舎もなく、宮官たちが眠る長屋からも遠く、確かにこれは尋才人がふらふらと抜け出しても誰にもわからない。

「宮殿から出るには門を通るしかないのだが、運悪く、こちらの裏手に小さな通用門があるのだ。門はかかっているが中からなら女の手でも外せる簡単な物だし、番人もおいていない。後宮内に賊などでないと油断していたな」

朱賢妃が言うのを聞いて、ぐるりと離れの中を見回す。派手ではないが趣味の良い調度に、南方王朝の名門という高貴な出自がにじみ出ているような気がする。

が、部屋にいるのは安西殿へも来ていた見覚えのある朱賢妃の侍女たちだけだ。

「……尋才人様の侍女の方々がおられないようですが」

「ああ、笙鈴のことか」

尋才人は実家が没落し、内官としての身分も低いため侍女は一人しかつれてこなかったそうだ。

「あの娘は主思いだったからな。旦那様に娘を頼むと言われたのに目を離したからと己を責めてな。今は錯乱している故、念のため監視をつけて一室に閉じ込めてある。落ち着いたら親元へ尋才人の遺品とともに帰してやろうと思っているのだが」

面倒見のいい朱賢妃が、憂えたように眉をひそめる。

もっと早く捜査を開始していれば尋才人は助かったかもしれない。朱賢妃に聞いてみる。

「朱賢妃様はいつ、尋才人様の失踪を知られたのですか」

「笙鈴が知らせに来たときだ。話を聞いて、すぐ、宮正へ行かせた」

とはいえ、うすうす異変がおこったことには気づいていたのだ、と朱賢妃は言った。

「笙鈴の様子がおかしかったし、湯浴みの湯や食事など、尋才人がいれば当然、必要とする物を笙鈴が取りにこなかったからな」

「なら、何故、もっと早くに」

「元々閉じこもりぎみだった娘だ。私も気遣いそっとしていた。そもそも後宮内とはいえ、嬪が夜も住まいに帰らぬなど外聞が悪い。尋才人のためにも笙鈴は黙っていたのだろう。なら、私が介入して事を荒立てては尋才人と笙鈴の面子を潰すと思った」

と、そこで、朱賢妃様、と侍女の一人が口を出した。

「言っておしまいになれば。このままでは朱賢妃様お一人が悪者に……」

「馬鹿者！」

朱賢妃が一喝して黙らせるが、そんなことをされれば余計に気になる。

一緒に来ていた紹杏がさっそく尋ねる。

「なんですか？」

朱賢妃は言い渋っていたが、何度も紹杏が尋ねるうちにとうとう折れた。「あくまでただの推測だから、妙な先入観は持つなよ」と前おいて話す。

「……あの娘は、外に好いた男がいたようなのだ」

「え？」

「箱入りではあるが、尋氏の一族は同族間のつながりが強い。幼い頃は一族の集いなどで同じ年頃の従兄弟たちと顔をあわせることもあったようでな。中の一人と詩歌のやりとりをしていたらしい。……ここに来てからもな」

紹杏が驚く。無理も無い。皇帝に引き裂かれた悲恋の妃の話は劇や詩ではよくあるが、実際のところはほとんどない。

妃嬪は何度も言うが深窓のお嬢様が多い。お前は後宮へ上がるのだと生まれたときから言い聞かされ、専門の教育を受け、親兄弟以外の男など見たことがない状態で後宮に嫁いでくる。純粋、無垢な娘たちで、蛍雪も三年もここにいるが悲恋の実例は見たことがない。

はっきり言って、悲恋など、ありそうでない後宮七不思議や伝説の類かと思っていた。

「なので最初、侍女たちから様子がおかしいと聞いたときに私が口にすることを止めた。私は恋を知らぬ。が、想像はできる。一人物想いにふけりたいこともあろうとな」

「……それで七日も放置はやりすぎでは」

「すまぬ。だが、もしかしたら、と、最悪の可能性も考えた」

つまり、後宮を出ての駆け落ちの可能性か。

紹杏がごくりと息をのみ、声に出して言った。

「それはつまり、もし尋才人様が駆け落ちを企てておられるなら、逃げる時間を与えようとなさった、ということですか……」

「声にするな。私はうなずかんぞ」

朱賢妃がぷいと顔を横に向ける。

「あくまで侍女たちが勝手にそう噂しているだけだ。私が預かる尋才人がそのような大罪を犯せば、管理不行き届きで私も罰せられる。逃亡幇助などするわけなかろう。このことは尋才人の名誉のためにも他言無用で頼む。結局、後宮から出ることはできなかったのだ。死人を貶《おとし》めることはなかろう。それに間男のこともあくまで私の推測だしな」

これ以上詮索するな、死人をむち打つな、と言下に戒められた。

「宮正の立場もわかるが、尋才人は死んだ。これ以上、過去を掘り起こしても誰の益にもならない。違うか？」

朱賢妃が言うように、もう終わったことだ。それに朱賢妃は四妃の一人。この後宮で面と向かって「頼む」と言われれば一女官としては従うしかない。

一礼して下がる。

紹杏がぼそりと言った。

「先ほど朱賢妃様は、私は恋を知らぬと憧れめいて口にされていましたよね」

それは蛍雪も聞いた。それにその前には安西殿を訪ねた朱賢妃から、恋というものが未だによくわからぬ、とも聞かされた。

「面倒見が良くてさばさばしたご気性の朱賢妃様のことだから。間男の存在が事実なら、本当にそんな純愛があるなら見てみたい。二人の逢瀬が可能なら、せめて追っ手に捕まるまで少しでも長く二人の時間を作ってやりたいと思われたのかも。結局、尋才人様は逃げることもお相手と会うこともできず事切れておられたけど。朱賢妃様の言われる通り、すべてを日の下に曝すばかりが正義ではないですよね」

紹杏が納得顔で言う。確かに引きさかれた恋人たちの駆け落ちが失敗した末の悲劇なら、情に訴えかけ、すべてをまとめる美しい物語だ。だが収まりが悪い。納得がいかない。

だいたい、それがこの事件の真実なら、相手の男はどうなった？

侍女の笙鈴は捜索要請を出すとき何も言わなかった。主の命がかかっているのだ。さすがにそんな男がいれば「口外しないでください」と念押しをして打ち明けるだろう。

紹杏は蛍雪の様子を見て、考える時間を欲しがっていると察したのだろう。

「先に戻ってますね」

と、一礼して去っていく。それを見送り、蛍雪は寄り道をすることにした。皇帝に、白虎殿へ行くならちょうど帰り道になるから安寿殿へ寄ってくれ、白虎宮で見聞きしたことを朕も知りたい、と言われていたのだ。

安寿殿に入り、そこで白虎殿で見聞きしたことを語ると、皇帝が言った。

「朱賢妃が言った話をどう思う」

「え？　どう、とは？」

どの部分を指して感想を求めているのか。朱賢妃からはいろいろ聞いたのでとっさに判断がつかない。

「間男の存在を疑い、当初、一人物想いにふけりたいこともあろうと放置したという部分だ。朱賢妃も他の者もそれであそこに閉じ込められた説明がつくといった言い方だが、おかしいと思わんか。真実、尋才人に思い人がいたとして、物想いにふけりたいならあんな廃屋に入り込まずとも侍女が一人にしてくれた。なのに何故あのような瓦礫だらけの、女手では扉も開けられないような場所へ入り込む？」

それは蛍雪も引っかかっていた。深窓の令嬢ならあんな荒れた廃宮など恐ろしくて近づかない。ましてや夜にふらふら無意識に行ける場所ではない。

「そもそも物想いにふけるために何日も住まいを留守にする者が居るわけ無かろう。恋する女人というのは霞を食べて生きられる仙人か？　どこぞの景勝地に傷心旅行に行ったわけではないのだ。食べ物も水もなく無人の廃宮殿などで物想いにふけって何とする」

情緒の欠片もない意見だが、もっともだ。朱賢妃の自信満々の語りに、おかしいと疑問をもつのは自分だけかと少々ゆれていたのでほっとした。

「それに朱賢妃のもう一つの推察を信じるなら、尋才人は駆け落ちをしようとして誤ってあそこに閉じ込められたということだろう？　なら、ますますおかしい。何故、外へ出られそうな門の傍へは行かず、あんな奥まった殿舎に入ったのだ？　男が迎えに来るのをあそこで隠れて待っていたというなら見当違いもはなはだしい。そこらの男が簡単に入り込めるほど皇城の警備は穴だらけではないぞ。朕の兵を甘く見るな」

なのに尋才人は人目を盗み、あそこへ行った。

蛍雪の中でも今ではもう夜にふらふら歩く癖があるという侍女の証言は奥にやられている。眠りながら歩いている娘が立て付けの悪い扉を開けて中に入り、また閉めるなどできるわけがない。正気で入ったか、若しくは誰かに連れ込まれたかだ。

「……そういえば。尋才人様の爪は剝がれ、床に血の跡がついていませんでしたか」

蛍雪は言った。あれは扉が開かなくなり、夢中で他の出口を探したからだと思っていた。が、それなら扉にも跡がついていないとおかしい。そちらにも多少の血はついていたが、それよりも出口とは関係のなさそうな床に集中していた。

「もしや抜け道か」

「その可能性はありますね」

尋才人は床に外への抜け道があると誰かに聞いたのではないか。半信半疑ながらもしやと一縷《いちる》の希望にすがって入り、探している間に誤って閉じ込められた。それなら自然だ。

皇帝と顔を見合わせる。どちらも何も言わなかった。だが同時に体が動いた。

二人して、尋才人の遺体が見つかった貞観殿に走る。例の殿舎に入り、床の石組みを一つ一つ叩きながら確認していく。

やがて、皇帝がごとりと音を立てて、石組みの一つを外した。

「開いたぞ！」

床の下には、人一人がなんとか身をかがめて通れそうな狭い通路があった。

が、誰も手を入れる者がなかったからか、すぐ先で崩れて使えなくなっていた。

「今はもう通れないようですが、密室ではなかったのですね」

「土の色が新しい。崩れたのは最近か。だがこんなもの、朕の知る図面になかったぞ」

そもそもこの通路は地下からの一方通行だ。床石の上げ蓋は取っ手などの細工もなく、力ずくで地下から押し上げるしかない構造だ。皇帝の馬鹿力があったから上から開けることができたが、尋才人では無理だろう。

それはつまり後宮の女たちにはもとから使えない道ということだ。

それにしてもいったいどこで尋才人はこの抜け道のことを知ったのだろう。

そしてこの道はいつからふさがっていたのか。

尋才人がここに閉じ込められたのは果たして偶然だったのだろうか……？

謎が増えたまま、安西殿に戻る。紹杏が朱賢妃の推測を皆にどう伝えたかが気になり、李典正を探そうとしたときだった。安西殿で使い走りをやっている女孺が蛍雪を逆に呼びにきた。李典正がすぐ来るようにと言っているという。

ぼろぼろになった侍女の笙鈴が、救いを求めて安西殿に駆け込んできたというのだ。

「事故と処理された主の遺体を確認させて欲しいと言うのだけど、朱賢妃様からは彼女は見張りが必要なほど取り乱していると聞いているし。実際、手は傷だらけで衣も泥だらけなのよ。目も血走ってるし。どちらを信じたらいいのかしら」

おろおろしながら言う李典正に先導してもらい、別室にいる笙鈴に会いに行く。

「閉じ込められていたのを、逃げ出してきました」

笙鈴は思い詰めた顔で、宮正女官の芳玉が差し出す水をむさぼるように飲んでいた。

「扉の外には見張りがいて、でも何とか抜け出せないか探っていたら床石が取れたんです。それで、床下をつたって」

それから、彼女は蛍雪を真っ直ぐに見て言った。

「遺体を見せてください」

「でも……」

「遺体の状態なら聞いています。かまいません。見せてください。私の主です」

これは自分の目で確かめないと納得しないだろう。

蛍雪は責任は私がとりますからと李典正を説得して、笙鈴を、尋才人の遺体を一時的に安置している翼棟まで連れて行く。

主の変わり果てた姿を見た笙鈴がどうなるかと思ったが、彼女は気丈にも耐えた。検死後の肌の縫い目も痛々しい遺体の衣をめくり、全身を確認する。

それから、彼女はくたくたと床に崩れると言った。

「……これは尋才人様じゃないです。よかった」

「え？　ちょっと待って、違うって何？」

「この御遺体は尋才人様だと朱賢妃様も認められたのよ。衣は尋才人様のものでしょう!?」

その場にいた皆で笙鈴を囲む。朱賢妃やその侍女たちだけでなく、皇帝も確認した。確かにこの衣は尋才人のものだと、皆が証言した。

言うと、笙鈴が、「ええ、衣だけは」と言った。

「でも違います。この遺体は尋才人様ではありません。だって尋才人様は纏足《てんそく》をなさっていましたから」

「纏、足？」

聞き慣れない言葉につい、繰り返してしまったが、纏足とは今の凱ではほぼ廃《すた》れた女の子を育てる際の風習だ。

前王朝時代に流行っていた美容法で、生まれた女児の足を幼い頃から布などで縛り、成長を阻害して大人になっても足だけは小さな子どものような大きさにする。

名門の娘は自ら立ち働かなくていい。なので、どかどかと一人で歩き回れる娘より、侍女に手を添えられなければ遠出も叶わない、風にも折れん風情の娘のほうが育ちが良く見えると、纏足をしていることが深窓の令嬢としてのお墨付きとなり、一時は皆がこぞって幼い娘の足を縛った。

自力で長く歩けない娘では、健康に障りがある。仕事もできない。

なので合理的な考えを持つ今の凱では、禁止令こそ出されないが、忌むべき退廃文化と眉をひそめられている。

「……まだそんな風習が残っていたの」

纏足は骨まで変形する。当然、肉が腐り落ちた遺体でも足を見ればわかる。

そういえば尋才人は前王朝の遺臣の一族の出だった。彼らの価値観で大切に育てられた娘なら、そういった戒めを施されていても不思議ではない。笙鈴が言う。

「南ではそこまで珍しい風習ではないんです。でもこちらに来てみれば纏足の娘など一人もおらず、当代の主上も妃の身分にある女人と遠乗りに出られたりと活発な方がお好きなようでしたので、尋才人様は大きな靴を履いて隠しておられたんです。お召しがあると緊張のあまり倒れておられたのも、足のことがばれるかも、そうなればここを出されて家の恥になると思い詰めておられたからで」

それでか。部屋に閉じこもっていたのは。

「だからこのことはご実家からつき従ってきた侍女の私しか知りません。侍医も知らないことです。姿を見せての診察は拒否しましたから。それにここに来る前に遺体が見つかったという廃宮殿を見てきました。才人様の御足ではあんな足場の悪いところには行けません」

「では、間男がいるという話は」

「何ですか、それ」

紹杏から話を聞くと、笙鈴は憤慨して叫んだ。

「そんな相手いません！　私はお嬢様とはずっと一緒だったんです。そんな相手はいなかったと断言できます。だって尋様は箱入りで、主上を前に緊張しておられたのも男性には慣れておられず怖かったというのもあったからで。そんなのでたらめです！　朱賢妃様の侍女たちが勝手なことを言っただけです！」

それはそうだろう。纏足は幼女の頃から施される。そんな足にされた娘が自由に親族の子らと遊ぶことはできない。室内にほぼ閉じこもりきりだっただろう。

「主上が引きこもっておられる尋才人様を何かと気遣われるので、朱賢妃様の侍女たちは前から私たちにいい想いを抱いてなかったんです。だからだと思うけど、そんな中傷、ひどすぎます……」

笙鈴がわっと泣き出す。蛍雪は思った。

（やられた……）

人望のある朱賢妃とその侍女たちの言葉だ。しかも同情たっぷりに話すから、皇帝の疑惑の言葉があったのに、つい、いつの間にか信じていた。尋才人には間男がいるという前提であの殿舎に行った理由を探していた。

『あれは人として、どこか底が知れない』

皇帝の言葉が脳裏に蘇る。あの言葉を図らずも実証した形だ。朱賢妃はちゃんと「ただの推測だ」と言っていたのに。

「……仕切り直しだな」

皇帝が言った。

軟禁生活が体にこたえていたのだろう。泣くだけ泣いて倒れこむように眠りについた笙鈴を、暁紅の手にゆだねてからのことだ。

再び、安寿殿を訪ねた蛍雪はまだ表に戻っていなかった皇帝に、急ぎ、笙鈴から聞いたことを話した。

「申し訳ありません。後手に回り……」

「いや、尋才人がまだ生きている可能性が出てきたのだ。あの遺体の娘には悪いが、希望を持てる展開になってきたと言っていいだろう」

前向きに皇帝が言う。その通りだ。初動捜査の失敗をいつまでも悔いている場合ではない。まだ無事なら今度こそ尋才人を助けなくては。蛍雪も頭を切り替える。

「尋才人様がご無事となれば、あの遺体に尋才人様の衣を着せたのは誰か、そんなことをしたのは何故かという問いが出てきますね」

間男説が生きていれば、尋才人が自分を死んだことにして後宮を出ようとしたという見方もできる。が、笙鈴の証言がある。尋才人は後宮から出されて実家に恥をかかすことを恐れていたと。なら、自らの意思で行方をくらませるわけがない。

これまた笙鈴の証言が真実だと前提しての推測だが、彼女は嘘は言っていない。蛍雪はそう感じたし、こちらには嘘は見抜けると豪語する皇帝がいる。

(尋才人様が身代わりを用意したのではないなら、これは何？　どういう事件？　尋才人様は妃嬪同士の寵争いに巻き込まれたの？)

だがそれもおかしい。尋才人に見立てた別人の遺骸を用意して、他の妃嬪に何の利がある。尋才人は一度も皇帝の寵を受けていない。影の薄い、最下層の内官だ。朱賢妃はじめ、他の妃嬪からすれば競争相手にもならない。わざわざ危険に手を染めることはない。

ならば、あと、考えられるのは……。

「……蛍雪、そなた、最近、後宮内で死人が増えたと言っていなかったか？」

皇帝が難しい顔をして言った。

「実は刑部と大理寺双方から出された調書に風紀紊乱《びんらん》の憂いがあったのだ。身分ある官吏が後宮の宦官と手を結び、裏で副業をおこなっているというものだ。無許可で女衒《ぜげん》のまねごとをしているらしい。しかも扱う娘は元は後宮に勤めていた娘だと」

そこで皇帝が、考えたくはないのだが、と言葉を句切った。

「もし、その売られた娘が正規の手続きを経て後宮を出た者ではなかったとしたら？」

はっとした。

「巷の男たちの間で珍重される妾の条件を知っているか？　評判の美女に芸妓、教養ある深窓の令嬢、身分ある者の妻や妾だった女、後宮や名のある家の奥向きに仕えて箔をつけた侍女や女官、あとは……没落した名家の娘だ。特に纏足した大人しい娘は歓迎される。どこぞの奥に連れ込まれても自力で脱出できないからな」

ひどい話だが尋才人であればその条件の多くに当てはまる。

「……人身売買、ですか。後宮の娘をこっそり運び出して、別の死体を用意して帳尻を合わせていたと」

「ああ。年季奉公の女嬬は必ずしも名家のご令嬢ではないが、一度でも後宮に勤めたとなれば箔がつく。ありがたがる男がいるのだろう。尋才人の場合は内官だが、一度も皇帝が召していない、影の薄い身だ。身代わりを立てればごまかせると思ったのではないか」

大がかりだが、十分元は取れる客を相手にしているということか。

尋才人は自身が纏足であることを隠していた。が、没落した名門出のおとなしい娘という部分で犯人たちの目にとまったのだろう。そして犯人は彼女の足のことを知らずに代わりの死体を用意してしまった。しかもその際に事故かわざとか、現場が密室になってしまい、逆に皇帝の目を引いたのだ。

だが、もう今頃は尋才人の足のこともばれている。思わぬお宝の出現に、犯人たちは絶対に逃がすものかと見張りをきつくしているだろう。

「幸いというべきか、尋才人はまだ後宮内にいると思う。何故ならここ最近、朕とそなたで蛇の捜索をおこなったり、不浄門を出た棺を追いかけたりと、人目を引くことをいろいろとしただろう？　後宮内が騒がしく、そんなときに動くなど自滅行為だと、犯人どももも身を潜めているだろうからな」

犯人にとって幸いなことに、後宮は広い。今回の捜索では尋才人が迷い込んだことを前提に、廃宮殿や園林などひと気のないところばかりを捜した。普段は鍵のかかった庫《くら》や宦官たちが暮らす官舎など、捜していないところはたくさんある。

「だが、今、尋才人の身代わりとなった遺骸が発見された。これで事件は終わったと皆が安心している。犯人たちはこの隙にと動くだろう」

「早く、助けないと」

「もちろんだ。後宮の女は等しく朕の妻だ。家族をさらわれて黙っているわけにはいかぬ」

だが犯人はどうやって女たちを外へ連れ出しているのか。各門には見張りがいる。

「……だけど棺に入った死人なら？　最近、死人が増えていると言いましたよね？」

蛍雪は言った。

「私、調べたんです。不浄門から出される棺の数がここ数年で増えて、半月に一度は運び出されていると。その半分近くは冷宮で死んだ娘たちでした」

だがそれが偽装で、冷宮で死んだ娘の遺体を〈行方不明者の成れの果て〉として廃宮などに放置、代わりに生きた後宮の娘たちを〈冷宮で死んだ罪人の遺体〉として後宮から出し、外の女衒に渡していれば？

「後宮内に協力者がいれば可能です。冷宮はもともと少ない人数で管理されています。幽閉された者はほったらかしの有様で」

人知れず、さらった女を〈出荷〉までおいておくことも朝飯前だ。

中の者は閉じ込められた側だから、隣人が誰かを知らない。そのうえ冷宮は劣悪な環境だ。当然、人の出入りも激しい。昨日まで聞こえていた隣人の声が絶えても、死んだ、と言われれば、そうか、と納得してしまう。まずいことを聞かれても、病死に見せかけて殺せばいい。すでに罰を受け、死んだも同然の身に落とされている者たちだ。いなくなっても今さら誰も騒がない。

そもそも部屋割りを決めるのは冷宮を管理する宦官たちだ。

「彼らなら何とでもできます。罪人を死んだとして外に出すことも、さらった娘の身代わりにすることも」

宦官の外への出入りは女たちよりは甘い。物資の運び入れや汚物の処理、後宮で出た遺体を運び出して外で待つ家族や運搬業者に渡すなど、外部の人間との接触も多い。

それに後宮にいる医官も宦官だ。抱き込めば嘘の診断書を出させるのもたやすい。金をやって抱き込み、頃合いを見て冷宮の娘たちを死んだことにして書類を作り、入れ替えた売り物の娘を薬で眠らせるなどして棺に入れて外へ出す。

若薇の棺を後宮に戻すときに手続きの様子なら見た。練茄の棺を見送ったときにも。

棺が門を出るとき、門番たちは蓋を開けさせる。が、遺体にふれて体温や脈の有無までを確かめたりはしない。死は不浄のものだから過度のかかわりを避ける。形だけ中を見て、遺体の顔と書類にある名と年齢を確かめるだけだ。

顔を確かめるといっても死体の通行書に似顔絵などは描かれてはいない。門番も後宮の女たちすべての顔と名を合わせて覚えているわけではない。

蛍雪はふるえる声で言った。

「……年頃さえ似ていれば、『問題なし』と通してしまいます」

いそいで不浄門に向かう。死体に見せかけて後宮から外に出すならここからだ。駆けつけ、ここ数日の内に誰が何を持って出入りしたかを記した帳面を見ると、ついさっき棺が一つ出たばかりだった。

「まさか、これが……」

「追うぞ！」

皇帝が言った。既視感のある展開だ。だがここには前と違って馬はいない。後宮の西の端にあたるここから後宮を横切り、東門のさらに先にある内廷の厩《うまや》まで戻って馬を引き出すには時間がかかりすぎる。それに騎乗は二度とするなと祖父に叱られた。

なので今回は自分の足を使う。棺はつい先刻出たばかりだし、ここから追うなら不浄門を出て、後宮と皇城の城壁との間にある通路を駆けたほうが早い。

（衛児様、使わせていただきます！）

渡されていた万能の通行証を見せて後宮の外に出る。そこにあるのは一辺が八里はあろうかという、皇城の長い塀に沿った真っ直ぐな通路だ。

気合いを入れて走り出す。

だが蛍雪は武官などではなく、ただの女官だ。この手の肉体労働にはなれていない。日々の移動距離が短い他女官より足腰を鍛えているつもりだったが、すぐに裳裾が足に絡み、息が上がる。

「来い！」

言うなり皇帝が蛍雪を抱き上げた。

「ひあああ」

体がいきなり宙に浮いて、変な声が出た。皇帝はどうやら蛍雪を抱いたまま追うつもりらしい。どう考えても蛍雪はお荷物だ。

「お、主上一人で駆けられたほうが」

「前にも言ったが娘子兵が一人で行ってどういう権限で棺を止めるのだ。そなたがいないと始まらないだろうが！」

言うなり皇帝が蛍雪を横抱きにしたまま走りだす。速度は蛍雪が一人で駆けていたときより断然早い。がくがく揺れて口など開けていられない。

（た、体力馬鹿……）

だが目立つ。馬のように蹄の音こそしないし背も大きくないが、ごつい娘子兵が女官を抱いて疾走しているのだ。皆、何事かと振り返る。

（ああ、またお祖父様に怒鳴られるっ）

蛍雪は皇帝の腕の中で真っ蒼になって身をすくめた。

だが恥ずかしい目に耐えた甲斐あって、棺を通路の途中で呼び止めることができた。

「またあなたたちですか」

振り返った宦官たちが、棺の中を見せて欲しいと言うと露骨に顔をしかめて抵抗した。やはり中には見られては困る物が入っているのではないか。

気負った蛍雪は再び腰から佩玉を外して掲げると、無言で彼らの顔の前につきつけた。口上は口にせずとも、前に言った。宦官たちがしぶしぶ従う。

荷車の縄を解き、棺の蓋をずらして開ける。中をのぞくと、娘の遺体が手を組み合わせて横たわっていた。

尋才人ではない。顔を見たことはないが、この遺体が尋才人であるわけがない。

棺の中の娘は、いかにも丈夫な農村の出ですといった節くれ立った手に、日に焼けた黒い肌をしていた。それに。確かめた足は、纏足ではなかった。

「だから言ったのに」

一団の指揮をとっていた宦官が顔をしかめて言った。

「この娘は病で死んだんです。身寄りもないし、何か悪い疫神がついていてはいけないから、外で火葬にしろって命じられてるんですよ。勝手に開けたあなたたちは自業自得ですけど、体に異変があったらすぐに医官に見てもらってくださいよ。くれぐれも周囲に病を広げないで。何かあったら俺たちが責められるんですから」

ぶつぶつ言いながら宦官たちが棺の蓋を閉め直し、皇城の北門、天平門へ向かって進んでいく。その後に薪を積んだ荷車が続く。火葬と言っていたからそのための薪だろう。

（……違って、た？）

なら、尋才人はどこへ行った。まだ後宮の中だろうか。もし外へ出されていたとしたら、蛍雪では何の権限もない。追うことができない。

「……副業をおこなっていると目星をつけた者の邸は、そなたの祖父が見張っているはずだ」

安西殿に戻って、皇帝が言った。

「なら、我々がなすべきは、外は刑部と大理寺にまかせ、彼らが立ち入れない後宮でしかできない捜査をおこなうことだ。不浄門を内から見張り、かつ、売り物とされる娘が閉じ込められていそうな場所を捜す。いいな？」

ただし今回は尋才人の行方を捜したときのような一斉捜査はできない。人身売買の件はまだ皇帝と蛍雪の推測にすぎない。物証は何もない。捜索の要請ができないからだ。

尋才人と思われていた遺体が別人だったことは上役に届け出た。

ただし根拠は侍女の笙鈴が話した纏足の一点のみだ。なので一度出た結論を翻すことに宮正や司正といった宮正司の頂点にいる女官たちは消極的だ。

「あなたはそう言いますが、ご遺体の確認には朱賢妃様も立ち会ってくださったのでしょう？　そして『これは尋才人だ』と断言されたのですよ？」

「一介の侍女の言葉とは重みが違います。纏足の件はその侍女が主張しているだけでしょう？　白虎宮の他の者たちは何も言っていませんでしたし」

それは纏足のことを尋才人が隠していたからだ。

入宮の際におこなわれる医師の検査も、尋才人が皇帝の声かかりで入宮が決まったこと、到着後すぐに体調を崩し寝込んだことからおこなわれていない。皇帝の侍医が寝台に横たわった彼女の脈を帳越しにとり、病など持っていないことと、妊娠などしていないことを確かめただけだ。足までは見ていない。南部の実家に問い合わせようにも片道に二月はかかる。お手上げだ。

最近の死者の多さを帳簿を手に説明し、なんとか不浄門を巡回して出入りを確認する人員はさいてもらえた。が、そこまでだ。

冷宮の管理は宦官たちの内侍局の管轄だ。勝手な捜索はできない。それでも〈面会〉という名目で後宮内に散らばる各冷宮を見て回った。が、目に入るところにそれらしき娘は捕らわれていなかった。つまり物証を示せない。物証がないから上役たちを動かせない。いたずらに時だけが経っていく。

顔をしかめ、蛍雪が後宮の見取り図と向き合っていたときだった。宮正女官の如意がひょいと顔をのぞかせた。

「蛍雪様、後宮内に不当に監禁されている娘がいるって、調べてるんですって?」

確証がない以上、皆を巻き込んではと相談していなかったが、あれだけしつこく上役に掛け合っていたのだ。ばれても当然か。如意が言う。

「一助になるかはわかりませんけど、不浄門を通る死人の数だけじゃなく他の数字も見てみたらと思っていろいろ当たってみたんです。だって娘たちは外へ売るために捕らえられているのでしょう? なら健康を保つために食事をとらせますよね? 衣だって取り替えます」

はっとした。そうか、そちらから探すという手もあったのか。

「私が見ることができるのは宮官が配置されている場所の帳簿だけですけど。食材の流れ、各宮殿が出した洗濯物の数、配属されているはずの人員数。これってどこの宮殿もだいたい数の推移は横ばいなんですよね。ただ一カ所だけ、たどっていくと白虎宮だけおかしいんです。宮殿の暮らしに必要のない檻に使うみたいな鉄棒が納入されたり、大工の経験がある宦官たちが出入りしたり。それも朱賢妃様の予算から出てて」

「朱賢妃様の？」

「それに確かあそこの尋才人様は失踪したときから食事には手をつけていない、侍女も取りに来なかったってなってましたよね。けど、記録を見るとそんな事実はないんです。毎日、尋才人様のための食事や入浴用のお湯、洗濯された衣類などが計上されてて。で、ちょっとあそこの宮官に鼻薬をかがせて探ってみたんですよね」

気前がいいと下の者たちに絶大な人気を誇る朱賢妃だが、どこの世界でも恩恵から外れ、腐っている者がいる。そんな一人を如意は手なずけたらしい。

「毎日、朱賢妃様の腹心の侍女が一人分、いるはずのない食事や衣を運んでいるそうです。朱賢妃様のいる主殿に」

「それってまさか……」

冷宮ではなく、朱賢妃の宮殿に尋才人が閉じ込められているということか？

「それでちょっと心配なんですけど。その食事や衣の運搬がその宮官が言うには三日前から途絶えているそうなんですよね。もう必要とする者がいなくなった感じに」

「三日前と言えば……」

皇帝と後宮の外の通路を走って棺を追いかけた日のことだ。

(あのときにやっぱり尋才人様は運び出されていたの⁉)

やはり気になって、あれから棺を運び出した宦官たちを個人的に調べた。

あのとき、棺の乗った車を押していた宦官たちはあのまま後宮には戻ってきていない。下っ端宦官が仕事にかこつけて外へ出て、そのまま行方をくらますことはたまにあるそうで、話を聞いた同僚の宦官たちが、「逃げたって俺たちが生きられる所はここしかないのに。どこかで野垂れ死んでるぜ、きっと」と言っていた。が、遺体にしろ生きた本人にしろ、逃亡宦官の手配書が城下に回っている割に発見されたという知らせはない。

「ありがとう、如意！」

礼を言って、安寿殿へ走る。そろそろ午後、皇帝が表から趙燕子の扮装をして現れる時刻だ。衛児が開けた扉から中へ駆け入り、蛍雪は皇帝に如意から聞いたことと自分の推測を話す。

「……もしあの棺が二重底になっていたら。いえ、あのときは薪を積んだ荷車も一緒でした。でも変です。後宮の物価は高いんです。御用商人の手を介して運び込まれるから、外の何倍もします。薪など持ち出さなくとも外へ行けばいくらでも売っているんです。ましてや郊外の烏骨窟《うこつくつ》は荼毘《だび》の聖地、それを見越した薪売りがいます」

棺と一緒に門を出た荷車。あの薪の中に尋才人はいたのではないか、眠らされて。

ただ、如意が語った情報では、尋才人を捕らえていたのは朱賢妃ということになる。

(確かに主上に底が知れないと言われたお妃様だけど)

怪しく見えるが、そもそも朱賢妃にはそんな真似をする動機がない。

「それでも朱賢妃様が黒幕だと前提して考えればいろいろと納得がいくのです。尋才人様の侍女の笙鈴は偽の遺体が発見された直後から白虎宮に閉じ込められていましたよね？」

何のために？　朱賢妃は取り乱しているからだと言った。いろいろと心労がたまった笙鈴はまだ床から起き上がれない。

だが、彼女が閉じ込められていたせいで遺体の確認は朱賢妃たちがおこない、尋才人だと誤った確認がされた。その隙を突いて尋才人の棺は外へ出されたのだ。

「そもそも何のために捜索願いは遅れて出されたのです？　遺体が虫に食われ、顔の判別が不可能になるまで時間を稼ぐためでは」

朱賢妃は頭が回る。皇帝が来てすぐの最初の事件。あのとき、春麗に宮正に投げ文をしろと助言したのは朱賢妃だ。それに蛇毒事件。鈴蘭が気分が悪くなる薬だと誤った情報を練茄に教えたのは誰？　どちらも気さくに女嬬たちにも声をかける朱賢妃なら可能だ。

うがった見方をすれば、そうして下っ端女嬬を手なずけながら、次の標的を物色していたのでは？　あの双子もそうかもしれない。

双子の宮官は珍しい。外の男とやらに高く売れるだろう。さらいやすいように冤罪から助け、自身の宮殿に引き取ったのではとも考えられる。

だがやはり動機で引っかかる。

「何故、朱賢妃様がそんなことをするかがわからないのです。後宮の妃嬪が欲するものは主上の寵です。皆そのためにここにいる。恋敵を蹴落とすといっても、下っ端の女孺が相手では関係がない。そもそもばれれば主上の心証がまずくなるだけです。朱賢妃様は主上の捕り物好きをご存じなのだし」

「ちょっと待て」

そこで皇帝が待ったをかけた。

「何故、朱賢妃が朕が捕り物好きだと知っている？」

「え？　だって朱賢妃様がおっしゃっていましたよ。主上が捕り物が好きだから自分も興味を持ったと」

「それはない」

皇帝がきっぱりと否定する。

「朕が好きだと言えばその日から蟋蟀《コオロギ》を頭に乗せるのが流行る。蛙《カエル》の頭巾が流行る。自分の言動が周囲に与える害くらいわかっておる。故に紅や黛を贈ったのもあくまで女たちへの定期的な機嫌取りという形を取った。さとられるようなへまはせん」

お忍びで城外に出るにも視察の形を取り繕い、裁きの場を検分したときも、たまたま通りかかって社会勉強に官の裁きを見守ったという体裁を取ったらしい。

「祖父が言った他言無用には、主上の捕り物好きの部分も含まれていた、ということですか」

だがそうなると不思議だ。朱賢妃はどこで知った？　彼女は双子たちを宮正に出入りさせてまで捕り物に関しての知識を得ようとしていた。

心当たりがないのだろう。皇帝が眉をひそめている。

「記憶を遡《さかのぼ》ってもそういうのは思いつかんが……」

「そういうときは原点に戻りましょう。そもそも主上が捕り物に興味をもたれたきっかけはなんだったのですか？　いつの頃で？」

「それならば皇太子時代だ。あの頃はまだ自由がきいたからな。皇帝となった後はそういった雑多な知識に触れる機会はなかったはずだから……」

そこで、あ、と皇帝が声をあげた。

「昔のこと故、失念していたが。そういえば初めて捕り物について興味をもったのは、とある書を見たからだ」

あれは皇太子時代のことだ、と皇帝が記憶を探る。

「……確か、城下で見たのだ。昼だった。お忍びなど当時はしていなかったから、たぶん、狩りか遠駆けの際に休憩のために立ち寄ったのだと思うが……」

「もしや、それが大理寺卿様のお屋敷だったのでは？」

蛍雪の出した助け船に、ぽん、と皇帝が手を打つ。

「それだ！　思い出した。あのときは馬の蹄鉄の調子が悪かったのだ。それで近くにあった朱家によった。代わりの馬を待つ間、大事にしたくないから客殿ではなく主の書房に通してもらった。その折に手持ち無沙汰で卓におかれていた大理寺の調書を手に取った」

本物の事件の詳細を記した取り調べ記録を見たのは初めてで、犯人が言い逃れをする様やそれを追い詰めていく役人の言葉がおもしろく、立ったまま読んでいたそうだ。

「だが、そのときは大理寺卿はいなかったぞ。馬の手配を家の者に命じていた。途中、女童が茶を運んできたが大理寺卿が来たときにはすでに書は卓に戻していたし」

「その女童が、朱賢妃様だったのではなかったのでしょうか」

歳の近い皇族が邸を訪れたとなれば、良縁を願う親心だ。顔見せも兼ねて使用人ではなく、娘に持っていかせることはあり得る。

あのときか、と皇帝がつぶやいた。

「あの折は朕も若かった。相手はただの童だと表情を取り繕うこともしなかった。そのまま茶を卓におかせ、口に運びつつ読み続けていたように思う……」

ただの子どもや使用人であればそんな皇帝を見ても邪魔をすまいと静かに下がるだけだ。だが相手はあの聡い朱賢妃だ。すでにこの客人が未来の夫となる人かもしれないことは聞かされていただろうし、注意して相手を観察しただろう。そして彼が冊子に興味をもったことに気づき、後で内容を確かめたのだろう。

そうして年月が経ち、大人になった彼女は後宮に入った。そして現在の〈夫〉の好みを知るためにその行動を調べたのなら。

事前に父の書房で調書を読んでいたという情報があるのだ。皇帝がお忍びで城市に出る度に〈事件〉に遭遇する率が高いことに気づいただろう。なら。

「……あのとき、朱賢妃様はこうもおっしゃっていました。『女も男も。恋の駆け引きは追うのではなく、追わさなければならぬ。そう学んだ。故に大家の興味ある物には私も興味を持つ。追わせるためにな』と」

こじつけかもしれない。相手は祖父の仕事上の競争相手の娘で、四妃の一人という羨むべき立場にある人だ。知らない間に自分は朱賢妃に憧れ、嫉妬し、彼女の行動を悪意をもって解釈しているのかもしれない。

だがそれでも〈そうだ〉と前提して考えるとすべてのつじつまが合うのだ。

(あの方の目的、それが捕り物好きの皇帝に犯罪者として追われることなら)

考えすぎかもしれない、だが。

「かくなる上は、朱賢妃の口から直接聞くしかない」

尋才人の身が心配だからだろう。いつになく固い声で皇帝がつぶやいた。

朱賢妃の宮殿へ行く。何故か犬の崙々までついてきた。

話し合いの場に不似合いな崙々を白虎宮の女孀たちにまかせて、朱賢妃の居場所を聞く。急な来訪なのに門まで出迎えに来てくれた朱賢妃の侍女が、すぐに教えてくれた。

彼女は主殿からは離れた、茂みの中にある小さな殿舎にいた。

侍女もつけず、一人だ。茶菓の用意された卓を前に座っている。

「ようやく来たか」

こちらを認めて、朱賢妃が立ち上がる。

「存外遅かったな。かいかぶりだったか？　趙燕子、いや、大家とお呼びした方がいいのかな？」

紅の唇が実に魅力的にゆがめられる。そして続ける。

「捕り物はお楽しみいただけたかな？」

それを聞いて、「まさか」と思う前に、「やはり」と思ってしまったのは、朱賢妃に少しも悪びれた様子がなかったからだろう。

彼女は最初から己の罪を隠す気など無かったのだ。それどころかずっと手がかりを与えていた。自分を追いかけさせるために。

「……あなたは、主上のご趣味を知って」

「ああ。もともと宦官どもが細々とやっていた人さらいだが、身分低い女嬬ばかりを相手にしていてはなかなか大家の目をひけない。故に私が介入した」

「春蘭たちを白虎宮に引き取ったのも、練茄に鈴蘭の誤った使い方を教えたのも」

「もちろん。双子は尋才人でも私にたどり着けなかった場合、使うつもりでいた。双子の宮官は珍しい。彭修媛に片割れを損なわせるのは惜しいからな。あの者どもが高く売れると喜ぶし、大家もよく知る娘がさらわれた方が臨場感があって楽しめるだろう？　鈴蘭の毒は、大家のために用意した肩慣らしだ。ちなみに大家好みの密室は、すでに扉がゆがんで開かなくなっていたのでな。抜け道の出口から尋才人の服を着せた娘を押し込め、道を塞いだ。だからあの娘は床を掻いていたのだ。道がもうふさがっているとは知らずにな」

その娘というのは朱賢妃が紅などを与えて手なずけていたどこぞの女嬬か。尋才人と体格が似ていたために替え玉にされてしまったのだろう。

いつものさばさばした口調で、朱賢妃が今までに仕掛けた事件を語る。

だがその目は冷ややかだ。冷めている。

(ようやく、この人の本質に触れることができた気がする……)

禹徳妃の侍女たちとも話がかみ合わなかった。が、朱賢妃とはあれとは違った意味で話が合わない。この人の心が異質だからだ。

この人は聡い。常は他の有象無象にあわせている。だから話のわかる妃と皆の目に映る。

だが本質は空っぽの歪な化け物だ。それがこうして話しているとよくわかった。

皇帝がずいと前へ出た。

「尋才人をどこへやった」

「さあ、それを聞き出すのも捕り物の一環でしょう？　大家」

舌打ちをした皇帝が腕を伸ばし、朱賢妃の腕を取ろうとする。

が、一瞬、朱賢妃のほうが早かった。伸ばされた皇帝の腕に絡めるように自身の細い腕を動かし、長い袖内に隠していた何かを取り出す。

ガチャンと、金属音がした。

「枷がっ」

油断した。細い鎖がついた手枷が、皇帝の腕にはまっていた。

すかさず朱賢妃が鎖の端を、殿舎の柱の根元に巻き付けられていた鉄輪に取り付けた。

皇帝が手をかけ、枷を外そうとする。蛍雪もあわてて駆け寄った。手助けしようと手を添えたが、嫌な予感がする。枷に見覚えがあったのだ。

「これはまさか、紹杏の……？」

「くそっ、あの本人でも開けられない枷と錠前か」

双子に持ち出させたのだろうか。それともこの間の見学のときにでも手に入れたか。

鎖自体は細いので皇帝の力と腰の剣があれば壊せそうだ。が、すでにその隙をついた朱賢妃は殿舎の外に出ている。

朱賢妃が閉ざされた扉越しに話しかけてくる。

「そのくらいの枷であれば大家であればすぐ壊せよう。取っ手もない抜け道の床石を力ずくで開けた方だからな。だがこの部屋はどうかな？　ここは尋才人の侍女を閉じ込めていたところだ。細工には苦労したぞ。普段は脱出不能でも、こちらが望んだときにはすぐに抜け出せ、かつ、自力で出たと思わせるだけの抜け穴を用意しなくてはならなかったからな」

では笙鈴の脱走も仕組まれたものだったのか。

「だがその穴も塞いだ。そこは完全な密室だ。大家のお好きな、な」

いつの間に用意していたのだろう。これ見よがしに朱賢妃が火のついた燭台を掲げたのが、扉の格子越しに見てとれた。

まさか火をかけようというのか？　皇帝がいるというのに？

確認する声が我ながらふるえていた。

「主上を弑《しい》し奉る、というのですか……？」

「大家？　大家がどこにおられるというのだ？」

朱賢妃がゆったりと笑う。はっとした。その通りだ。ここにいるのは皇帝ではない。娘子兵の趙燕子だ。

「大家は捕り物がお好きなのだろう？　謎があれば後宮に来てくださる。私は追われる女になりたいだけなのだ」

朱賢妃が目を細めた。

「では、どうか本日の余興をご堪能くださいますよう。炎の殿舎から脱出できたあかつきには、私もお望みの答えをすべてお教えいたしましょう」

言い置いて朱賢妃が去って行く。しばらくしてぱちぱちというはぜる音ときな臭い異臭が漂ってきた。いや、音どころか夏の陽気とは別の、肌が粟立《あわだ》つような熱気まで感じとれる。本当に火をかけたのだ。

「だ、大丈夫ですよね。主上には護衛がついていますし、これくらいすぐ消し止めて……」

「それがだな」

難しい顔をして皇帝が言う。

「朱賢妃は聡い。刺激して正体をばらしたくなかった。故に朱賢妃の宮殿に入るときだけは護衛たちに中に立ち入るな、外を囲うに留めよと前もって命じてあるのだ」

「駄目な奴じゃないですか、それ！」

「ふん、そう騒ぐな。朕を誰だと思っている。この程度の扉、すぐ蹴破って……」

枷の鎖を引きちぎった皇帝が、足を振りかぶった。閉ざされた扉めがけて渾身の一蹴りを放つ。

がんっ、と痛そうな音がした。

木造の飾り格子の一部が、皇帝の一撃で折れている。

だが、その向こうには鋼鉄製の格子がはまっているのが見えた。

用意周到な朱賢妃は、部屋の周囲を皇帝が出られない幅の鉄格子で囲っているらしい。

まるで鉄の檻だ。そういえば如意が言っていたではないか。白虎宮には日々の暮らしに関係のない鉄棒が納入され、大工が出入りしていると。

これではある程度火が回るのを待ち、焼け落ちた壁を壊して外へ出るのも無理だ。

皇帝が蹴破れなかった扉からさりげなく足を降ろして横を向く。そっと足をさする姿を蛍雪は見なかったふりをした。

「扉は無理、壁も当然無理だろう。となると脱出路は……」

見回すと、「くうん?」と鼻を鳴らす音がした。見ると皇帝が蹴破った格子の隙間から、黒い鼻先がのぞいていた。

宮正犬の嵛々だ。

そういえばついてきていたのだった。

飾り格子付きの扉は皇帝の一撃で一部が破損している。中型犬の嵛々であれば通り抜けられるだけの穴が開いているのだ。そこから嵛々が顔を出し、『ねえ、そこで何してるの？　遊んでるの？』と言わんばかりに尾をふっている。

「おお、いいところに。増援を呼んできてくれ」

皇帝が言った。が、崙々は小首を傾げて皇帝の顔を見上げると、次に部屋の中を見た。そして卓の上に茶菓子があるのを見つける。

「わふわふうっ」

飛び込んできてしまう。しかも菓子を食べている間に火が回り、怖がった崙々は尾を巻いて卓の下でうずくまってしまった。

「ひゃん……」

「駄目犬がーーっ」

が、火のおかげで格子窓の上部にも、人は通り抜けられないが犬なら出られる隙間ができた。

「最終手段だっ。おい、その花瓶を貸せ」

嫌がる崙々に入っていた水をかけると、皇帝がむんずとその体をつかんで持ち上げた。

「はあああっ、皇帝秘技、渾身の一投っ」

崙々を片手で持ち支えると、槍を投擲《とうてき》するかのように、できた隙間から外へと投げる。

「ひゃああーーーんん……」

情けない声が尾を引きながら遠ざかっていった。

「これでよし。この周囲は灌木の茂みになっていた。落下の衝撃は相殺してくれるだろう」

力業だ。だがこれで崙々が火にまかれることはない。

それに誰にでも尾をふる犬だ。そこら中に顔見知りがいる。誰かが崙々の様子に気づいてくれたら。いや、その前に立ち上る煙に気づいてくれたら。

(だけど、間に合わないかもしれない)

ここは宮殿の中でも奥まった場所にある。奇跡に頼るわけにはいかない。皇帝だけでも助けなければ。

必死に考える。皇帝に卓におかれていた水差しの水をかけて蛍雪が覆い被さり、炎からかばうか？　いや、無理だ。皇帝の体のほうが大きすぎる。そもそも水差しの水ごときで炎と煙を避けられるわけがない。

(この鉄格子は主上仕様になっているから。私なら主上より体が小さい。ねじこめばなんとか出られるかも)

いざとなれば鼻や耳をそぎ落とせば顔は通る。体も胸を切り落とせばいけるだろう。剣なら皇帝が持っている。

蛍雪は皇帝の前に膝をつき、剣を貸してくれるよう頼む。

「大事なお体です。主上、どうかご決断を。私が助けを呼びに行きます。主上だけでも、どうか」

「馬鹿者、助かるなら二人一緒だ。相棒だろう。それに、あれは朕を殺したりはしない」

苦手と言っていたが、妃への愛ゆえにだろうか。この期に及んで朱賢妃をかばうような

ことを皇帝が言う。

ここまでされて、どこに信じられる要素があるのかと蛍雪などは思うが、腐っても夫婦

だ。朱賢妃に関しては皇帝のほうがその性格を把握している。

「えっと、では、もしや朱賢妃様は主上が名を呼んでくださるのをけなげにも物陰でお待

ちだとか？」

「違う。待つような玉か、あれが。あれが執着するのは朕に追われる立場だ。朕がここで

死んでは追いかけてもらえないだろうが。あれの行動原理の大前提を忘れるな」

そういえばそうだった。朱賢妃の求愛行動があまりに過激で頭から飛んでいた。

「つまりあれは今ごろどこかで優雅に茶でも飲んで朕を待っている。ここを見つけられる

だろうか、後どれくらいでたどりつくだろうかと、手がかりを大量にまき散らして、朕を

喜ばせる知恵比べをしているつもりでな。あれはそういう女だ。そして知恵比べというか

らにはどこかに突破口があるはずだ。考えればわかる脱出口が」

「ですがそんな。笙鈴が逃げた後、その口は塞いだと」

「侍女はどこから出たのだ？」

笙鈴から聞いた詳細を思い出す。確か彼女は……。

「あ！　床石です。床石の一部が外れたと！」

今思えばこれも朱賢妃が前もって笙鈴に手がかりを渡していたのだろう。尋才人の偽物の死の状況を話して。それに先ほども手枷にかこつけて床石について話していた。

もう塞いであっても、尋才人の偽者のときのように土で塞いだだけなら掘れば出られるかもしれない。

いそいで床に身をかがめると、違う、と言われた。

「下手にさわるな。そんな単純な答えをあれは望んでいない。逆にさわると死ぬぞ」

ぞっとした。朱賢妃の心のあり方に。

「床は地、天子なら天を見よ。あれならそう考えるだろう。上だ！」

皇帝が言うなり、傍らにあった長い燭台の柄を手に取った。卓に飛び乗ると、がんっと天井板をつく。動かない。

「ちっ、ここではないか、ではこちらか」

皇帝が順についていく。ハラハラしながらそれを見守っていると、突然、横手の棚に置かれていた壺が爆ぜた。香油か何か燃えやすい物が入っていたらしい。

その衝撃で重い木枠の格子がついた内扉が折れ、倒れてくる。

「主上っ」

卓との間に割り込み倒れて飛んできた格子扉から皇帝をかばう。皇帝があわてて卓を降り蛍雪を抱き起こした。

「蛍雪!?」

「だ、大丈夫です」

少し火傷しただけだ。たぶん。それより内扉が一枚剥がれたことで天井板に裂け目ができている。

「主上、あそこっ」

「朕に捕まっていろ!」

皇帝が蛍雪を片腕で抱き、再び卓に上る。渾身の力を込めて破れた天井部分をつく。

「外れた!?」

「よし、ここから出るぞ。あれのことだ。朕なら外せる程度に屋根板や瓦にも細工しているだろう。鉄格子も上にはないはずだ」

皇帝の言うとおりだった。すぐに穴が開く。

しっかり捕まっていよと言われて、蛍雪は皇帝にしがみついた。彼に抱かれたまま天井裏へと上がる。瓦屋根を内から破り、屋根に出る。瓦が熱いし煙も濃いが、ここまでは火も回っていない。これまた油のまき方を工夫してくれているらしい。

だが、屋根の下はすでに火の海だ。周りを見てどこから下に降りようかと考えていると、衛児が来てくれた。

「大家っ」

この人の焦った顔は初めて見たかもしれない。

「宮殿外で待機しておりましたら煙が見えて。様子がおかしいと焦っていましたら、嵩々が来て、毛が焦げていましたのでご下命を破り、踏み入りました」

火消しも呼んだそうだ。急いで水をかけつつ梯子を立てかけて上ってきた衛児に、負傷した蛍雪を渡すと、皇帝が医者の手配とともに命じた。

「衛元、馬を回せ」

低い、怒気をこめた声で皇帝は言った。

「朱賢妃の元へ行く」


朱賢妃は、初めて皇帝と二人で遠乗りに行ったという、皇城外の草原にいた。

皇帝の名代として狩り場にいる馬を見に行くと書類を偽装し、門を越えたらしい。供も帰し、一人草原に佇んでいた彼女は、皇帝を見るなり無邪気な少女のような笑みを浮かべたという。

蛍雪はそれらを後で衛児から聞いた。自分の居場所を察して追ってきてくれた皇帝に満足した朱賢妃は、「約束は約束だ」と、あっさりと尋才人の居場所を明かしたそうだ。

そうして、尋才人は無事、保護された。

纏足していたのが幸いした。自力で逃げることができない娘と侮られていたおかげで、彼女は縛られたり危害を加えられたりすることもなかったとのことだ。

朱賢妃から居場所を聞き出し、自ら救出に駆けつけた皇帝の頼もしい姿を見て、尋才人も感激していたらしい。ただ、衛児が言うには、

「即座に動けるからと趙燕子の姿で尋才人様をお救いしたからでしょうか。実は前まで以上に頑なに、尋才人様が〈皇帝陛下〉にはお会いしてくださらなくなりまして……」

とのことだ。それはつまり尋才人は自分を救ってくれた白馬のお姉様に吊り橋効果で一目惚れをして、前以上に皇帝と会うのを怖がるようになってしまったということか。

(前途多難というか……)

蛍雪は格好良く決めようとしてもどこかでぼろが出る皇帝が少し不憫になった。

が、とにかく、朱賢妃の捕縛と尋才人の救出がなった後は大変だった。皇帝も後処理に追われたのだ。

事件の犯人の一人が朱賢妃という皇帝の妻で、舞台が後宮という皇帝の家だったため、表の刑部や大理寺だけに任せきりにするわけにはいかなかったからだ。

これらの悪事はあくまで遊戯。皇帝に追われるためのもの。

朱賢妃は己の保身など考えていなかったのだろう。同行を願う衛児にもあっさりと従い、彼女は後宮へとまた戻ってきた。この件にかかわった宦官たちの名も上げた。

おかげで副業に携わっていた者は一網打尽にできたが、困ったのが朱賢妃の扱いだ。後宮の主たる皇后や内侍局の長たちが頭をつきあわせて話し合い、朱賢妃は表向きは病が悪化したということで冷宮に幽閉すると決め、皇帝にその許可を願い出た。

ことを公にするには事件の内容が重すぎたのだ。

そもそも朱賢妃は自ら手を下してはいない。していたとしてもその証拠がない。侍女を閉じ込めていた建物も焼けてしまった。人身売買はもともと宦官たちと組んだ官僚たちがやっていたことだ。朱賢妃はそこに少し手を貸しただけ。いや、そう本人が申告しただけなのだ。彼女は何一つ形となる証拠を残していなかった。

尋才人が白虎宮に閉じ込められていた件は、彼女の精神状態が不安定で保護するためだった、宮殿の一隅においていたら宦官たちが勝手にさらった、と言われればおしまいだ。尋才人は眠り薬でも飲まされていたのか、白虎宮に閉じ込められていたときと宦官たちにさらわれた前後の記憶があいまいなのだ。

尋才人の身代わりで殿舎に閉じ込められて殺された娘の件も、蛇事件の練茄をそそのかした件も証拠がない。

そもそも朱賢妃は練茄には鈴蘭の存在をささやいただけ。勝手に実行したのは練茄だ。

それに練茄はもう死んでいる。証言は得られない。尋才人の身代わりになった娘は未だにどこの誰かわからないままなので、朱賢妃とどんな接点があったのかわからない。

皇帝を閉じ込め火をつけたのは死に値する大罪だが、そもそも公的にはあそこには皇帝はいなかった。朱賢妃に毒杯を勧めるには、先ず、皇帝が女装しお忍びで後宮入りしていたことを明らかにしなくてはならない。無理だ。

朱賢妃はそこのところも見越していたのだろう。取り調べのときには一切、己の命綱となる皇帝の話は出さなかった。

なので錯乱し、自分の宮殿に火を付けたと火付けの罪のみを問われ幽閉となったのだ。

「だが、あれはそこまで読んでいたような気がする。冷宮まで追ってこい、とな」

皇帝が後でそう蛍雪に語って聞かせた。

命さえあれば恋は続く。追いつ、追われる関係もそのままに。だからだろうか。冷宮へ送られる朱賢妃の顔には一切の絶望も、悲壮感もなかったそうだ。

朱賢妃の父である大理寺卿は、蜥蜴の尾を切る形で娘の減刑を求めなかった。ただ、黙って職を辞すと願い出た。大理寺卿自身は事件にかかわっていなかったこともあり、娘の処遇と今回のことを口外しないことを条件に一族の連座は免れた。

が、彼は辺境へ左遷になった。

「……あれはどこか欠けたところがある娘なのです」

朱庸洛は、皇帝にそう話したという。

朱賢妃こと、朱玉姫は幼少の頃より賢い子どもだった。

一を聞いて十を悟る童女で、よそから見ると完璧だった。努力の必要もなく、すべてができる。いや、努力という言葉は知っていても、それがどういうものかは知らなかったのだろう。努力などせずとも何でもできたから。

そんな朱玉姫だから、すべての物に飽きることもなかったが、夢中になることもなかった。誰からも愛されるので、好きや嫌いという感情とも無縁だった。すべてが簡単にできるので本気で悔しがったこともないし、笑ったこともない。感情というものを知らない娘、朱玉姫には他の者が語る心の話は不思議だった。理解できなかったと言っていい。

そんな朱玉姫だが、その美貌と家柄から当然のように後宮に入ることになった。

ここは今までとは様子が違っていた。他でもない。ただ一人の男の機嫌だけを取らねばならず、何もしていないのに他の妃嬪から敵愾心《てきがいしん》を向けられたからだ。

だが人への好悪の感情がなかった朱賢妃はとくに気負うことなく、自らの立場を受け入れた。皇帝が好むからとさばさばした言動をとった。馬にも乗った。捕り物好きが高じてお忍びで市街に出ているらしいと張り巡らせた情報網で知ってからは、後宮にも足を向けてもらえるよう事件をおこした。ただそれだけだったのだ。

他に抜きん出ようという情熱も、主上の愛を得たいという思いもなかった。ただ、そういうものらしいから、そして自分にはできるからやった。それだけなのだ。

今では蛍雪も、祖父が何故、数いる妃嬪や上級女官を巻き込まず、皇帝の世話役に自分を選んだかわかっている。蛍雪が事件に携わりやすい宮正女官だからというだけではない。祖父の立場上、皇帝の世話役に妙な虫《おんな》をつけるわけにはいかなかったからだ。

後宮にいる身分ある他家の娘と祖父が接触するのは不自然だ。目立つ。人の口の端にのぼるし、この件がばれれば後宮の妃嬪や外朝の高官たちに、その娘の一族と手を組み、皇帝の褥《しとね》に送り込むべく便宜を図ったと邪推される。へたをすれば外朝の勢力図が変わる。

かといってあまり身分が下の娘をつけるわけにもいかない。皇帝に粗相があっては困る。

その点、蛍雪なら身内だ。間に多く人を挟まずともいいから話が外に漏れにくい。魏家の娘として最低限の作法も身につけている。それでいてすでに齢は年増の域で、皇帝に岡惚れする初心な乙女でもない。

さらには蛍雪は実家にいた頃に、邸に出入りしていたごつい刑部の捕吏たちと交流があった。父親以外の男を見たことがない深窓の令嬢のように、皇帝を前にして言葉も出なくなるといった初々しい反応をする恐れもない。ばれても魏家の役得を狙った勇み足で何とか収まって、他家を巻き込まずにすむ。政争にまでは発展しない。

だが、それだけではなかったのだ。

（お祖父様の真の狙いは、朱賢妃様だった）

事件の関係者の動きを追い、祖父は黒幕の正体に気づいていたのだろう。が、相手が後宮に住まう妃では手を出せない。そのうえ朱賢妃は何かとぶつかる大理寺卿の娘だ。だから敢えて皇帝を間に入れた。

誰もが文句を言えない力を持つ者の手で、ことを暴き、決着をつけようとした。

つまり皇帝のお忍び自体がこの捕り物をおこなうために仕掛けられた網だったのだ。

だが、もう捕り物は終わった。

祖父に皇帝のお忍びという秘密を抱え続ける利点はない。

だからもうこれで最後だ。捕り物は終わり。蛍雪は皇帝と会うこともない――。

（……そう考えるとあのばたばたした日々が懐かしくなってくるから人って勝手よね）

蛍雪はぼんやりと窓から外を見ていた。

朱賢妃の火攻めから脱出する際に負傷した蛍雪は、宮正の元へは戻らず、あれからずっと〈外〉にいた。

打ち身と火傷、それに急に体をひねったせいで負った捻挫。動けないことはない傷だが、かばわれた皇帝が申し訳ながって、各所にかけあい、後宮の医局で治療していることにして、実は内廷の皇帝の居城、永寧殿で療養させてもらっていたのだ。

内密の滞在だったので寝房《しんぼう》からは出られないし、皇帝の姿を見ることもなかったが、贅沢を満喫した。傷もあっという間に治ってしまった。

なので今日は久しぶりに復帰して後宮、安西殿での勤務だ。

久しぶりだからか少し違和感のあるいつもの殿舎に、いつもの仲間。ただ、いつもの護衛の姿だけはない。

そのことに少し寂しさを感じたが、お局女官の矜持《きょうじ》にかけて認めない。もともとここにいるわけのない人だったのだ。いつも通り仕事をしていればすぐ忘れるだろう。

まだ包帯の巻かれた手を伸ばし、墨を摺ろうとしたところで、傍らの窓からひょいと皇帝が顔をのぞかせた。

「具合はどうだ」

「……！　主《おお》、いえ、趙殿の幻⁉」

そんな馬鹿な。皇帝がこんな所にいるはずがない。もう捕り物は終わったのだから。

これは休みぼけした頭が見せた幻だろうか。蛍雪は驚き、思わず墨を持つ手を滑らせた。卓に転がった墨を追おうとして、筆台《ひつだい》まで倒してしまう。

「落ち着け。朕は夢でも幻でもない」

身軽に窓から入ってきた皇帝が手を伸ばし、蛍雪の頬をむにっと引っ張る。

「どうだ、痛いか。実体だと理解できたか」

「ひ、ひたいでふ。ひはいいはしました……」

どうやら彼は夢ではないらしい。頬をしばらく引っ張っていた皇帝は、自分がやったくせにいたわっているつもりなのか、頬をむにむにとほぐすようにつまんでから手を離す。

思えば直接皇帝にふれたのはこれが初めてだ。

化粧をほどこす際には刷毛を使っていたし、顔を洗うなどふれるときは手巾をあてた。皇帝も剣の柄で押したり急に抱き上げたりすることはあったが、ことさらに肌と肌を合わせることはなかった。馬に同乗したときもしがみついてはいたが鎧越しだ。

（……そう思うと、ずいぶん気安い関係になったような）

そんなだから、一応、最後に別れの挨拶をするために来てくれたのだろうか。

首を傾げていると、同僚たちが再出仕のお祝いにやって来た。

「蛍雪様、おめでとうございます！　お体はもう大丈夫ですか？」

「趙殿がずいぶん寂しがってらしたんですよ？　護衛対象に怪我を負わせてしまった。だから責任をとって苦手だが蛍雪殿の仕事は自分がするって」

「蛍雪様たちが巻き込まれた火事に関しての報告は趙殿が片付けてくれたので蛍雪様はゆっくり体を慣らして大丈夫ですよ。事件がおこればまた二人で臨場しないといけないし」

「そうそう、体力は温存しないと。でもこれで掌と護衛、いつもの二人の復活ですね」

え？　皆はなんと言った？

（主上が私の留守中に仕事を肩代わりしてくれていた……？）

どうりで卓に置かれた報告書の山が低いと思った。十日も休んだから、きっと卓からあふれんばかりになっていると思ったのに。それにいつもの二人の復活？

（それって、まさか……）

同僚たちがひとしきり騒いで帰ってから、蛍雪は皇帝にそっと聞いた。

「……あの、もしかしてまだ捕り物を続けられるおつもりですか？」

「しかたあるまい。朱賢妃は捕らえたが、この後宮にはまだまだ事件が転がっている。だが朕一人で捜査に出るわけにはいかんだろう。朕は宮正女官ではないのだから。そなたの療養中に他の者と組んではとも言われたが、他では秘密がばれるやもしれんしな」

つまり、まだ蛍雪の相棒役は終わっていないと言うことか。

目を瞬かせて皇帝を見る。「そなた、まさかこれで朕の守り役から解放されると安心していたわけではあるまいな」と言われた。

「言ったはずだ。朕が心の清さを保つには捕り物が必要だとな。後宮は何かと事件がおきて退屈せん。それにここの面々にも愛着がわいた。あの犬も含めいろいろと笑わせてくれるからな。見ていて癒される」

「で、ですが、祖父の目的は……」

「奴の目的は朕を後宮に隔離することだろう？　現場に首をつっこませないために」

それはそうだが、それは建前というもので。

「故に、魏刑部令にはお忍びは続行すると宣言しておいた。そなたの世話役もそのままにとな。ふふ、自分から言い出した話だというのに、あやつ、絶句しておったぞ。そもそも最初に朕に真実を話さず利用しようとするからだ。馬鹿めが」

いい気味だと高らかに笑う皇帝に、蛍雪は最初の驚きも引っ込んだ。いつものあきれた目になってしまう。

あ、またそんな目で朕を見よる、と、皇帝が唇を尖らせる。

「まったくそなたは臣下のくせして冷たいな。普通はもっと崇め奉るものだぞ」

「……私も至尊の御方と雲の上を仰ぎ見たまま生を終えたかったです」

「ちっ」

「今、ちっ、って言いましたよね!?」

既視感のあるやりとりが楽しい。

が、そこで時間切れだ。

「なんども言うが朕がおらぬ間に一人で捜査するなよ、よいな。朕は必ず戻ってくる！」

往生際悪く宣言しながら、皇帝は現れた衛児に表へと連行されていった。表のおそば付きも大変だ。

だがそんな皇帝に振り回されながらも充足顔の衛児を見て、ああそうか、と思った。

蛍雪自身、最初に祖父の話を受けたのは、脅されたからではない。嬉しかったからだ。祖父が目をかけてくれた。数いる後宮の女たちの中から蛍雪を選んでくれた。仲間にしてくれた。そのとくべつな扱いが嬉しかったのだ。

ずっと実家での〈とくべつ〉は正妻の子どもたちだったから。

それが祖父の仕事の一端に関わって、見てもらって叱ってもらえる、その心地よさ。

（多分、これは優越感だ……）

誰かの〈とくべつ〉になること。それはとても幸せで、一度味わうと手放せなくなる。

だから今、自分は主上の相棒役というとくべつな位置に返り咲けたことを喜んでいる。

ただの後宮女官という立ち位置が嫌なわけではない。だが、ずっとひとところにいて、閉塞感を感じるようにもなっていたのだろう。だから祖父や皇帝、衛児といった外の世界につながる者たちとかかわりが持てたのが嬉しいのだと思う。

取るに足らない一女官を相棒と呼び、皇帝が来てくれる。その高揚感。

それはこれからも続くのだ。何故ならまだ捕り物は終わっていない。皇帝はこれからも来ると宣言して帰っていったのだから。

どうしよう。頬が緩む。

（……後宮の妃嬪たちの寵争いを、笑えない）

存外、自分は俗物だったのだなと思う。

蛍雪は、ほう、と、息をつくと顔を上げた。窓の外を見る。皇帝はもういない。だが彼が開けた窓から空が見える。

どこまでも開けた眩い空を、蛍雪は眩しげに見つめた。

初秋の日差しが差し込み、蛍雪の傷ついた腕を優しく温めてくれている。

高い自由な空に目を移すと、そこには太陽がある。眩しくて直視はできないが、それでもそこにあるだけで皆の心を温かくしてくれる、かけがえのない光だ。きっと大勢の者が同じ思いで今、この陽の光を享受しているのだろう。

（でも、今だけはとくべつな私だけのものと思いたい）

蛍雪は目をつむり、その光を全身に浴びた。味わう。

また、三日もすれば皇帝が趙燕子の扮装でやってくるのだなと、心の底から愉快に思いながら――。

光文社文庫

文庫書下ろし
後宮《こうきゅう》女官《にょかん》の事件簿《じけんぼ》
著　者　藍《あい》　川《かわ》　竜《たつ》　樹《き》

2023年7月20日　初版1刷発行

発行者　三　宅　貴　久
印　刷　堀　内　印　刷
製　本　榎　本　製　本

発行所　株式会社　光　文　社
〒112-8011　東京都文京区音羽1-16-6
電話（03）5395-8147　編　集　部
8116　書籍販売部
8125　業　務　部

ISBN978-4-334-79560-3　Printed in Japan

組版　萩原印刷

光文社キャラクター文庫　好評既刊

光文社キャラクター文庫　好評既刊

古着屋紅堂　よろづ相談承ります㈢　都忘れ　玖神サエ

ことぶき酒店御用聞き物語　桑島《くわじま》かおり

ことぶき酒店御用聞き物語2　ホテル藤の縁結び騒動　桑島かおり

ことぶき酒店御用聞き物語3　朝乃屋の結婚写真日和　桑島かおり

ことぶき酒店御用聞き物語4　サクラリゾートのゴシップ　桑島かおり

ことぶき酒店御用聞き物語5　湖鳥温泉の未来地図　桑島かおり

博多食堂まかないお宿　かくりよ迷子の案内人　篠宮あすか

花菱夫妻の退魔帖　白川紺子《こうこ》

光文社キャラクター文庫　好評既刊

- 花菱夫妻の退魔帖 二　白川紺子
- ドール先輩の修復カルテ　関口暁人
- ドール先輩の耽美なる推理　関口暁人
- 営業の新山さんはマンションが売れずに困っています　タカナシ
- 社内保育士はじめました　貴水《たかみ》 玲《れい》
- 社内保育士はじめました2　つなぎの「を」　貴水 玲
- 社内保育士はじめました3　だいすきの気持ち　貴水 玲
- 社内保育士はじめました4　君がいれば　貴水 玲

光文社キャラクター文庫　好評既刊

社内保育士はじめました5　ぜんぶとはんぶん　貴水 玲

思い出トルソー　針の魔法で心のホコロビ直します　貴水 玲

同期のサクラ　ひよっこ隊員の訓練日誌　夏来《なつき》 頼《らい》

僕らの空　西奏楽《にしぞら》 悠《ゆう》

霊視《みえ》るお土産屋さん　千の団子と少女の想い　平田ノブハル

霊視るお土産屋さん2　君と子猫と鍋焼きうどん　平田ノブハル

霊視るお土産屋さん3　幽霊騒ぎと残された銘菓　平田ノブハル

不思議な現象解決します　会津・二瓶漆器店　広野未沙